Ingrid Toby
Der Freigänger
Thriller

D1726691

Ingrid Toby wurde in Gmunden am Traunsee geboren. Im Alter von acht Jahren übersiedelte sie mit ihren Eltern und ihren beiden Geschwistern nach Salzburg. Nur wenige Jahre nach dem Abschluss ihrer kaufmännischen Ausbildung an einer Privatschule machte sie sich selbständig und führt nunmehr seit 1980 erfolgreich ein exklusives Einzelhandelsunternehmen im Zentrum der Salzburger Altstadt. Neben Beruf und Familie hat sie schon vor Jahren ihre große Leidenschaft zur Schriftstellerei entdeckt. In dieser Zeit entstanden eine Reihe von Kurzgeschichten. Heute lebt sie mit ihren drei Kindern im Süden der Stadt Salzburg.
www.ingridtoby.com

Bisher erschienen:
Tödliche Umarmung (ISBN 978-3-902784-01-8, Verlag federfrei, 2010)

Ingrid Toby

Der Freigänger
Thriller

© Verlag Federfrei
Marchtrenk, 2014
1. Auflage
www.federfrei.at

Umschlagabbildung: © frozenstarro - Fotolia.com
Lektorat: S. Bähr
Satz und Layout: Verlag federfrei
Printed in EU

ISBN 978-3-902784-61-2

Vorwort

Ihr irrt, wenn ihr glaubt, dass diese Geschichte allein meiner Fantasie entsprungen ist. Sie war nur Beiwerk, um aus mir Anvertrautem ein mögliches Ganzes zu schaffen!

1

Angewidert wandte er sich ab. Er konnte den grauenvollen Anblick und die ihn plagenden Gedanken über das, was er angerichtet hatte, nicht länger ertragen. So sehr er sich auch bemühte, das Geschehene aus seinem Kopf zu verbannen, es gelang ihm nicht.

Einzig die rasche Flucht vom Tatort, so hoffte er, würde ihm helfen, diesem quälenden Zustand, den sein begangenes Verbrechen in ihm hervorrief, zu entrinnen.

Das dürre Reisig, das ringsherum am Boden lag, krachte und knackte unter seinen Füßen. Fieberhaft sammelte er es auf, um das leblose Mädchen notdürftig damit zu bedecken. Wahllos raffte er morsches Holz, dem ein scharfer modriger Geruch nach Pilzen anhaftete, durchnässtes klebriges Laub und was er sonst in der Eile noch zu fassen bekam zusammen und verteilte alles über den Reisighaufen, bis der Körper der jungen Frau nicht mehr zu sehen war. Kritisch und nicht ohne seinen unruhigen Blick ständig aus Angst vor Entdeckung in der Gegend umherschweifen zu lassen, betrachtete und vollendete er sein Werk.

Er hatte wahrlich gute Arbeit geleistet. Sah man nicht genau hin, konnte man meinen, der aufgeworfene Hügel wäre auf natürliche Weise entstanden.

Nachdem er das abgelegene, mit Dickicht umgebene Waldstück hinter sich gelassen hatte, lief er den schmalen Pfad, der quer über die morastigen sauren Wiesen führte, hinunter zum See. Sein Schritt war hastig, getrieben, als würde ihm jemand an den Fersen kleben und ihn jeden Moment an den Schultern packen, ihn herumreißen und zum Stehenbleiben zwingen.

Dicke Nebelschwaden, die ihm die Sicht nahmen und ihn schier erdrückten, hingen wie Blei über der Landschaft. Er glaubte, Blicke zu spüren, die ihn zu durchbohren, und Hände, die nach ihm zu greifen schienen. Er meinte sich umringt von jämmerlichen Gestalten, verlorenen Seelen mit weit aufgerissenen Augen und Mündern, die keinen Frieden fanden und aus dem Sumpf emporstiegen. Sie umklammerten seine Beine, hinderten ihn am Weiterkommen und drohten, ihn mit hinab in die Tiefe des Moores zu ziehen.

Von den Wipfeln der sich leicht im Wind wiegenden Birken stießen große schwarze Rabenvögel raue, kehlige Schreie aus. Als sie ihn bemerkten, flogen sie kreischend auf, drehten mit kräftigen Flügelschlägen einige Runden über ihm, um sich schließlich wieder im Geäst der kahlen Baumkronen niederzulassen.

Unter seinen Schuhsohlen knirschte der grobe Schotter, den man aufgeschüttet hatte, um den Weg für die Spaziergänger begehbar zu machen. Er stolperte, rutschte und kam in einem Moment der Unachtsamkeit beinahe zu Sturz. Kalter Schweiß trat ihm aus allen Poren, sammelte sich auf seiner Stirn und vermischte sich mit dem plötzlich einsetzenden Niederschlag zu kleinen Rinnsalen, die über sein Gesicht und seinen Körper liefen. Er spürte, wie die Nässe seine Kleidung durchfeuchtete, bis diese unangenehm an seiner Haut klebte. Die Kälte ließ ihn erschauern. Er fror erbärmlich.

Trotz aller Unannehmlichkeiten verschaffte ihm der nun heftig peitschende Regenschauer für einen Augenblick etwas Erleichterung. Das Wasser, das sich in den ausgetretenen Vertiefungen des Wanderweges rasch sammelte und allmählich zu einem ansehnlichen Bächlein anschwoll, kam ihm gerade recht. Es schwemmte alles fort, was ihn entgegen aller Vorsicht, die er hatte walten lassen, vielleicht doch noch verraten könnte.

Sein Atem, den er in kurzen schweren Zügen hervorstieß, glich einem gepressten Keuchen, und jedes Mal, wenn er die kalte Luft

wieder einsog, zuckten seine Mundwinkel, und seine bläulich verfärbten Lippen zitterten. Er fühlte den rasenden Herzschlag in seiner Brust, und in seinem Kopf pochte es so heftig, als wollte ihm
jeden Moment der Schädel bersten. Alle Versuche, die Gedanken
an das Sterben der jungen Frau zu verdrängen, scheiterten kläglich,
und obwohl er sich immer weiter vom Ort seiner Wahnsinnstat
entfernte, wurde ihm wider seiner Hoffnung, alles endlich hinter
sich zu lassen, mit jedem seiner Schritte nur noch bewusster, was
er angerichtet hatte. Die grausame Erkenntnis, dass er hilf- und
machtlos gegen sein eigenes Tun war, machte ihn zornig und trieb
ihm die Tränen in die Augen. Ein reumütiger Zustand, der jedoch
nie von langer Dauer war und abfiel, sobald sein Drang stärker war
als sein Verstand.

Abermals überkam ihn das beklemmende Gefühl, beobachtet
und verfolgt zu werden, doch er wagte nicht zurückzublicken. Im
Geiste sah er die Hand des toten Mädchens unter dem Reisighaufen
hervorragen. Er glaubte zu hören, wie sie jämmerlich um Hilfe
schrie, wie ihre Schreie immer lauter und verzweifelter wurden.
Er sah sie hervorkriechen aus ihrem Grab, sah sie auf ihn mit erhobenem Finger zeigen und hörte sie gellend und anklagend rufen:
»Er ist es gewesen, er hat mir das angetan, er – eer – eeer ...« In
seiner Einbildung meinte er sich bereits umringt von aufgebrachten
Menschenmassen, die mit geballten Fäusten und drohenden Ge-
bärden auf ihn zustürmten, um ihn zu fassen und seiner gerechten
Strafe zuzuführen.

Dem Wahnsinn nahe und mit hochgezogenen Schultern und zu
Boden gesenktem Kopf, die geballten Fäuste in seinen Jackenta-
schen vergraben, flüchtete er vor sich selbst und seinem Gewissen
und der Gewissheit, erneut etwas getan zu haben, das ihn unvermeidlich ins Verderben stürzen würde. Begleitet von diesen ernüchternden Gedanken und der schweren Last seiner Schuld, er-

reichte er schließlich die Straße, die unter der Autobahn hindurch direkt zum See hinabführte.

Als er die ersten Gebäude wahrnahm und auf ein älteres, eingehakt unter einem Regenschirm spazierendes Paar traf, das geradewegs auf ihn zuschlenderte, verlangsamte er seinen Schritt. Er nahm seine letzte, ihm noch verbliebene Beherrschung zusammen, ordnete seine Kleidung, streifte die dünnen, vom Erdreich verschmutzten Lederhandschuhe ab, steckte sie in ein eigens dafür mitgeführtes Plastiksäckchen und ließ dieses rasch in seiner Jackentasche verschwinden. Dann fuhr er sich mit den Fingern durch das dichte dunkle Haar und richtete sich auf. Mit erhobenem Haupt, nach vorne gerichtetem Blick und aufgesetzter Freundlichkeit ging er an den beiden betagten Menschen vorbei und schlug den sich nun gabelnden Weg nach rechts ein, der ihn hinab zur Uferpromenade führte.

Raschen Schrittes näherte er sich der erleuchteten Holzblockhütte, ein kleines Lokal in der Nähe der Schiffsanlegestelle. Er holte das Säckchen mit den Lederhandschuhen, die starke Verschleißspuren von der widrigen Benutzung aufwiesen, in dem Bewusstsein wieder aus seiner Jackentasche hervor, dass er sie so schnell wie möglich loswerden musste. Er bückte sich, griff nach einem faustgroßen Stein, steckte ihn in das Säckchen zu den Handschuhen, verknotete es und warf das Bündel in hohem Bogen hinaus auf den See, der die brisante Fracht augenblicklich verschlang.

Wenig später betrat er das Lokal und zwang sich mühsam zu einem freundlichen Lächeln. Er grüßte die hinter der Bar an der Kaffeemaschine hantierende junge Frau und nahm an einem der leeren Tische Platz. Verstohlen blickte er um sich. Er war der einzige Gast, was ihm nur allzu recht war, konnte er die Anwesenheit von Menschen in diesem Moment nur schwer ertragen. Viel zu sehr plagten ihn Ängste, dass man ihm ansehen und ihn durchschauen könnte, was er verbrochen und welche Schuld er auf sich geladen hatte.

Es roch leicht modrig, nach feuchtem Holz, wie es in Bauten dieser Art, die sich in unmittelbarer Nähe des Wassers befanden, oft der Fall war. Links und rechts der braunen Holzfenster hingen blau-weiß karierte Gardinen, billige Massenware, aus der auch die Tischdecken gefertigt waren. Kitschiger Plunder unterschritt nur knapp das Ausmaß an Erträglichem, bunte Plastikblumen und ländlicher Hausrat zierten jeden freien Winkel und sollten dem Anschein nach den Besuchern urbayerische Gemütlichkeit vermitteln.

»Ach, Sie sind es. Sie sind wohl in den Regen gekommen.« Die Servierkraft kicherte belustigt, als sie an den Tisch ihres etwas desolat wirkenden späten Gastes trat, der sie überhaupt nicht wahrzunehmen schien. Trotz seiner unordentlichen Aufmachung wirkte er sympathisch auf sie. Er war gut aussehend, und sah man über seinen durchnässten Zustand hinweg, im Allgemeinen ein gepflegter Mann. Groß gewachsen und schlank. So um die dreißig, schätzte sie ihn ein. Sein Blick war weich, ja, fast melancholisch, wenn auch in diesem Moment etwas unruhig hin- und herschweifend.

Sie kannte ihn flüchtig. Seit einigen Monaten kam er von Zeit zu Zeit auf einen kurzen Besuch, doch jedes Mal stets wenige Minuten bevor sie das Lokal zusperrte und selten noch Gäste anwesend waren. Er sprach kaum, nur das Nötigste, konsumierte sein Getränk und machte sich dann sofort wieder auf den Weg. Sie vermutete, dass er neu in diese Gegend gezogen oder einer der Saisonarbeiter war, die es jeden Sommer an den See verschlug und die hier hängen blieben, um sich auf Dauer an diesem schönen Ort niederzulassen. Für einen Touristen hielt sie ihn nicht, dafür war er schon zu lange in der Gegend.

Manchmal verschlug es auch einen der Häftlinge von der nahe gelegenen Haftanstalt, die Ausgang bekamen, in die kleine Gaststube. Doch wie ein Verbrecher sah dieser Mann bei Gott nicht aus. Er war ordentlich gekleidet und hatte gute, wenn auch etwas unterkühlte Umgangsformen, die ihn zwar ein wenig unnahbar erscheinen ließen, aber seinem sympathischen Auftreten keinen Abbruch taten. Augenblicklich verwarf sie den Gedanken wieder, dass dieser junge Mann ein Insasse der Justizvollzugsanstalt sein könnte.

Die Häftlinge aus der Haftanstalt, die sie kennengelernt hatte, waren meist von einem anderen Schlag. Laut, ungehobelt und oft ungepflegt. Manche versuchten, die Bekanntschaft von allein sitzenden Frauen zu machen, redeten viel und tranken gerne. Andere wiederum saßen mürrisch und schweigsam vor sich hinbrütend an den Tischen, und dann gab es noch die, die sich hier am Nachmittag mit ihren Familien und Frauen trafen, um in ausgelassener Runde ihre baldige Entlassung zu feiern.

An diesem Abend erschien der Fremde ihr jedoch anders als sonst. Unter seinen geröteten Augen lagen dunkle Schatten, er sah erschöpft und kränklich aus. Seine Gesichtshaut war ungewöhnlich blass und ließ seine hohen Backenknochen stark hervortreten. Er wirkte abgehetzt, wippte ständig mit seinem rechten Bein nervös auf und ab, und sein Blick richtete sich immer wieder unruhig in Richtung Tür, als ob er noch jemanden erwarten würde.

»Ist alles in Ordnung bei Ihnen?«, fragte sie ihn mit hochgezogenen Augenbrauen, nachdem er immer noch in Gedanken versunken zu sein schien.

»Was? Wie bitte? Oh, entschuldigen Sie.« Erst jetzt bemerkte er, dass die junge Frau an seinen Tisch getreten war und ihn neugierig musterte.

»Geht es Ihnen gut?«, hakte sie noch einmal nach.

»Ja, ja. Natürlich«, stotterte er verlegen. »Es ist alles in Ordnung. Ich war nur mit meinen Gedanken bei einer anderen Sache …« Seine Unaufmerksamkeit und ihre Fragen waren ihm sichtlich peinlich, und obwohl sie ihm gefiel, vermied er es, ihrem Blick zu begegnen.

»Schon gut, das geht mir manchmal auch so.« Sie grinste amüsiert, um die Situation etwas aufzulockern.

Ihre fröhliche, unbekümmerte Art lenkte ihn für einen kurzen Augenblick ein wenig ab und milderte seine Anspannung. Erleichtert sah er sie an und nickte ihr dankbar zu.

»Wir sperren gleich zu. Was darf ich Ihnen bringen?«

»Ach, das Übliche.« Er blickte auf seine Armbanduhr und erschrak über die fortgeschrittene Zeit, die ihn ermahnte, so rasch wie möglich den Heimweg anzutreten.

»Einen Espresso mit Schuss also?«, fragte sie nun so selbstverständlich, als wäre er schon seit Jahren Stammgast und sie mit seinen Gepflogenheiten bestens vertraut.

Er nickte und fügte hinzu: »Ja bitte, aber einen doppelten Espresso mit doppeltem Schuss.« Dann griff er nach der Tageszeitung, die neben ihm, unordentlich in einzelne Teile zerpflückt, auf der Bank lag, vertiefte sich kurz darin, um sie aber sogleich wieder beiseite zu legen. Es fiel ihm schwer, einen klaren Gedanken zu fassen, geschweige denn, sich auf das Lesen der Zeitung zu konzentrieren.

Wenige Minuten später stellte die Bedienung die Kaffeetasse vor ihm ab. Die junge Frau, bekleidet mit Jeans und weißem Shirt, hatte ein weiches hübsches Gesicht. Ihre Haut war makellos und braun gebrannt, das Blau ihrer Augen von einer Intensität, die Lebensfreude und Sorglosigkeit widerspiegelten. Ihre Figur war zartgliedrig und mädchenhaft. Das lange blonde Haar trug sie locker am Hinterkopf zu einem Pferdeschwanz zusammengebunden, aus dem vereinzelt störrische Strähnchen in ihr Gesicht fielen, die sie immer wieder vergeblich versuchte, hinter ihr Ohr zu klemmen.

Aus den Augenwinkeln heraus betrachtete sie die gepflegten Hände ihres Gastes, mit denen er in seinem Portemonnaie nach einem Geldschein suchte, um die Rechnung zu begleichen. Sie nahm an, dass er einen Beruf ausüben würde, der ihm keinerlei körperliche oder schmutzige Arbeit abverlangte. Je länger sie ihn beobachtete, umso mehr spürte sie, dass er etwas seltsam Anziehendes auf sie hatte. Er gefiel ihr! Seine zurückhaltende Art, sein gewinnendes Lächeln und die dunklen, etwas tief liegenden geheimnisvollen Augen erweckten ihre Aufmerksamkeit. Sie fühlte sich zu ihm hingezogen, doch sein verschlossenes zurückhaltendes Wesen hielt sie davor zurück, weiter auf ihn zuzugehen. Obwohl er sich stets freundlich ihr gegenüber verhielt, hatte sie das Gefühl, dass er, wenn er mit ihr sprach, durch sie hindurchblickte und mit seinen Gedanken ganz woanders war. Abwesend, weit weg und für sie unerreichbar.

»Stimmt so, und bringen Sie mir bitte noch einmal das Gleiche.« Er legte einen Geldschein auf den Tisch und nippte an dem heißen Getränk.

»Gerne«, antwortete sie zögerlich, und, erstaunt über den ungewöhnlich hohen Geldbetrag, stammelte sie: »Aber das ist doch viel zu viel …« Ein Trinkgeld dieses Ausmaßes hatte sie noch nie bekommen.

»Ich sagte doch bereits, dass es stimmt.« Fast unfreundlich und in barschem Ton, aber seiner Sache sicher, schob er ihr die Banknote zu. »Also, nehmen Sie schon.«

Außer einem leisen verblüfften »Danke vielmals.« brachte sie nichts über die Lippen. Zaghaft und immer noch ungläubig steckte sie den Fünfzig-Euro-Schein in ihre Geldtasche, wartend darauf, dass er seinen Irrtum doch noch erkennen würde. Aber es kam nichts!

Während sie den Tag abrechnete, trank er aus. Für einen Moment fühlte er sich gut. Der Genuss des hochprozentigen Alkohols und des heißen Kaffees auf leeren Magen, er hatte den ganzen Tag über nichts zu sich genommen, tat seine Wirkung. Das dampfende Gebräu durchflutete seinen ausgekühlten Körper mit einer wohligen Wärme, löste seine verkrampften Muskeln und vertrieb seine üblen Gedanken. Etwas benebelt erhob er sich und brachte die Tassen zurück an den Tresen.

»Danke, aber das wäre wirklich nicht nötig gewesen.« Sichtlich gerührt griff sie nach dem Geschirr und stellte es in die Spüle.

»Keine Ursache«, winkte er schwach lächelnd ab, verabschiedete sich mit einem flüchtigen Nicken und verließ das Lokal.

Draußen war es inzwischen fast dunkel und der Nebel noch dichter geworden. Vom Bootssteg her vernahm er das Geläut der Glocke, das zur letzten Gelegenheit zur Fahrt mit dem Schiff über den See mahnte. Doch nur wenige Menschen machten um diese Jahreszeit noch von diesem Angebot Gebrauch.

Kurz darauf verließ der Dampfer den Anlegeplatz, glitt majestätisch hinaus auf das silbrig glänzende Wasser, bis er schließlich in der Dämmerung in den grauen Nebelschwaden verschwand. Aus dem schilfbewachsenen Ufergürtel drang noch vereinzelt das Geschnatter der aufgeschreckten Wild- und Stockenten. Er hörte das immer leiser werdende Plätschern des Wassers, ausgelöst durch die sachten Wellen, die das abgefahrene Schiff hinter sich aufgeworfen hatte. Dann wurde es still um ihn.

Das freundliche Lächeln war längst wieder aus seinem Gesicht gewichen, war abgefallen wie eine Maske, hinter der er sich verschanzt hatte, um für einen kurzen Augenblick sein wahres *Ich* vor dem Mädchen zu verbergen. Erneut kroch ihm die Kälte an den Beinen hoch, hinauf bis zur Brust und ließ ihn erschaudern. Der dünne Stoff seines dunklen Anzugs bot kaum Schutz vor dem nun immer stärker aufkommenden kalten Herbstwind, ein Vorbote des herannahenden Winters, der ihm nun kräftig um die Ohren blies.

Er schrak auf, als er ein leises Knacken hinter sich vernahm und die dunklen Umrisse einer Gestalt zu erkennen glaubte. Die Angst und das beklemmende Gefühl von vorhin vermochte ihm auch der Genuss des Alkohols nicht zu nehmen.

Von Panik getrieben, begann er zu laufen, vor sich selbst zu fliehen. Er rannte und rannte, immer schneller und schneller. In seinem Kopf hörte er Stimmen. Angstverzerrte hysterische, durch Mark und Bein gehende Frauenstimmen, die um Gnade und Erbarmen flehten. Sie wurden lauter und schriller, schwollen an zu einem mächtigen Orkan, der sich über ihn mit brachialer Gewalt entlud. Er presste seine Hände auf die Ohren. Ein Gefühl der Ohnmacht überkam ihn, und aus seiner Furcht heraus, verrückt zu werden, schrie er seinen Schmerz hinaus in die Stille der Nacht. Aus dem Schrei wurde ein jämmerliches Schluchzen, aus dem Schluchzen ein klägliches Wimmern, das schließlich zu einem hilflosen Fiepen verkümmerte. Er sank zu Boden, kauerte auf der kalten Erde wie ein Häufchen Elend und vergrub das tränennasse Gesicht in seinen Händen.

Er *musste* sie doch töten. Er hatte sie entehrt, besudelt, beschmutzt, verdorben, diese jungen, schönen, sanften Geschöpfe, die er so sehr liebte. Was blieb ihm anderes übrig, als sie auf seine Art zu erlösen? Wie sonst konnte er ihre Seelen wieder reinwaschen, von der Schande, die er ihnen zugefügt hatte? Auch würden sie ihn verraten, wenn er sie am Leben ließe. Alle würden erfahren, was er getan hatte. Alle! Eine Schmach, die er nicht ertragen könnte. Eine Demütigung, die er nicht überleben würde. Mit dem Finger würden sie auf ihn zeigen, ihn verachten und verdammen. Sie würden triumphieren und richten über ihn. Ihn einen gottlosen

Menschen ohne jegliche Moral und ohne Anstand schimpfen. Sie würden seine abgrundtiefe dunkle Seite nach oben kehren, ihn an den Pranger stellen und nicht verstehen, wie sehr er selbst unter seinem Dämon litt, weil dieser ihn zwang, Dinge zu tun, die er nicht wollte. Er war seinem Tun machtlos ausgeliefert, egal, wie sehr er sich auch dagegen sträubte.

Er hatte nur noch den Wunsch, sich zu verkriechen. Zurück in seine eigene kleine heile Welt, die ihm Schutz und Sicherheit zu bieten schien, wenn auch immer nur für kurze Zeit, in der er Ruhe und Frieden finden konnte. Eine bleierne Müdigkeit überfiel ihn. Er wollte schlafen! Einfach nur schlafen! An nichts mehr denken! Vergessen, alles ausblenden, als wäre nichts gewesen. Als hätte es diesen Tag, diese Tage in seinem Leben nie gegeben.

Aber er wusste, es würde wieder geschehen …

2

In Gedanken versunken, schritt Paul Coman, ein dickes Akten-
bündel unter den Arm geklemmt, den hell erleuchteten Gang entlang, der geradewegs in sein im Südtrakt der Haftanstalt gelegenes
Büro führte.

Das Bild der toten Frau in seinem Kopf hatte sich seit Tagen tief
in sein Innerstes eingebrannt und ließ ihn nicht mehr los. Es verur-
sachte ihm ein unangenehmes Gefühl in der Magengrube und das,
obwohl er von seinem vorangegangenen Job als Notfallpsychologe
so einiges gewohnt war. Nicht nur einmal war er mit schrecklichen
Unglücksfällen konfrontiert worden, und seine Aufgabe hatte darin
bestanden, den meist schwerst traumatisierten Angehörigen oder
Hinterbliebenen in ihrem Schmerz beizustehen und seine Hilfe an-
zubieten. Doch den Anblick einer durch menschliche Gewalt so
grausam zu Tode gekommenen Person konnte er nicht so einfach
wegstecken. Das beklemmende Gefühl verstärkte sich erheblich,
wenn er daran dachte, dass der Mörder dieser jungen Frau noch
frei herumlief und die Kriminalisten davon ausgingen, dass es sich
um einen Serientäter handeln könnte, der vielleicht über kurz oder
lang erneut zuschlagen würde.

Vor seinen Augen sah er noch immer das Blaulicht der Einsatzfahrzeuge, das ihn zum Leichenfundort in ein abgelegenes
Waldstück unweit der Haftanstalt geführt hatte. Eine gottverlassene Gegend mit kargem moorigen Boden, vereinzelten dichten
Gruppierungen von jungen Fichten und verkrüppelten Birken.
Und dann, der schreckliche Anblick der Frauenleiche, die mit einer transparenten Plastiktüte über dem Kopf im Lichtkegel der
Scheinwerfer, halb verdeckt von einem Laub- und Reisighügel, mit
dem Gesicht nach unten im Morast lag und kurz zuvor vom Hund

eines Spaziergängers aufgestöbert worden war. Nie im Leben würde er den grausigen Anblick vergessen, in dem die Tote geborgen, in den Leichensack gesteckt und in den grauen kalten Metallsarg gelegt wurde. Durch die dünne Plastikfolie der Mülltüte hindurch starrten ihn die weit aufgerissenen angstverzerrten Augen der toten Frau an. Die blutunterlaufenen und geröteten Augäpfel traten ungewöhnlich stark hervor und ließen ihn ahnen, wie schrecklich sie gelitten und welchen Todeskampf sie ausgestanden haben musste. Er war heilfroh, als der Sargdeckel endlich geschlossen wurde.

Welch abartiges krankes Geschöpf brachte es fertig, sich an einem wehrlosen menschlichen Wesen so zu vergehen? Warum musste diese junge hübsche Frau auf so grausame Art und Weise zu Tode kommen? Viele Fragen, auf die er keine Antwort fand, gingen ihm durch den Kopf.

Er kramte nach dem Schlüsselbund in seiner Hosentasche, schloss die Tür auf, neben der rechts oben ein Schild angebracht war, das auf den Benutzer des Raumes hinwies.

Dr. Paul Coman, Anstaltspsychologe stand auf dem auswechselbaren Papierschild hinter Plexiglas.

Paul legte die Akte auf den mit Schriftstücken und Büchern überladenen Schreibtisch, der vor einem der beiden Fenster stand, die sein Büro am Tag in ein helles freundliches Licht tauchten. An der gegenüberliegenden Wand befand sich ein dunkles Bücherbord aus Nussholz. Es war bis auf den letzten Platz gefüllt mit Fachliteratur und Akten. Links von seinem Arbeitsplatz, etwas zurückversetzt in einer Art Nische, stand ein dunkelgrünes Sofa, dem man die Jahre allmählich ansah. Gleich daneben ein rundes Beistelltischchen und ein passender Fauteuil. An den Wänden hingen Schwarz-Weiß-Zeichnungen von Alfred Kubin, eingefasst mit schlichten goldfarbenen Rahmen, die er aus seinem Elternhaus mitgebracht hatte, um dem sonst so sterilen Raum etwas Behaglichkeit zu verleihen. Der abgetretene und von Licht und Sonne ausgebleichte Dielenboden aus massiver Eiche knarrte und ächzte unter jedem seiner Schritte.

Paul trat ans Fenster, durch das er in den weitläufig gelegenen Park, der die Haftanstalt zur Südostseite umgab, blicken konnte. Der kalte Herbstwind des zu Ende gehenden Oktobers wirbelte die in leuchtendes Orange, Gelb und Rot getauchten Blätter durch die Luft und ließ sie in einer Sekunde der Stille sacht zu Boden gleiten. Er beobachtete zwei Häftlinge, die der Pflege der Grünanlage zugeteilt worden waren und sich mit dem Zusammenharken des Laubes abmühten, es dann in große Körbe füllten, um es anschließend auf den Komposter zu verfrachten, der sich in einer geschützten Ecke des Areals befand. Es war ein beschauliches und harmonisches Bild, das sich ihm bot. Nur die in einiger Entfernung sichtbaren hohen Mauern mit dem aufgesetzten Stacheldraht deuteten darauf hin, dass es sich hier um das Gelände einer Justizvollzugsanstalt handelte.

Trotz der friedlichen Herbststimmung lagen seine Nerven blank, und seine Befindlichkeit schwankte zwischen Selbstmitleid und Depression. Nicht nur der Mord an der jungen Frau, sondern auch seine eigenen Lebensumstände machten ihm nach wie vor arg zu schaffen.

Wie jeden Tag seit dem plötzlichen Verschwinden seiner Verlobten litt er unerträgliche Qualen. Qualen der Trauer, des Verlustes und der Frage nach dem Warum und Wieso. Mehr als ein Monat war nun schon vergangen, seit Esther Anfang September dieses Jahres plötzlich aus seinem Leben verschwunden war.

Außer einer Reisetasche mit, wie ihm schien, notdürftig und wahllos zusammengerafften Habseligkeiten, ihrer Handtasche und den persönlichen Dokumenten hatte sie alles zurückgelassen. Was ihn allerdings verblüffte und auf ihre Rückkehr hoffen ließ, war der Umstand, dass der Haustürschlüssel mit dem geteilten Herzanhänger aus Silber, den er ihr noch kurz zuvor geschenkt hatte und dessen zweite Hälfte er an seinem Schlüsselbund trug, nicht mehr am Schlüsselbrett hing.

Sie hatte sich nicht einmal die Mühe gemacht, die Schranktüren ihres Kleiderkastens und die Schubläden ihrer Wäschekommode vor dem Verlassen des Hauses zu schließen. Auf dem Fußboden fand er achtlos verstreute Kleidungsstücke liegen. Esther hinterließ eine Unordnung, die ihn stutzig machte und die er so nicht an ihr kannte. Selbst ihr neuer Wagen, auf den sie lange gespart hatte, stand noch in der Garage. Er zermarterte sich endlos den Kopf darüber, was an diesem Tag vorgefallen sein musste und sie veranlasst hatte, so überstürzt und ohne Auto aufzubrechen.

Paul trat vom Fenster zurück, schritt im Zimmer auf und ab, setzte sich an seinen Schreibtisch, um sogleich wieder aufzustehen. Erneut begann er, im Raum auf und ab zu laufen, was seine innere Unruhe allerdings nicht im Geringsten verminderte. Sein Schmerz und seine Wunden waren noch so frisch, als wäre dieses Unheil erst gestern über ihn hereingebrochen.

Im ersten Moment hatte er noch vermutet, Esther wäre nach einem spontanen Entschluss wie schon einmal zuvor mit der Bahn zu einer ihrer Freundinnen gereist und hätte in der Eile noch keine Gelegenheit gefunden, ihm Bescheid zu sagen, was er sich allerdings bei ihr, die stets zuverlässig und gewissenhaft war, nicht so recht vorstellen konnte.

Als er jedoch die braune Ledermappe, in der sie ihre Papiere aufbewahrte, aufgeschlagen und achtlos auf dem Holzboden im Wohnzimmer liegen gesehen hatte, war ihm sofort aufgefallen, dass ihr Pass und ihre persönlichen Dokumente nicht mehr an ihrem Platz waren. Das Fehlen der Papiere ließ ihn zusammenzucken. Es bescherte ihm ein beklemmendes Gefühl in der Magengrube und einen heftigen Schmerz in der Brust. Für einen Moment drehte sich alles um ihn, und der Boden unter seinen Füßen drohte nachzugeben. Die Angst trieb ihm den Schweiß auf die Stirn, und als er kurze Zeit später in der Küche auch noch eine Nachricht von ihr auf einem kleinen Stück Papier an der Pinnwand vorgefunden hatte, brach eine Welt für ihn zusammen. Zwei Sätze waren unordentlich und kaum leserlich in Blockschrift darauf gekritzelt, so als wäre sie in größter Hast gewesen:

BITTE VERZEIH, PAUL, ABER ICH LIEBE DICH NICHT MEHR. SUCH NICHT NACH MIR, ICH KOMME NICHT ZURÜCK. E.

Sonst nichts! Absolut nichts! Keine weitere Erklärung. Keine Adresse, wo er sie hätte erreichen können.

Mit zitternden Fingern hatte er nach dem Zettel an der Wand gegriffen und den Text gelesen. Immer und immer wieder, bis ein feuchter Film vor seinen Augen die ohnehin schon schwer entzifferbaren Wörter verschwimmen ließ. Er konnte nicht glauben, was auf dem zerknitterten Papier stand, wollte nicht wahrhaben, dass sie so etwas geschrieben hatte. Noch nie in seinem Leben hatte er sich so elend gefühlt, so hilflos und traurig. Und so sehr er es auch gehofft hatte, er wachte nicht auf aus diesem bösen Traum, vielmehr wurde der Traum zur bitteren Gewissheit.

Ihr Handy hatte sie in der Hektik wohl vergessen oder, wie er mittlerweile vermutete, absichtlich zurückgelassen, um auch die letzte Brücke zu ihm abzubrechen. Er fand es im Arbeitszimmer, das sie sich beide geteilt hatten, auf einem Stapel Schulbücher und Unterlagen, die sie über die Sommerferien zur Vorbereitung für das kommende Schuljahr mit nach Hause genommen hatte.

Dass ihre Gefühle für ihn erloschen waren, musste er wohl oder übel hinnehmen. Auch wenn er keine Erklärung dafür fand. Warum aber hatte sie sich so heimlich und fluchtartig davongeschlichen?

Und was hatte sie so plötzlich dazu bewogen, auch ihre Arbeit aufzugeben? Sie liebte den Umgang mit Kindern, freute sich auf ihren Job. Kurze Zeit bevor sie ihn verlassen hatte, hatte sie noch voller Begeisterung geschwärmt, wie zufrieden und glücklich sie doch mit ihrer Berufswahl und ihrer im Herbst bevorstehenden neuen Aufgabe wäre.

An Esthers Schule zeigte man sich über ihren Sinneswandel und ihren unangekündigten Abgang schockiert. Man reagierte verärgert und mit Empörung, hatte sie doch erst am Ende des letzten Schuljahres noch um einen unbefristeten Lehrvertrag angesucht, den man ihr nach langwierigen Auswahlverfahren schließlich auch gewährte, da sie von den vielen Bewerbern am besten abschnitt und sich durch ihr Engagement besonders hervorhob.

Auch ihre engste Freundin und Kollegin Marie hatte sie nicht in ihr Vorhaben eingeweiht. Als Marie von Esthers überstürzter Abreise durch Paul erfuhr, war diese nicht minder überrascht und vor den Kopf gestoßen. Marie konnte vor Paul nicht verbergen, wie enttäuscht auch sie von Esthers Verhalten war. Überall hinterließ sie Unverständnis und Betroffenheit.

Schnell keimten böse Gerüchte auf. Im Ort wurde getuschelt und gespöttelt, und so manch böse Zunge munkelte, dass bei einem derartig überstürzten Vorgehen nur ein anderer Mann seine Finger im Spiel haben konnte und dass seine schöne junge Frau wohl einen triftigen Grund gehabt haben musste, wenn sie ihn so plötzlich und so kurz vor der Hochzeit verlassen hatte.

Paul interessierte das Geschwätz der anderen wenig. Viel zu sehr war er damit beschäftigt, entgegen Esthers Bitte nach ihr zu suchen, doch seine Bemühungen blieben erfolglos. Sie war wie vom Erdboden verschluckt. Spurlos verschwunden! Als er die Polizei um Hilfe bat, schickte man ihn weg, mit der Begründung, dass kein Anlass vorliegen würde, nach ihr zu suchen, da sie aus freien

Stücken entschieden hätte, ihn zu verlassen, was letztendlich auch der Zettel, den er vorgefunden hatte, beweisen würde.

Tagelang hatte er sich den Kopf zerbrochen, was sie zu dieser plötzlichen Flucht bewogen haben könnte, aber er fand keine Erklärung. Nicht den geringsten Anhaltspunkt! Es hatte keinen Streit, keine Uneinigkeit zwischen ihnen gegeben. Umso schwerer fiel es ihm daher, ihr Handeln so kurz vor der Hochzeit zu verstehen. Fortwährend nagte an ihm diese fürchterliche Ungewissheit nach dem Warum und Wieso. Sie verfolgte ihn bei seiner Arbeit und bereitete ihm unzählige schlaflose Nächte. Wenn sie wenigstens über ihre Pläne gesprochen und ihm erklärt hätte, weshalb sie plötzlich nicht mehr ihr Leben mit ihm teilen wollte, er hätte, auch wenn es ihm schwergefallen wäre, damit leben können. So aber plagten ihn Fragen über Fragen, auf die er keine Antwort fand.

Stets war er der festen Überzeugung gewesen, dass alles zwischen ihnen in bester Ordnung war, wie sonst hätte er ihre Zuneigung, die sie ihm täglich so offen zeigte, deuten sollen? Ihr Umgang miteinander war von Zärtlichkeit und Liebe geprägt, und noch in der Nacht, bevor sie ihn verlassen hatte, suchte sie, wie er meinte, ganz besonders seine Nähe. Esther schlief mit ihm mit einer Leidenschaft und Hingabe, die er so sehr an ihr liebte, und als sie erschöpft und glücklich nebeneinander lagen, flüsterte sie ihm schlaftrunken ins Ohr: »Liebling, ich muss dir unbedingt etwas Wichtiges sagen …« Doch noch ehe er auf ihre verheißungsvolle Ansage reagieren konnte, war sie in seinen Armen eingeschlafen.

Damals maß er ihren Worten keinerlei Bedeutung zu, aber mit der Zeit fragte er sich immer öfter, ob ihre Ankündigung nicht doch etwas mit ihrem Vorhaben zu tun gehabt und sie nur nicht den Mut gefunden hatte, ihm die Wahrheit zu sagen. Dachte er allerdings an den nächsten Morgen, als er neben ihr aufwachte, fand er seine Mutmaßungen so absurd, dass er sie sofort wieder verwarf, da er sich nicht vorstellen konnte, dass diese wunderbare Frau an seiner Seite so kalt und berechnend sein könnte.

Niemals würde er diesen Anblick, diese letzte Erinnerung an sie vergessen können. Klein und zart, ja, fast zerbrechlich, lag sie eng an ihn geschmiegt. In ihrem sanften Gesicht, umrahmt von einer Fülle blonder Locken, die ihr etwas Unschuldiges verliehen, spiegelten sich Glück und Zufriedenheit. Und als er sie wach küsste, drängte sie sich an ihn, schlang ihren Arm um seinen Hals und legte ihr Bein um seine Hüften. Sie zitterte vor Verlangen, als sie seine Erregung spürte. Esther nahm ihn auf wie eine Frau, die wirklich liebte. Oh ja, er hatte geglaubt zu spüren, nein, er war sich absolut sicher, dass sie ihn über alles liebte.

Wie all die Tage zuvor frühstückten sie auch an dem besagten Morgen zusammen, sprachen über ihre gemeinsame Zukunft und über Esthers bevorstehenden Arbeitsbeginn an der Schule. In Esthers Augen lag ein warmer Glanz, und sie strahlte ihn fortwährend an. Für ihn gab es nicht den geringsten Anlass, an ihrer Liebe zu zweifeln. Und als er ihr über die Wange streichelte und sagte: »Ich liebe dich«, neigte sie lächelnd den Kopf ein wenig zur Seite und schmiegte ihn in seine hohle Hand.

»Und ich liebe dich«, erwiderte sie und ließ ihre Fingerkuppen sanft über seine Lippen gleiten. Ihre Augen füllten sich mit Tränen. Tränen des Glücks und der Rührung, wie er zu spüren glaubte.

Paul ergriff ihre Hand, küsste sie und fragte dennoch: »Bist du glücklich, mein Liebes?«

Sie schwieg und lächelte ihn nur an. Für ihn bedurfte es keiner Worte. Das, was er in ihrem Gesicht sah, der warme Glanz, ihr zärtlicher Blick, waren ihm Beweis genug.

Im Nachhinein aber fragte er sich, ob er ihre Tränen missverstanden hatte. Ob er zu wenig sensibel gewesen war, um zu bemerken, dass es ihr an seiner Seite nicht gut ging. Dass sie etwas bedrückte und vor ihm verbarg. Aus welchem Grund auch immer! Die Antworten auf seine Fragen würde er wohl nie erfahren.

Selbst nach der liebevollen Verabschiedung an diesem Morgen hatte er auch aus heutiger Sicht keinerlei Veranlassung, an ihrer Liebe zu zweifeln. Wie jeden Tag nach dem gemeinsamen Frühstück begleitete sie ihn zur Tür und umarmte und küsste ihn zärtlich. »Bis heute Abend, mein Liebling«, flüsterte sie ihm ins Ohr. »Ich habe eine wunderbare Überraschung für dich!« Ihre Augen strahlten, und ein geheimnisvolles Lächeln huschte über ihr Gesicht.

Ihre verheißungsvollen Worte machten ihn neugierig. »Was ist es denn? Nun sag schon«, bettelte er und machte eine Mitleid erregende Grimasse.

»Nicht hier, zwischen Tür und Angel«, hatte sie ihm geantwortet.

»Zuerst machst du mir den Mund wässrig, und dann vertröstest du mich auf den Abend? Das ist aber gar nicht nett von dir.« Obwohl er vorgab zu schmollen, hatte sie sich nicht erweichen lassen. »Außerdem wolltest du mir gestern Abend auch schon etwas sagen …«

»Nun geh endlich. Wenn ich es dir jetzt sagen würde, könntest du den ganzen Tag vor Aufregung nicht mehr arbeiten.« Mit diesen Worten hatte sie ihn lachend weggeschickt.

Nun würde er nie mehr erfahren, mit was sie ihn überraschen wollte, was sie ihm so Wichtiges zu sagen hatte, oder meinte sie etwa damit, dass sie ihn *verlassen* würde?? Und was war daran so *wunderbar*?? So viel Sarkasmus und Geschmacklosigkeit traute er ihr einfach nicht zu.

Nächtelang zerbrach er sich den Kopf, suchte verzweifelt nach einem Grund, aber so sehr er sich auch quälte, er konnte keinen finden. Wie hatte er sich bloß in ihrer Liebe so täuschen können? Was hatte *sie* bewogen, *ihn* so zu täuschen? Hatte sie ihm ihre Gefühle die ganze Zeit nur vorgespielt? Aber aus welcher Veranlassung und warum? Er hatte sie zu nichts gedrängt, ihr alle Freiheiten gelassen. Hatte sie sich in einen anderen Mann verliebt, und war sie zu feige, ihm die Wahrheit ins Gesicht zu sagen? Wollte sie ihn nicht verletzen?

Paul seufzte deprimiert. Draußen im Hof wirbelte der Wind die Blätter immer heftiger durch die Luft, sodass die beiden Sträflinge größte Mühe hatten, ihre Arbeit zu erledigen. Einen kurzen Augenblick ließ er sich von diesem belustigenden Schauspiel ablenken, kehrte jedoch schon bald wieder entgegen seinen Bemühungen in den Bann seiner Erinnerungen zurück.

Alles hatte er unternommen, damit sie nicht unter seiner neuen Arbeit zu leiden hatte. Um nicht zu lange von ihr getrennt zu sein, nahm er fast täglich mehr als hundert Kilometer Autofahrt auf sich, und sie selbst war es gewesen, die ihn letztendlich dazu ermutigt hatte, die neue Herausforderung anzunehmen.

Die Arbeit in der Haftanstalt im benachbarten Bayern hatte er angenommen, weil sie wesentlich besser dotiert war als seine letzte Stelle in Salzburg, und er hoffte, so seine Verpflichtungen, die ihm nach dem Umbau seines Elternhauses noch nachhingen, schneller tilgen zu können. Aber nur wenig später bekam er auch die damit verbundenen unliebsamen Konsequenzen hautnah zu spüren.

Seine finanzielle Situation verbesserte sich zwar merklich, doch dafür musste er in Kauf nehmen, dass man ihm mit der Zeit immer mehr Arbeit aufbürdete. So auch Tätigkeiten, die eigentlich nicht zu seinem Aufgabenbereich gehörten und die kaum noch für ihn allein zu bewältigen waren. Aber wie überall setzte man auch in der Haftanstalt den Rotstift an und verweigerte die Anstellung eines zweiten Psychologen. Selbst sein Ansuchen, einen Assistenten einzustellen, der ihm einen Teil der Schreibarbeiten abnehmen könnte, lehnte man mit der Begründung ab, dass man strikte Sparmaßnahmen von *oben* auferlegt bekommen hätte. Eine Entscheidung, die er wohl oder übel zu akzeptieren hatte, wollte er seinen Job nicht wieder verlieren. Doch er und Esther waren sich einig gewesen, die Sache gemeinsam durchzustehen, um in einigen Jahren schuldenfrei und in gesicherter finanzieller Existenz eine Familie gründen zu können.

Umso mehr fiel er aus allen Wolken, als er Esther am Abend in ihrem gemeinsamen Zuhause nicht mehr vorfand. Alle Pläne, die sie zuvor noch miteinander geschmiedet hatten, alle Träume, die sie zusammen geträumt hatten, hatte sie mit einem Schlag zunichte gemacht. Hätte ihm damals sein Arbeitskollege und ihrer beider guter Freund, der Priester Rolf Arnstett, nicht so selbstlos mit Trost und Rat zur Seite gestanden, er wäre an der Sache verzweifelt. Er hätte sich seiner Verbitterung hingegeben und wäre einer schweren Depression verfallen.

Rolf hatte viele schöne Abende mit Esther und ihm in Anif in ihrem Haus verbracht. Sie hatten miteinander gefeiert und gelacht. Auch wenn Rolf manchmal tagsüber in Salzburg zu tun hatte, verabsäumte er es nie, noch auf einen Sprung bei Esther vorbeizuschauen.

Nachdem Paul sich seinem Freund anvertraut hatte, zeigte auch dieser ihm deutlich, wie bestürzt er über Esthers plötzliches Verschwinden war. Nicht einmal ihn, den Priester, hatte sie in ihr Vorhaben eingeweiht. Sie hatte ihr Geheimnis vor allen bestens gehütet, was immer sie auch dazu bewogen haben mochte.

Rolf Arnstett war es auch gewesen, der ihn unermüdlich und nach besten Kräften bei seiner Suche nach Esther unterstützte, ihm aber immer wieder klarzumachen versuchte, dass er ihre Entscheidung akzeptieren und sein Leben, wenn seine Suche keinen Erfolg haben würde, ohne sie weitergehen müsse, so schmerzhaft es für ihn auch sei.

Ebenso war Rolf es gewesen, der ihm eines Tages eine neue Nachricht von Esther überbrachte. Sie hatte sich telefonisch mit der Bitte an ihren gemeinsamen Freund gewandt, um Paul ausrichten zu lassen, dass er ihre Entscheidung doch endlich respektieren solle und dass es sinnlos wäre, weiter nach ihr zu suchen. Sie hätte sich geirrt und gerade noch rechtzeitig erkannt, dass sie nicht füreinander bestimmt gewesen wären. An dem Ort, wo sie sich jetzt befände, wäre sie glücklich und sie würde nicht mehr zu ihm zurückkehren. Sie könne und wolle ihm ihr Handeln nicht näher erklären und bitte ihn um Vergebung.

Rolf beteuerte ihm, dass all seine Bemühungen, Esther umzustimmen und zu einer Rückkehr zu bewegen oder sich wenigstens mit ihm auszusprechen, vergeblich gewesen wären. Auch ihren Aufenthaltsort konnte er nicht in Erfahrung bringen, so sehr er sie auch drängte und ihr auch zu bedenken gab, welch unsägliches Leid sie Paul mit ihrem Vorgehen zufügen würde.

Das war es dann wohl gewesen. Sie hatte einen Schlussstrich unter ihre Beziehung gezogen, ihm klar zu verstehen gegeben, dass ihre Entscheidung endgültig und ihre Liebe für ihn erloschen war.

Seit dieser Nachricht hatte Paul nichts mehr von ihr gehört, und obwohl er jetzt wenigstens Gewissheit hatte, dass es ihr gut ging und er die Suche nach ihr definitiv beenden konnte, war er ein gebrochener Mann. Ihr für ihn nach wie vor unverständliches Verhalten trieb ihn in eine tiefe Traurigkeit, aus der er keinen Ausweg wusste. Alles wäre leichter für ihn zu ertragen gewesen, wenn sie ihm einen Grund für ihr Handeln genannt hätte, so aber ließ sie ihn mit dieser quälenden Ungewissheit zurück, und er trauerte einer großen Liebe nach, die sie einmal füreinander empfunden hatten. Einer Liebe, so glaubte er, die einzigartig gewesen war und die er niemals wieder für eine andere Frau empfinden würde.

Mittlerweile lebte er zurückgezogen, apathisch und freudlos vor sich hin. Zu tief saßen der Schock und die Enttäuschung, und es fiel ihm schwer, sich mit seinem Schicksal endgültig abzufinden. Im tiefsten Winkel seines Herzens hegte er immer noch die leise Hoffnung, dass Esther eines Tages zu ihm zurückkehren würde. Doch mit jedem Tag, der verging, wurde ihm klarer, dass es keinen Sinn mehr machte, ihr noch länger nachzutrauern. Es blieb ihm nichts anderes übrig, als sie endlich loszulassen, und es war an der Zeit, ein neues Kapitel aufzuschlagen.

Draußen ging die Dämmerung langsam über in die Nacht, und er konnte nur noch den Wind säuseln hören. Paul, der von großer, kräftiger Statur war und eine gute Figur in seinen Jeans machte, entledigte sich seines dunkelblauen Sakkos und hängte es über einen Kleiderbügel an die Garderobe. Die Jacke war immer noch etwas feucht vom Nieselregen, der schon den ganzen Tag über anhielt. Er öffnete den obersten Knopf seines blau gestreiften Hemdes und schnallte den braunen Ledergürtel seiner Hose enger, die bei jedem Schritt merklich nach unten rutschte. Seit der Sache mit Esther hatte er abgenommen. Ihm fehlte der Appetit, und für sich allein etwas zuzubereiten, erinnerte ihn nur noch mehr daran, wie sehr sie ihm fehlte, wie sehr er es vermisste, gemeinsam mit ihr zu essen und die Abende zu verbringen.

Der Herbstwind rüttelte kräftig an den Fensterläden. Müde setzte er sich wieder an seinen Schreibtisch. Er war mürrisch und fühlte sich leer und ausgebrannt. Sein Magen machte sich nun doch durch lautes Knurren bemerkbar. Seit heute Morgen hatte er außer einem mageren Frühstück nichts mehr zu sich genommen.

Missmutig öffnete er die Akte, überflog noch einmal den Bericht des Gerichtsmediziners und sichtete das Bildmaterial, das der Kommissar ihm zur Begutachtung überlassen hatte. Normalerweise gehörte so etwas nicht zu seiner Arbeit, aber da das Verbrechen so nah an der Anstalt verübt worden war, ersuchte man ihn um seine Mithilfe, um einen eventuellen Zusammenhang mit den Insassen, die Ausgang hatten und ihm durch seine Betreuung vertraut waren, zu überprüfen.

Es war bereits der zweite Mord in kurzer Zeit, der in unmittelbarer Nähe der Haftanstalt verübt worden war. Und so, wie es im Moment aussah, machten sich bereits jetzt schon unübersehbare Parallelen der verübten Verbrechen zueinander bemerkbar. Der Täter hatte ohne Zweifel das Potenzial zum Serienmörder. Beide Frauen waren auf die gleiche abscheuliche Art und Weise missbraucht und umgebracht worden. Beide Male hatte der Täter die Frauen in einem abgelegenen und schwer zugänglichen Waldstück mit einer transparenten Mülltüte, die es an jeder Straßenecke in jedem beliebigen Drogerie- oder Supermarkt zu kaufen gab, erstickt und unter Laub und Reisig notdürftig verscharrt.

Er wählte eine Tötungsart, bei der er nicht selbst, durch die eigene Hand den Tod durch Erdrosseln, Erstechen oder eine andere grausame Art herbeiführen musste, sondern die *lediglich* das Überstülpen und Verschließen der Tüte erforderlich machte und den Tod schließlich ohne *sein* weiteres Einwirken und Zutun durch das langsame Ersticken des Opfers eintreten ließ. Daraus könnte man schließen, dass der Täter vielleicht nur aus einer unabdingbaren Notwendigkeit heraus tötete, um nach der Vergewaltigung unentdeckt zu bleiben, und nicht, um seine Befriedigung durch Gewaltanwendung und das Töten zu erlangen.

Obwohl Paul erschöpft und übermüdet war, saß er aufrecht. Sein Gesicht mit dem breiten markanten Kinn wirkte wie auch seine übrige Erscheinung interessant und männlich. Nur seine Augen, deren Farbe man als ein Gemisch aus Braun und Grün definieren konnte, hatten etwas Sanftes, Melancholisches.

31

Er fuhr sich mit den Händen durch das dichte, braune, leicht gewellte, nach hinten gekämmte Haar und hatte wie schon so oft in letzter Zeit das Gefühl, am falschen Platz zu sitzen. Was konnte er schon Großartiges mit seiner Arbeit bewirken? Außer zu versuchen, wohl bemerkt, versuchen, verurteilte und rückfällig gewordene Straftäter wieder auf den rechten Weg zu bringen und ihnen nach ihrer Entlassung die soziale Wiedereingliederung in die Gesellschaft zu erleichtern. Ein schier sinnloses Unterfangen, wie ihm manchmal schien, sah er nicht wenige seiner *Patienten* nur kurze Zeit nach ihrer Entlassung bereits wieder unter den Insassen der Haftanstalt. Und jedes Mal befiel ihn das beklemmende Gefühl, mit seinen Bemühungen gescheitert zu sein. Besonders nach dem, was er vor einigen Tagen gesehen hatte, zweifelte er an der Sinnhaftigkeit seiner Arbeit. Das eine Loch versuchte er mühselig, mit aufwendigen Therapien zu stopfen, und im selben Moment tat sich ein neues auf. Noch größer, noch abstoßender und noch dunkler. Konnte man solchen Menschen überhaupt helfen?

Obwohl man ihn zur Eile drängte, hatte Paul an diesem Abend keine Lust, sich weiter mit dem Fall zu beschäftigen. Auch er teilte die Ansicht der Kriminalisten, dass man wahrscheinlich zu Recht vermutete, es mit einem Wiederholungstäter zu tun zu haben, und es galt, ein weiteres Delikt zu verhindern. Trotz allem wollte er noch einmal eine Nacht darüber schlafen und sich dann erneut mit dem Fall auseinandersetzen.

Auf dem Gang traf er auf seinen Freund Rolf Arnstett, den jungen Seelsorger der Anstalt, der mit viel Eifer und Freude, wie er selbst sagte, die Nachfolge des inzwischen pensionierten Pfarrers Simon Weidenfelder angetreten hatte.

Wie sein Vorgänger war auch Rolf ein gut aussehender, gepflegter Mann. Er war groß und schlank gewachsen, und sein dunkles glänzendes Haar und seine ausdrucksstarken freundlichen Augen verliehen ihm ein ansprechendes Äußeres. Bei der Arbeit trug er meist eine runde Nickelbrille, die vortrefflich zu seinen weichen, ja, fast ein wenig feminin wirkenden Gesichtszügen passte. Seine ganze Erscheinung war die eines braven Dieners, der in Demut und Hingabe seinen Dienst an der Menschheit tat, stets liebenswürdig und ergeben. Und so hatte Paul ihn auch erlebt, als ihm die Sache mit Esther widerfahren war. Einen Freund und Menschen, wie man ihn sich in so einer Situation nur wünschen konnte.

Ungeachtet der Tatsache, dass Rolf Arnstett seinen Dienst erst vor sechs Monaten angetreten hatte, vermittelte er den Eindruck, sich erstaunlich rasch eingelebt zu haben. Ihm schien sein neuer Aufgabenbereich auf Anhieb zu gefallen, ja, er wirkte regelrecht begeistert, und das, obwohl man ihn nach Abschluss seines Studiums und nach nur einem Jahr im Schuldienst in einem Mädcheninternat von der Stadt in diese gottverlassene Gegend versetzt hatte.

Paul gegenüber hatte er gleich anfangs erwähnt, dass er seiner alten Heimat in keiner Weise nachtrauere und glücklich über den vollzogenen Ortswechsel wäre. Auch wäre es sein eigener Wunsch gewesen, in der Justizvollzugsanstalt seinen Dienst anzutreten. Er würde sich hier auf dem Land viel wohler fühlen und er sei dankbar, dass man ihm diese verantwortungsvolle Aufgabe zugeteilt und ihm eine Kirchengemeinde, wenn auch nur eine sehr kleine und spezielle, die ausschließlich aus männlichen Mitgliedern bestand, anvertraut hatte.

Die Räumlichkeiten des Seelsorgers, die er zu Gesprächen mit den Häftlingen wie auch als Büro nutzte, lagen direkt neben den seinen. Anders wie er wohnte und schlief Rolf direkt auf dem Gelände der Haftanstalt in seiner Dienstwohnung im Pfarrhaus, die direkt mit der Kirche und der Sakristei verbunden war.

Er hingegen pendelte nach wie vor täglich zwischen seinem Haus in Anif bei Salzburg und der Haftanstalt in Bayern. Wenn die Autobahn frei war, schaffte er seine Fahrt in einer knappen halben Stunde, was ihm allemal lieber war, als in dem kleinen Ort eine Zweitwohnung zu mieten oder im Personalhaus zu nächtigen. Nur manchmal, wenn es einen Notfall gab oder er für die Heimfahrt zu müde war, übernachtete er in seinem Büro auf dem grünen Sofa, das sich bequem in ein Bett umfunktionieren ließ.

Die Arbeit mit den Häftlingen, die nur wenig Bereitschaft zeigten, freiwillig an sich zu arbeiten, und die Sitzungen mehr oder weniger gelangweilt über sich ergehen ließen, weil sie eben Pflicht und Teil des Resozialisierungsprogramms waren, belastete und deprimierte Paul letzte Zeit dermaßen, dass er jedes Mal froh war, am Abend das Gelände der Haftanstalt verlassen zu können, und nicht zum ersten Mal überlegte er ernsthaft, seinen Job vorzeitig hinzuschmeißen. Jetzt, da die Beziehung mit Esther endgültig gescheitert war und die Rückzahlungen seiner Verbindlichkeiten aus dem Hausumbau nicht mehr so dringlich waren, konnte er auch mit einem geringeren Einkommen sein Auslangen finden. Ebenso gab es keine Notwendigkeit mehr, Geld für die Hochzeit oder für eine künftige Familiengründung anzusparen. Er hatte keine Lust mehr, für die Zukunft planen. Für wen auch und für was?

»Machst du Feierabend, Paul?«, fragte Rolf Arnstett, der wie Paul auch gerade dabei war, sein Büro abzuschließen und sich auf den Heimweg zu machen.

»Ja! Ich bin hundemüde, und mir reicht es für heute! Der Tag war lang, ich hab Hunger, und die Geschichte mit der toten Frau schlägt mir immer noch auf den Magen.« Pauls schlechte Laune hatte ihren Höhepunkt erreicht, und er bemühte sich auch nicht, diese zu verbergen.

»Möchtest du darüber sprechen? Du weißt, ich bin ein geduldiger Zuhörer.« Der junge Priester setzte ein mitfühlendes Lächeln auf. »Wir könnten hinunter in den Ort zum Italiener gehen. Natürlich nur, wenn es dir recht ist.« Rolf klopfte Paul aufmunternd auf die Schulter. »Jetzt komm schon. So ein Gespräch unter Männern wird dir sicher guttun.«

Paul überlegte und stieß einen tiefen Seufzer aus. Eigentlich war er erschöpft und wollte nur noch schnell nach Hause, doch je länger er über Rolfs Vorschlag nachdachte, desto verlockender wurde der Gedanke an das in Aussicht gestellte Abendessen. In seinem Haus wartete ohnehin niemand auf ihn, außer seine alte Katze, und die nahm kaum noch Notiz von ihm. Auch verspürte er keine Lust, für sich zu kochen, und wahrscheinlich würde er sich wie schon so viele Tage vorher wieder einmal mit einer belegten Scheibe Brot zufriedengeben und vor sich hin grübeln. Um auf andere Gedanken zu kommen, kamen ihm die Gesellschaft und das Angebot seines Freundes nun doch gelegen.

»Schon gut! Schon gut! Du hast mich überredet. Mein Magen hat ohnehin ein paar Happen bitter nötig.« Er zog an seinem lockeren Hosenbund und grinste.

Das Lokal war wie fast jeden Abend bis auf den letzten Platz besetzt. Sie mussten sich eine Weile gedulden, bis endlich ein Tisch frei wurde, dafür kamen die bestellten Gerichte zügig, und kurze Zeit später hatten beide delikat duftende Pasta mit Lachs in Cognacsauce vor sich. Der dazu gereichte Pinot Grigio schmeckte herrlich fruchtig und leicht.

Allein schon der Genuss des Weines und des wohlschmeckenden Nudelgerichtes tat seine Wirkung und entlockten Paul ein zufriedenes Grunzen und einen sichtlich entspannten Gesichtsausdruck. Allmählich fiel die Anspannung der letzten Stunden von ihm ab.

»Wie ich gehört habe, hat man dich in den Mordfall mit eingebunden«, eröffnete Rolf das Gespräch.

»Ja, bedauerlicherweise«, antwortete Paul widerwillig und seufzte, ohne seine Malzeit zu unterbrechen.

»Gibt es denn schon eine Spur oder wenigstens irgendeinen Hinweis auf den Täter?«

»Soweit ich informiert bin, nicht«, antwortete er kurz angebunden.

»Und was erwartet man von dir?«

»Nun, man möchte einen Zusammenhang mit unseren Insassen ausschließen und hat mich gebeten, die Freigänger genauer unter die Lupe zu nehmen, ob vielleicht meiner Einschätzung nach einer davon infrage kommt.« Paul hoffte, mit dieser Antwort die Neugierde seines Freundes ein wenig befriedigt zu haben.

»Und, hältst du es für möglich, dass einer der Häftlinge etwas damit zu tun haben könnte?«

»Eigentlich nicht. Schließlich sitzen bei uns keine Mörder ein. Aber, wer weiß …«

»Ja, wer weiß? So abwegig ist der Gedanke vielleicht gar nicht«, gab Rolf Arnstett zu bedenken. »Man sollte alle Möglichkeiten in Betracht ziehen. Gerade Menschen, die sich zu dieser Art Verbrechen hinreißen lassen, besitzen oft die Gabe, nach außen hin unauffällig und völlig harmlos auf ihr Umfeld zu wirken. Das hört man doch immer wieder. Der unscheinbare Nachbar von nebenan, der brave Familienvater, der sich rührend um seine Frau und seine Kinder kümmert, oder sogar ein angesehener Richter oder Lehrer. Alles ist möglich.« Rolf zog seine Stirn nachdenklich in Falten und nahm einen großen Schluck Wein aus seinem Glas.

»Natürlich ist alles möglich, aber ich kann es mir einfach nicht vorstellen. Die Häftlinge sind zwar alle keine unbeschriebenen Blätter und ziemlich harte Jungs, aber dass einer der Freigänger einen Mord begangen haben soll, kann ich beim besten Willen nicht glauben.«

»Was ist mit Luca Giovanni? Ich habe in seiner Akte gelesen, dass er sich schon einmal an einem Mädchen vergriffen haben soll, und auch sonst benimmt er sich in letzter Zeit recht eigenartig.«

»Der Luca? Nein!« Paul schüttelte entschieden den Kopf. Er war überrascht, dass Rolf derartige Gedanken hegte. »Ein absurder Gedanke. Außerdem konnte die Vergewaltigung ihm nie nachgewiesen werden. Er behauptet, man wollte ihn aus der Szene weghaben und hätte ihm die Sache angehängt. Aus Rache, weil er einige seiner kriminellen Kumpel verpfiffen hat und aus dem Drogengeschäft ausgestiegen ist.«

»Und du nimmst ihm diese Geschichte ab?« Der Priester zog die Augenbrauen hoch und musterte Paul skeptisch.

»Warum denn nicht? Bis jetzt hatte ich keinen Grund, es nicht zu tun. Wie kommst du gerade auf ihn?« Paul verstand nicht, was der Priester ihm damit sagen wollte.

»Ich weiß nicht. Aber er ist ein ziemlich undurchsichtiger Bursche. Verschlossen und launisch. Ich werde aus ihm nicht schlau. Irgendwie habe ich das Gefühl, dass etwas ihn beschäftigt und er etwas verschweigt. Schon mehrmals habe ich versucht, ihn zu einer Aussprache zu bewegen, aber ich komme einfach nicht an ihn heran.«

»Mir ist bislang nichts dergleichen aufgefallen. Er ist unauffällig, verhält sich ruhig, spricht zwar nicht viel, arbeitet aber gut an seinem Resozialisierungsprogramm mit. Nur, weil er ernst und verschlossen ist und sich von den anderen Insassen absondert, ist er noch lange kein Mörder. Hast du einen anderen Eindruck von ihm bekommen?«

»Ich befürchte, in diesem jungen Mann steckt noch so manch kriminelles Potenzial. Wie schon gesagt, er benimmt sich äußerst merkwürdig. Als hätte er etwas zu verbergen. Seit er mehr Freiheiten wegen seiner bevorstehenden Entlassung genießt, drückt er sich ständig auf dem Gang vor meinem Büro und vor dem Pfarrhaus herum. Was hat er da zu suchen? Vor einer Woche habe ich ihn sogar in der Kirche dabei ertappt, wie er sich an der Tür zur Sakristei zu schaffen gemacht hat, und bevor ich noch reagieren konnte, war er schon verschwunden. Als ich ihn am nächsten Tag darauf angesprochen habe, meinte er stotternd und mit hochrotem Kopf, er hätte lediglich das Marienbild neben der Tür bewundert.«

»Was soll er denn sonst dort gewollt haben? Das ist doch nicht außergewöhnlich. Der Mann ist Italiener und gläubig.«

»Natürlich! Aber warum ergreift er sofort die Flucht, sobald er sich beobachtet und entdeckt fühlt?«

»Er ist eben ein Einzelgänger und kontaktscheu. Das kannst du ihm nicht zum Vorwurf machen, Rolf.«

»Da kommt noch etwas hinzu, was mir Sorge bereitet. Seit er Ausgang hat, habe ich ihn bei meinen Spaziergängen des Öfteren in der Nähe des kleinen Wäldchens, in dem die Morde passiert sind, gesehen. Was macht er dort? Wenn du schon so lange mit ihm arbeitest, musst du doch bemerkt haben, dass er sich die ganze Zeit allein auf dem umliegenden Gelände herumtreibt.«

»Was willst du damit sagen? Ich kontrolliere doch nicht seinen Ausgang! Und ich habe nichts bemerkt, was einen Verdacht gegen ihn rechtfertigen würde.«

»Hat er nicht Frau und Kind zu Hause? Warum trifft er sich an seinen freien Tagen nicht mit ihnen?« Rolf Arnstett schenkte den restlichen Wein aus der Flasche nach und nahm einen kräftigen Schluck aus seinem Glas.

»Soweit ich von ihm erfahren habe, ist seine hochschwangere Frau kurz nach seiner letzten Inhaftierung zu ihrer Familie zurückgekehrt. Angeblich lebt sie seither mit dem Baby bei ihren Eltern auf Sizilien und will nicht mehr nach Deutschland zurückkehren. Wie sollte er sie da besuchen? Und spazieren gehen ist ja nicht verboten, du tust es doch auch.« Paul musterte seinen Freund ungläubig und überlegte, ob er in den letzten zweieinhalb Jahren, in denen er Luca betreute, etwas übersehen hatte, was dem Priester nach so kurzer Zeit, in der er seine Arbeit in der Anstalt versah, schon bald als *eigenartig* aufgefallen war. Wollte Rolf damit sagen, dass Luca ihn die ganze Zeit getäuscht und ihm etwas vorgemacht hatte? Dass er als sein Psychologe nicht erkannt hatte, dass Luca ein Verbrechen vor ihm verbarg und abartig veranlagt war?

Eine Weile saßen sie sich schweigend gegenüber. Paul stocherte nun lustlos in den restlichen Nudeln auf seinem Teller herum. Die Diskussion hatte ihm den Appetit gründlich verdorben. Auch der Wein schmeckte ihm nicht mehr. Er hinterließ einen schalen Geschmack am Gaumen und schien ihm viel zu warm. Schließlich war er es aber, der das beklemmende Schweigen brach.

»Ich traue Luca so einiges zu, aber dieses Verbrechen nicht! Nicht ihm! Er ist vielleicht ein Dieb, ein Betrüger und ein Dealer, aber bestimmt kein Mörder.« Mit gesteigerten Emotionen verteidigte er seinen Schützling. »Jemand, der sich an Frauen so abscheulich vergeht, ist krank, ein schwerst gestörtes Individuum, dem wahrscheinlich auch nicht zu helfen ist und das für immer weggesperrt gehört …«

»Ist schon gut! Beruhige dich wieder! War ja auch nur so eine Vermutung, und vielleicht irre ich mich auch«, unterbrach Rolf nun seinen aufgebrachten Freund beschwichtigend.

»Gott, bin ich froh, wenn sie dieses kranke Schwein endlich gefasst haben.« Paul schob seinen Teller lustlos von sich. Eigentlich hatte er sich von diesem Abend ein wenig Entspannung und Ablenkung erhofft, doch nun bereute er fast, Rolfs Einladung angenommen zu haben.

»Irgendwie kann einem dieser Mensch auch leidtun. Man sollte bei allen Überlegungen berücksichtigen, dass der Täter ein äußerst bedauernswertes Geschöpf ist, das wahrscheinlich durch widrige Umstände zu dem gemacht wurde, was es jetzt ist. Gefangen in seinem eigenen Körper und seinen Zwängen erbarmungslos ausgeliefert. Glaube mir, ich hatte schon einmal mit einem völlig verzweifelten Mann zu tun, der sich vergeblich gegen das Böse, das ihn immer wieder überkam, wehrte. Auch diese Menschen brauchen unsere Hilfe und unser Verständnis. Sie sind Kinder Gottes wie wir, die auf seine Vergebung und Liebe ein Anrecht haben.« Die Ansprache des Priesters glich einer Sonntagspredigt. Zufrieden lehnte er sich in seinem Stuhl zurück.

»Rolf, was redest du da bloß? Woher kommt der plötzliche Gesinnungswandel? Gerade noch hast du Luca als potenziellen Mörder hingestellt, und nun nimmst du den Täter auch noch in Schutz und billigst ihm Nachsicht zu! Wenn du die tote Frau gesehen hättest, diese angstverzerrten, weit aufgerissenen Augen, würdest du anders darüber denken. Man hat ihr den durchlittenen Todeskampf deutlich angesehen. Der Anblick war einfach grauenvoll. Deine Einstellung in allen Ehren, aber ich kann sie nicht teilen. Es tut mir leid, aber ich habe kein Mitleid mit diesem ... diesem kranken Schwein.«

»Lass gut sein, mein Freund«, redete Rolf beschwichtigend auf Paul ein. Er legte seine Hand auf Pauls Arm und fuhr in ruhigem Ton fort: »Ich will mich auf keinen Fall einmischen oder etwa deine Arbeit kritisieren. Wir haben eben unterschiedliche Erfahrungen und Auffassungen, was allein unsere Berufe schon mit sich bringen.«

»In erster Linie denke ich an die armen Frauen. Wo war da dein Gott? Hat er einfach weggeschaut? Was ist das für eine beschissene Gerechtigkeit?« Paul hatte längst den Glauben an Gott verloren. »Dein Gott lässt sich nicht blicken, wenn es einem dreckig geht. Da hilft das ganze Beten nichts.«

»Du bist im Moment verbittert, und das macht dich hart und ungerecht und ... schmälert dein Urteilsvermögen.«

»Oh ja, ich bin verbittert! Weil ich nicht an einen Gott glauben kann, der so viel Grausamkeit und Leid an einem unschuldigen Wesen zulässt. Aber mein Verstand war noch nie so klar wie jetzt.«

»So darfst du nicht sprechen. Du versündigst dich. Gott liebt alle seine Kinder und vergibt ihnen auch dann, wenn sie schwach sind und auf Abwege geraten.«

»Wie bequem!« Paul lachte gereizt. »Du meinst, mit Gottes Gnade und Segen haben wir automatisch einen Freibrief für Freisprechung und Vergebung? Machen wir es uns damit nicht etwas zu einfach?«

»Mit seiner allumfassenden Liebe und Güte hilft er uns, Satan und das Böse aus unserem Geist und unserem Körper zu verbannen ...«

»Satan? So ein Unsinn!«, unterbrach Paul ihn barsch. »Wir — wir Menschen selbst sind die Bestien, der letzte Abschaum, den die Evolution hervorgebracht hat. Eine Missgeburt der Natur! Wir verstecken uns feige hinter den von uns selbst erschaffenen Götzenbildern wie Gott, Allah und wie sie sonst noch alle heißen mögen, um Kriege, Verbrechen und das Böse in uns zu rechtfertigen, und wir erachten es als selbstverständlich, dass uns unsere Sünden, egal, wie grausam sie auch sind, und wenn wir nur ja genug Buße und Abbitte tun, vergeben werden. Selbst ihr Priester und selbst ernannten Diener Gottes bedient euch dieser bequemen Methode. Jedes noch so abscheuliche Vergehen wird unter dem Deckmantel der Obrigkeit unter den Teppich gekehrt. Da wird gelogen, missbraucht und vertuscht. Nicht einmal die Päpste, die sich selbstherrlich als *Stellvertreter Christi auf Erden* bezeichnen, machten vor diesen Machenschaften halt. Machtgier, Eitelkeit und Missgunst standen schon seit jeher an der Tagesordnung. Aber, wir sind ja alle Kinder Gottes, und Gott verzeiht alles. Wie abartig!«

Mit versteinerter Miene hatte der Geistliche die Tiraden seines Freundes über sich ergehen lassen. Sein Gesicht wirkte bleich und eingefallen. Gequält wiederholte er mit leiser Stimme: »Bitte, Paul, lass es für heute gut sein.«

Erst jetzt spürte Paul, dass er zu weit gegangen war. Seinen ganzen Frust der letzten Wochen hatte er an seinem Freund ausgelassen und dabei vergessen, dass dieser als Geistlicher natürlich seinen Standpunkt vertreten musste. Er hatte Rolf angegriffen, obwohl dieser ihm nur Gesellschaft leisten und zuhören wollte.

»Entschuldige, Rolf, es tut mir leid«, bekannte er kleinlaut.

»Schon gut«, antwortete Rolf. Er wusste, er war nicht ganz unschuldig an dieser heftigen Auseinandersetzung. Durch die unterschwellige Kritik, die er wegen seiner Fragerei am Anfang hatte durchblicken lassen, war die Sache offensichtlich eskaliert und fast in einen handfesten Streit ausgeartet.

Auch Paul war bestrebt, die unangenehme Konfrontation so rasch als möglich zu beenden. Er hatte absolut keine Lust, noch länger mit Rolf über die Häftlinge und den Mord zu diskutieren, geschweige denn, sich vorwerfen zu lassen, dass er seine Arbeit nicht gewissenhaft ausüben würde. Was ihm allerdings doch erheblich zu denken gab, war die Tatsache, dass Luca jeweils am nächsten Morgen, nachdem die Morde verübt worden waren und er Ausgang gehabt hatte, nicht zu seinen Therapiestunden erschienen war. Es hieß, er wäre krank, verweigere die Nahrung und sei nicht in der Lage gewesen, seine Zelle zu verlassen.

3

Der Regen prasselte unaufhörlich auf die Windschutzscheibe seines Wagens und nahm ihm die Sicht. Obwohl er seine Fahrgeschwindigkeit den Wetterverhältnissen angepasst hatte, die Scheibenwischer auf höchster Stufe arbeiteten und er sich ausnahmslos auf den Verkehr konzentrierte, der – wie jeden Tag um diese Zeit – fast zu erliegen drohte, hatte er Mühe, die Straße vor seinen Augen zu erkennen. Das Licht des Gegenverkehrs blendete ihn so heftig, dass Paul gezwungen war, die Augenlider zu einem dünnen Strich zusammenzupressen. Er war froh und erleichtert, als er die Autobahn bei Salzburg Süd endlich verlassen konnte.

Kurze Zeit später erreichte er die Einfahrt zu seinem Haus in Anif. Ein geschmackvolles zweistöckiges Gebäude mit zartgelb gestrichener Fassade, Balken in sattem Grün und zwei spitzen Türmchen, die in Richtung Süden zeigten. Es lag etwas zurückversetzt in einem parkähnlichen Grundstück mit altem Baumbestand und Blütensträuchern in unmittelbarer Nähe zum Landschaftsschutzgebiet und mit freier Sicht auf den Untersberg. Das beeindruckende Gebirgsmassiv erstreckte sich in seiner vollen Breite direkt vor der Westfront seines Hauses. Wenn die Sicht klar war, konnte er vom Dachgeschoss aus die Gondeln den Berg hinauf- und hinabfahren sehen. Wie kleine schwarze Punkte schienen sie frei wie Heißluftballone in der Luft zu schweben, da das Seil, an dem sie hingen, von dieser Entfernung mit freiem Auge nicht mehr zu erkennen war.

Im Sommer präsentierten sich satte Wiesen mit weidenden Kühen und leuchtenden Weizen- und Maisfeldern der umliegenden Bauernhöfe direkt vor seinem Garten. Jetzt aber zeigte sich die Landschaft friedlich daliegend in ihrem schönsten Herbstkleid, abgeerntet und sauber aufgeräumt, mit gepflügten, brachliegenden

Feldern, bereit für den bevorstehenden Wintereinbruch. Ein paradiesisches Fleckchen Erde, an dem ihm unendlich viel lag.

Schon als kleiner Junge hatte er sich in den umliegenden mannshohen Maisfeldern und Wäldern herumgetrieben und sein Revier bis an den nahe gelegenen Bach ausgedehnt, was seine Mutter, weil sie in Sorge um ihn war, dazu veranlasste, ihn auf das Heftigste auszuschimpfen, ihm Hausarrest aufzuerlegen und ihn immer wieder zu belehren, welche Gefahren nach schweren Unwettern und Regenfällen vom reißenden Almkanal ausgehen konnten. Trotz der Androhung weiterer Strafen, wenn er nicht gehorchen würde, schlich er auch künftig an die verbotene Stelle, setzte sich an den Bachrand, beobachtete den Fluss des Wassers, lauschte dem Rauschen und ließ seine selbst gebastelten Papierschiffchen hineingleiten. Stundenlang konnte er so dasitzen und sich seinen Tagträumen hingeben, so sehr zog das Wasser ihn in seinen Bann. Aber er konnte auch die Ängste seiner Mutter verstehen, und weil er ihr keinen Kummer bereiten wollte, verschwieg er ihr seine Ausflüge an diesen Ort und hielt sich strikt an ihr Verbot, nicht mehr in den Bach hineinzusteigen oder gar darin zu schwimmen.

Er kannte jeden Stein, jeden Baum in dieser Gegend. Sie war ihm so vertraut, dass er mit verbundenen Augen den Weg nach Hause gefunden hätte. Oft saß er auf den am Waldrand unter riesigen Eichen aufgestapelten Holzstößen und beobachtete das Wild, das sich bei Sonnenuntergang zum Äsen auf die saftigen grünen Wiesen hinauswagte, und nicht nur einmal übersah er dabei die Zeit und schlief auf dem Holzstapel ein, sodass er sich hinterher beeilen musste, um noch vor der Dunkelheit zu Hause zu sein. Besonders liebte er die Monate, in denen der Holunder blühte und der süße Duft der zarten cremefarbenen Dolden schwer in der Luft hing. Manchmal schnitt er einige der größten und schönsten Blütenstände ab, trug sie vorsichtig nach Hause zu seiner Mutter, die daraus eine süße Köstlichkeit zauberte. Gebackene Holunderblüten mit Zimt und Zucker.

Paul dachte gerne an diese unbeschwerte Zeit und an seine überaus glückliche Kindheit zurück, und nach dem, was ihm gerade widerfahren war, hätte er die Uhr am liebsten zurückgedreht und so wie damals einfach nur in den Tag hineingelebt.

Auch heute noch fühlte er sich in dieser Gegend wohl, und es verging kaum ein Tag, an dem er nicht wenigstens einen kleinen Spaziergang auf den altvertrauten Wegen unternahm, und wenn es seine Zeit zuließ, wanderte er den schattigen Waldweg entlang bis zum Kommunalfriedhof.

Seine Erinnerungen stimmten ihn milde und ließen ihn lächeln. Er parkte seinen Wagen, leerte den Briefkasten und schritt auf das Gebäude zu. Der Regen, der schon seit Tagen anhielt, hatte inzwischen ein wenig nachgelassen. Noch bevor er das Haus betrat, sortierte er seine Post und fand unter den Briefen ein kleines wattiertes Kuvert ohne Absender. Er wendete es hin und her, konnte jedoch den Aufgabeort auf dem Poststempel nicht mehr entziffern. Der Regen hatte das Papier durchfeuchtet und die Schrift verwischt. Aber er konnte spüren, dass sich ein harter, flacher Gegenstand darin befand.

Im Haus, in dem er schon sein ganzes bisheriges Leben verbracht hatte, umfing ihn eine beklemmende Leere, obwohl es behaglich, in warmen Farbtönen und stilvoll eingerichtet war. Nach dem Tod seiner Eltern hatte er viel Zeit und Geld in den Umbau und die Gestaltung der etwas heruntergekommenen und renovierungsbedürftigen Räume investiert, sollten sie doch ein Ort sein, an dem er sich von seiner Arbeit erholen und mit seiner zukünftigen Frau wohlfühlen konnte. Ein Ort, hell und freundlich, an dem auch seine Nachkommen heranwachsen und so wie er Geborgenheit und eine glückliche Kindheit erfahren sollten. Doch nun bedrückte ihn die Stille, und er fühlte sich verloren und einsam in dem großen menschenleeren Gebäude. Er vermisste die liebevolle Begrüßung von Esther, ihr Lachen, ihre Fröhlichkeit und das Leben, das sie allein durch ihre Anwesenheit diesem alten Haus wieder eingehaucht hatte. Er vermisste den Duft der frisch zubereiteten Speisen, der ihm wie so oft schon beim Öffnen der Haustüre in die Nase gestiegen war und seine Sinne weckte.

Paul rief nach der alten grauschwarz getigerten Katze, die mit den Jahren fast taub geworden war, und fand sie schließlich zusammengerollt auf einem Kissen in der Nähe des Kachelofens in der Küche. Nachdem sie ihn bemerkte, erhob sie sich schwerfällig und tapste ihm auf schwachen Beinen entgegen. Als kleines Kätzchen kam sie vor achtzehn Jahren in dieses Haus, und er wusste, auch ihre Tage waren gezählt, und es war nur noch eine Frage der Zeit, bis auch sie nicht mehr da sein würde.

Er setzte sich auf die warme Ofenbank, nahm die Katze auf den Schoß und kraulte ihr stumpfes zerzaustes Fell, was sie ihm für einen kurzen Augenblick mit einem zufriedenen Schnurren dankte, um sich aber sogleich wieder auf ihren alten Platz zurückzuziehen und weiter vor sich hin zu dösen. Pauls Blick schweifte verloren durch das Zimmer, dessen Wände in sattem Orangegelb gehalten waren. Behagliche Möbel, darunter noch einige antike Restbestände seiner Eltern, in honigfarbigem Kirschholz harmonierten mit den lavendelblau gemusterten Vorhängen vor den alten Kastenfenstern. Die alte Messinglampe über dem Esstisch durchflutete den Raum mit warmem Licht. Wie gerne hatte er hier mit Esther gesessen. Oft bis spät in die Nacht hinein. Doch nun war von diesem Zauber nichts mehr zu spüren. Er war verflogen.

Übrig geblieben waren eine beklemmende Stille und Einsamkeit, die ihm den Hals zuschnürten. Er sehnte den Tag herbei, an dem sein Bruder, der das geräumige Dachgeschoss bewohnte, endlich von seinem Praktikum, das er nach seiner Ausbildung zum Gartenbauarchitekten in England in den *Royal Botanic Kew Gardens* absolvierte, zurückkehren würde.

André war sechs Jahre jünger als er und das absolute Gegenstück zu ihm. Unterschiedlicher wie sie beide hätten Brüder nicht sein können. Während Pauls kräftiger Wuchs und sein Aussehen unübersehbar dem des Vaters glichen, kam André ganz nach ihrer Mutter, einer gebürtigen Französin, die ihrer großen Liebe nach Österreich gefolgt war. Sein Bruder war wie er groß gewachsen, aber feingliedrig. Sein Körper schmal gebaut und schlaksig. Das Haar, das er links gescheitelt und kinnlang trug, war blond, seine Augen blau, eingerahmt von einem dunklen Kranz dichter Wimpern. Ständig lag ein freches Grinsen in seinem Gesicht. Selbst in Zeiten, in denen nicht alles nach Plan lief, strahlte André Freude und Zuversicht aus. Nichts konnte ihn aus der Ruhe bringen. Er schritt mit einer Leichtigkeit durchs Leben, um die Paul ihn oft beneidete.

Er selbst hingegen neigte zur Melancholie, ging den Dingen manchmal zu sehr auf den Grund und hinterfragte ernsthaft alles und jedes. So konnte es durchaus vorkommen, dass er sich für Stunden oder auch Tage abschottete und nicht gestört werden wollte, wenn ihn etwas beschäftigte. Mit Esther an seiner Seite hatte er dieses Bedürfnis nie verspürt. Doch seit sie ihn verlassen hatte, war er in sein altes Muster zurückgefallen.

Auch an diesem Abend plagten ihn ernsthafte Gedanken, und als er sich in sein Schlafzimmer zurückzog, überfiel ihn eine tiefe Traurigkeit. Er legte sich auf das große breite Holzbett, in dem er mit Esther die Nächte verbracht und sie sich zärtlich berührt, aneinandergeschmiegt und geliebt hatten. Und wie schon an den vorangegangenen Tagen durchkreuzten auch jetzt seine Gedanken seine Bemühungen, um einzuschlafen.

Alles um ihn herum erinnerte ihn an Esther. Das Bettzeug in zartem Magnolienblütendruck, das sie vergangenen Sommer noch besorgt hatte, da das alte anfing, an den Kanten zu verschleißen. Ihr Bild auf seinem Nachtkästchen, das er nicht übers Herz brachte wegzuräumen. Und so viele andere lieb gewonnene Kleinigkeiten, die ihm schmerzhaft bewusst machten, was er verloren hatte.

Paul seufzte. Er holte das rosa Seidennachthemd unter seinem Kopfkissen hervor, das Esther in der Nacht, bevor sie ihn verlassen hatte, getragen hatte. Niedergedrückt vergrub er sein Gesicht in dem zarten Stoff und sog ihren Duft ein, der noch immer daran haftete, wenn auch schon leicht verblassend. Ein für ihn einzigartiger betörender Körpergeruch, der ihn magisch anzog und den er bisher an keiner anderen Frau wahrgenommen hatte.

Mit Wehmut dachte er an den Tag zurück, als Esther zum ersten Mal in seinem Haus über Nacht geblieben war. Es war ein schwüler, heißer Sommerabend, an dem er sie zu einem romantischen Dinner eingeladen hatte. Sie honorierte seine Bemühungen, ihr einen wunderschönen Abend zu bereiten, mit anerkennenden Worten und war voll des Lobes über den geschmackvoll gedeckten Tisch und das köstliche Essen. Sie unterhielten sich prächtig, alberten, lachten und tranken reichlich Wein – zu viel Wein! Und es war spät geworden – zu spät, um nach Hause zu fahren! Großzügig überließ er ihr sein breites Bett und schlug sein Lager für diese Nacht auf dem ausziehbaren Sofa im danebenliegenden Gästezimmer auf, das zu diesem Zeitpunkt, da noch in Umbau befindlich, alles andere als gemütlich war.

Als er in der Nacht aufwachte, bemerkte er bei seinem nächtlichen Gang ins Bad, der an seinem Schlafzimmer vorbeiführte, dass die Tür einen Spalt offen stand. Er konnte nicht widerstehen und späte neugierig in den Raum. Ihr Anblick verschlug ihm fast den Atem. Das weiche gedämpfte Licht der Nachttischlampe fiel auf ihren wunderschönen Körper. Sie lag auf seinem Bett, friedlich schlafend auf dem Bauch, das rechte Bein leicht angewinkelt. Bekleidet mit einem kurzen cremefarbigen Seidenunterhemd, ein Hauch von Nichts, das die zarten Rundungen ihrer Weiblichkeit freigab. Ihr goldblondes Haar ergoss sich über das Kissen. Winzige Schweißperlen schimmerten wie der Morgentau auf einer Rosenblüte auf ihrer samtigen Haut. Ihre Wangen waren von einer sanften Röte überzogen, der sinnliche Mund leicht geöffnet, wie zum Kuss.

Er konnte in diesem Moment nicht anders, als zu ihr hinzugehen und über ihr seidiges Haar zu streicheln. Er hatte Lust, sie zu berühren. Zärtlich beugte er sich über sie, bis er ihre Lippen auf seinen spürte, und als sie sich ihm zuwandte und ihre Arme um seinen Hals schlang, legte er sich neben sie. Ihre samtweiche Haut roch wie ein frischer Pfirsich, fruchtig und zart. Er war wie berauscht von ihrem Duft und konnte nicht aufhören, an ihr zu schnuppern. Seine Lippen, seine Zunge, seine Hände berührten jeden Millimeter ihres Körpers, und als er zärtlich ihre Knospen liebkoste, bebte und zitterte sie unter ihm.

Er presste sie an sich, umschlang mit seinen kräftigen Armen ihren kleinen geschmeidigen Körper, bis er spürte, wie sie weich und fordernd wurde. Immer wieder sog er sanft an ihren vollen Lippen, ließ seine Zungenspitze in sie gleiten. Er streichelte ihre festen runden Brüste, rieb an ihren Brustwarzen, die sich ihm wie Himbeeren reif und verführerisch entgegendrängten. Oh Gott, wie er diese Frau begehrte, dieses bezaubernde Wesen brachte ihn fast um den Verstand. Er hatte das unstillbare Verlangen, sie zu lieben, und nie würde er den Augenblick vergessen, in dem sie ihm ins Ohr flüsterte: »Ich will dich – so sehr ...«

Sie drückte sich an seinen Körper und nahm ihn auf, mit einer Hingabe, die er sich niemals von ihr erträumen hätte lassen. Von diesem Augenblick an wusste er, dass es keine andere Frau mehr für ihn geben würde.

Still und sanft, ohne ein lautes Zeichen zu setzen, war die Liebe über sie gekommen und hatte von ihren Herzen Besitz ergriffen.

Doch aus dem Traum war nun ein Albtraum geworden, ein Albtraum, der ihn verfolgte und jede Minute daran erinnerte, dass Esther endgültig nicht mehr Teil seines Lebens war. Paul erhob sich wieder, holte sich ein Glas Wasser aus der Küche und nahm ein Schlafmittel, in der Hoffnung, wenigstens ein paar Stunden Ruhe zu finden.

Zurück auf seinem Lager schloss er die Augen, und augenblicklich wiederholte sich der Reigen. Er sah sie vor sich. Anmutig lächelnd wie ein Engel, der ihn verzauberte. Er konnte ihren Körper spüren, ohne sie zu berühren. Er konnte den Geruch ihrer Haut wahrnehmen, den er nicht zu beschreiben vermochte, der ihn trunken machte und seine Sehnsüchte, ihr nahe zu sein, weckte, ohne dass sie neben ihm lag. Ihr betörender unverkennbarer Duft hatte sich für immer in seinem Gehirn festgesetzt. Er hatte ihn aufgenommen und gespeichert, als er sie das erste Mal in seinen Armen hielt. Unter Tausenden von Frauen würde er sie mit verbundenen Augen mühelos daran erkennen. In seinem Herzen brannte noch immer eine tiefe einzigartige Liebe für sie. Ungebrochen und stärker denn je …

Verzweifelt versuchte er, die Erinnerungen an Esther aus seinem Gedächtnis zu verbannen, seine Liebe zu ihr aus seinem Herzen zu reißen, um endlich von ihr loszukommen – bis er schließlich resignierte und stumm den Schmerz ertrug. Sie fehlte ihm so sehr.

Nach einer – trotz Schlaftablette – unruhigen Nacht mit schwerem bleiernen Schlaf, anschließender Morgentoilette und der Versorgung der Katze, die ihn träge aus ihrem Schlafkörbchen anblinzelte und herzhaft gähnte, war wie jeden Tag sein erster Weg der ins Arbeitszimmer. Mit einer großen Tasse schwarzen Kaffee und einem mager belegten Schinkenkäsebrötchen, das oft seine einzige Nahrung bis zum Abend war, setzte er sich an seinen Schreibtisch, las die Tageszeitung, rief seine E-Mails ab und sichtete die Post. Sein Blick fiel auf das braune Kuvert ohne Absender. Er nahm es in die Hand, befühlte, drehte und wendete es, doch erneut hielt ihn etwas davor zurück, den Brief zu öffnen. Durch den Umschlag hindurch ertastete er abermals diesen flachen harten Gegenstand. Unwillkürlich zuckte er zusammen, und plötzlich glaubte er zu wissen, was sich in dem Kuvert befinden könnte. Dennoch wagte er nicht, sich mit dem vermeintlichen Inhalt auseinanderzusetzen. Nicht hier und nicht jetzt! Vielleicht später, an seinem Arbeitsplatz und im Beisein seines Freundes Rolf. So verstaute er es ungeöffnet in der Brusttasche seines Jacketts und versuchte, die Gedanken daran weit von sich zu schieben.

Wenig später brach er auf, stieg in seinen alten, aber immer noch gepflegten dunkelgrünen Rover, der noch aus den Beständen seines Vaters stammte, und machte sich auf den Weg in die nahe gelegene Landschaftsgärtnerei.

Sein Garten befand sich in einem derart schlechten Zustand, dass er mangels Zeit wohl oder übel einen Gärtner bemühen musste, um sein vernachlässigtes Grundstück wieder in Ordnung zu bringen, wollte er seinen Bruder nicht gänzlich vor den Kopf stoßen. Seit Esthers Weggang hatte er keinen Finger mehr gerührt. Es fehlten ihm schlichtweg die Motivation und die Lust, seinen früher so sorgsam gepflegten Garten instand zu halten. Eine dicke, durch den ständigen Regen der letzten Tage verdichtete Laubschicht bedeckte nun den Rasen und begrub die Wege und Blumenrabatten unter sich. Nur die verdorrten Stängel der Sträucher, die den ganzen Frühling,

Sommer und Herbst über den Garten in ein buntes Blütenmeer verwandelten, ragten in einem wirren Durcheinander aus dem braunen Laubwerk hervor. Mittlerweile störte ihn der Anblick des verwahrlosten Gartens mit seinen verwelkten Pflanzen so sehr, dass er einen Besuch in der Gärtnerei für mehr als angebracht hielt, um die Unordnung noch vor Wintereinbruch zu beseitigen. Allein mit einem Tag war es bei den Aufräumarbeiten nicht mehr getan.

Der Seniorchef der Gärtnerei, ein älterer Herr mit braun gegerbter Haut, schlohweißem vollen Haar und Oberlippenbart, notierte seine Wünsche und versprach, gleich in den nächsten Tagen das Problem anzugehen und sich um die Betreuung seines Gartens zu kümmern.

Mit schlechtem Gewissen, dass er sich so sehr hatte gehen lassen, dass er nicht einmal mehr selbst in der Lage war, sich um den Garten zu kümmern, aber auch mit einer gewissen Erleichterung machte Paul sich auf den Weg zu seiner Arbeitsstätte. Er dachte wieder an das Kuvert in seiner Brusttasche und dass es keinen Sinn machte, vor den unausweichlichen Dingen länger davonzulaufen. Allmählich wurde ihm bewusst, wollte er nicht zugrunde gehen, wollte er nicht in Selbstmitleid ertrinken, mürrisch und lustlos seine freie Zeit totschlagen, war es allerhöchste Zeit, sein Leben neu zu ordnen und die Sache mit Esther zu einem endgültigen Abschluss zu bringen.

Vor wenigen Wochen hatte er mit Esther noch seinen vierunddreißigsten Geburtstag gefeiert. Sein halbes Leben lag noch vor ihm, das allein war Grund genug, die Vergangenheit hinter sich zu lassen und den Blick nach vorne zu richten. Er nahm sich vor, gleich heute damit zu beginnen und Esthers Entscheidung endlich zu respektieren. Schließlich war er nicht der Einzige, der mit einer Trennung fertigwerden musste. Er konnte nicht ändern, was geschehen und nicht mehr zu ändern war.

4

Die Tage erschienen ihm endlos, seine Nächte waren eine einzige Qual. Er fand keinen Schlaf. Seine Gedanken verfingen sich in seinen Fantasien und Begierden, und er verspürte ihn erneut, diesen unerträglich quälenden, fordernden Drang. Einen Drang, der ihn nicht mehr zur Ruhe kommen ließ und der ihn zwang, ja, förmlich nötigte, seinem aufgestauten Trieb nachzugeben. Machtlos gehorchte er seiner inneren Stimme. Ungeduldig sehnte er die Zeit herbei, die es ihm ermöglichte, aus seinem geordneten und monotonen Dasein auszubrechen, um sein unbändiges Verlangen, das ihm das Leben zur Hölle machte und ihn in Bedrängnis brachte, endlich zu befriedigen. Auch wenn er noch so sehr versuchte, dagegen anzukämpfen, sich wehrte und sein Verstand ihm klar zu verstehen gab, dass er schweres Unrecht tat und eine Schuld auf sich lud, für die er niemals auf Vergebung hoffen durfte, nichts und niemand konnten ihn in diesem Zustand des Kontrollverlustes über sein Tun davon abhalten, neuerlich ein abscheuliches Verbrechen zu begehen.

Er hatte sich seinen Plan genau zurechtgelegt. Hatte alles, wie bei den anderen Frauen auch, bis ins kleinste Detail sorgsam durchdacht: Welche Worte er ihr sagen müsste, um ihr Vertrauen zu gewinnen, damit sie sich bereitwillig auf eine baldige Verabredung mit ihm einlassen würde. Wie er sie umwerben und sich ihr nähern müsste, ohne ihren Argwohn heraufzubeschwören und ohne dass sie gleich Verdacht schöpfen und sein Vorhaben durchschauen könnte. Und letztendlich, wie er sie sich zu Willen machen würde, ohne dass er ihr dabei in die Augen blicken und ihr klägliches Sterben mit ansehen musste, weil sich in seinem Innersten alles dagegen stäubte.

Er konnte es nur schwer ertragen, diesen wunderbaren Geschöpfen, die er im Grunde doch so sehr liebte und verehrte, durch seine eigenen Hände so grausam ihr junges Leben zu nehmen. Aber einen anderen Ausweg, sein Bedürfnis zu befriedigen, sah er und gab es für ihn nicht.

Seine Möglichkeiten und die ihm zur Verfügung stehende Zeit waren stark begrenzt, und er musste diese wie bisher auch exakt einhalten, wollte er nicht unter Verdacht geraten. Niemals durften sie das Geheimnis um seine Person aufdecken. Sie würden ihn an den Pranger stellen, verachten und verhöhnen. Dann könnte er seinem Leben auch gleich ein Ende setzen.

Um die Sache voranzutreiben, verließ er seine schützende Umgebung. Den Kragen seines dunklen Mantels hochgestellt, die schwarze Mütze tief ins Gesicht gezogen, machte er sich auf den Weg und achtete darauf, sich so unauffällig wie möglich unter die Leute zu mengen.

Der mit lärmenden Schülern und teils verschlafenen, teils griesgrämig dreinschauenden Erwachsenen vollbesetzte Bus hielt pünktlich an der Haltestelle. Er stieg am hinteren Eingang ein, entwertete sein Ticket und mischte sich unter die Menschenmenge, um in die gut zwanzig Kilometer entfernt gelegene Kleinstadt zu gelangen. Mit dem Rücken zu den übrigen Fahrgästen, den Blick aus dem Fenster gerichtet, verbrachte er die Fahrt.

Nach einer kalten verregneten Woche versprach dieser Tag, freundlich und warm zu werden. Die dichten grauen Wolken, die seit einiger Zeit schwer und drückend über dem Land hingen, waren einem tiefblauen Himmel gewichen, der die Gebäude der Stadt, die nun vor ihm lag, in einem gleißenden silbrigen Licht erstrahlen ließ.

Als er sein Ziel erreicht hatte, verließ er den Bus. Er überquerte den gepflasterten Platz, auf dem jeden Donnerstag ein Markt abgehalten wurde. Vorbei an dicht nebeneinanderstehenden Obst- und Gemüseständen, an denen so früh am Morgen bereits reges Treiben herrschte, ging er geradewegs auf ein unscheinbares Lokal zu, das sich etwas abseits in einem der engen gewundenen Seitengässchen befand, die sternförmig in den Platz mündeten. Trotz blauem Himmel und dem Licht der Sonne, das zwischen den alten hohen Häusern spärlich hindurchschimmerte, wirkte der Eingang des Cafés schmuddelig und unfreundlich. Er öffnete die Tür und betrat den düsteren Raum. Beißender Zigarettenrauch schlug ihm entgegen. Er verabscheute den Qualm und den Gestank von Nikotin, überwand sich aber und bahnte sich zwischen rempelnden und lärmenden Jugendlichen einen Weg auf einen unbesetzten, etwas abseits gelegenen Tisch zu. Niemand kümmerte sich um den Neuankömmling! Niemand nahm von ihm Notiz! Er war nur einer von vielen, die sich in diesem Raum drängten und der Beschäftigung mit dem Internet nachgingen.

Die Innenausstattung befand sich in einem erbärmlichen Zustand. Das Mobiliar wirkte verwahrlost, schmutzig und heruntergekommen. Die Wände waren beschmiert und hatten dringend einen neuen Anstrich nötig, aber das alles schien die hier Anwesenden nicht weiter zu stören. Ihr Interesse galt anderem.

Neben ihm gerieten zwei junge Burschen in einen heftigen Streit, den die Bedienung, ein kräftiger, kahlköpfiger Mann mit ausländischem Akzent und aufgekrempelten Hemdsärmeln, die seine tätowierten Unterarme zum Vorschein treten ließen, kurzerhand damit beendete, dass er die beiden Streithähne unsanft vor die Tür setzte.

Der Radau und das Gerangel störten ihn mächtig. Er, der sich sonst gerne zurückzog und ruhige Orte bevorzugte, fühlte sich in dieser Umgebung angespannt und unbehaglich, aber eine andere Möglichkeit, anonym Kontakte zu knüpfen, bot sich ihm nicht. Es war eines der wenigen Internetcafés im Umkreis von dreißig Kilometern, die er kannte, abwechselnd aufsuchte und glaubte, sich in diesen halbwegs anonym bewegen und sicher fühlen zu können.

Er verlor keine Zeit, winkte nach dem Kellner, gab seine Bestellung auf und bezahlte für den Zugang. Mit zittrigen Händen und rasendem Puls öffnete er den Explorer, suchte sein Portal und loggte sich mit seinen Zugangsdaten, die er im Kopf gespeichert hatte, ein. Die Benutzung der in letzter Zeit so in Mode gekommenen Partnerbörsen bot ihm eine ideale Plattform, um seine Identität zu wahren und gleichzeitig in die Rolle einer fiktiven Person zu schlüpfen. Es war ein Leichtes für ihn, die Sorte von Frauen, die er für sein Vorhaben bevorzugte, aus dem überaus reichlichen Angebot auszuwählen und zu einem Treffen zu bewegen. Alleinstehende, arglose Frauen, die es ihm leicht machten, mit seinen schmeichelnden Worten ihr Innerstes zu berühren. Ihre Einsamkeit und ihre Sehnsucht nach einer liebevollen Partnerschaft nutzte er schamlos aus, um möglichst schnell an das Ziel seiner Wünsche zu gelangen.

Eine Flut interessanter Kontaktanfragen fand er beim Öffnen seiner Nachrichtenbox. Einige Bewerberinnen offenbarten ihm schon bei der ersten Anfrage durch die Zusendung einer seitenlangen Mail ihr halbes Leben, was ihm die Auswahl nach einem geeigneten Opfer enorm erleichterte. Er studierte die Zuschriften der in Betracht kommenden Damen sorgfältig, las sie immer wieder aufmerksam durch und achtete vor allem darauf, dass die Frauen alleinstehend waren und ein zurückgezogenes Leben führten. Schließlich entschied er, einer Bewerberin zu antworten, die wie ihre beiden Vorgängerinnen aus dem benachbarten Österreich stammte. Eine Frau aus der näheren Umgebung zu kontaktieren, schien ihm zu riskant. Außerdem hatte seine Auserwählte bereits ihre Bilder für ihn freigegeben, was ihn in seiner Entscheidung nur noch mehr bestärkte. Sie hinterließ auf ihn den Eindruck, besonders vertrauensselig und unkompliziert zu sein. Sie war jung, ihr Haar lichtblond und lang. Ihr Gesichtsausdruck hatte etwas Naives, Unschuldiges an sich. Ihre Figur war zartgliedrig, fast ein wenig kindlich, aber wohlgeformt. Ihre vollen geschwungenen Lippen wirkten sinnlich und einladend auf ihn. Nur ihre Kleidung, ein schwarzes Spitzentop, das sie unter der geöffneten Bluse trug und das den Ansatz ihrer Brüste freigab, empfand er als ein wenig zu provokant und aufdringlich. Trotzdem entsprach sie ganz dem Bild, das er von einer Frau, die ihn reizen konnte, hatte. Er spürte Hitze in sich aufsteigen und die Gier, sie für seine Zwecke zu benutzen.

Wissend, dass er den Lauf der Dinge nicht mehr zu stoppen vermochte, ging er auf ihre Anfrage ein. Er versicherte ihr, dass sie wunderschön sei und exakt seinen Vorstellungen entspräche. Er verstand es vortrefflich, mit schmeichelnden Worten umzugehen, und beendete seine Mail mit der Beteuerung, dass er schon sein ganzes Leben nach einer Frau mit ihrem Äußeren, ihrem Niveau und ihren Charaktereigenschaften gesucht hätte und dass er überglücklich wäre, sie nun endlich gefunden zu haben. Abschließend bat er sie um ein baldiges Treffen, da sein Wunsch und seine Neugierde, ihr persönlich zu begegnen, unbändig und nicht mehr länger aufschiebbar wären.

Wenig später schickte er die wohl formulierte, aber für die junge Frau verhängnisvolle Nachricht ab. Da er sehen konnte, dass auch sie in diesem Moment online war, hoffte er auf eine baldige Reaktion. Und wenn er Glück hatte, war sie ihm gewogen und ging auf seine Bitte ein.

Und – er hatte Glück! Es vergingen keine zehn Minuten, während denen er seinen zweiten Kaffee trank und ein Sandwich aß, bis ihre Antwort eintraf. Sein Puls begann zu rasen, seine Lenden zu pochen, als er ihre Zeilen überflog, in denen sie offen ihre Freude und Begeisterung über seine liebevollen Worte und ihre Bereitschaft zu einem baldigen Treffen zum Ausdruck brachte. Bereitwillig überließ sie ihm ihre Telefonnummer, um das ganze Prozedere, wie sie es nannte, ein wenig abzukürzen.

Und wieder zog es ihn in diesen Strudel, der ihn mitriss und aus dem es kein Entrinnen gab. Ein Sog, der ihn in die dunklen Abgründe seiner Seele hinabbeförderte und so lange gefangen hielt, bis er sein Verlangen gestillt und für einen kurzen Augenblick erlösende Befriedigung erlangt hatte. Er wusste, wenn alles vorbei war, dass die berauschende Wirkung in ohnmächtige Ernüchterung umschlug und er zurück in die tiefe Reue und Hilflosigkeit nach sich ziehende Realität katapultiert wurde, würde das Böse wieder für eine Weile von ihm ablassen und ihn ausspeien, zurück in die Welt der Guten, in die Welt, in der er wenigstens für eine Weile wieder Ruhe und Frieden finden konnte.

Doch jetzt, in diesem Moment, hatte er nur ein einziges Ziel vor Augen, sich so schnell wie möglich mit dieser schönen jungen Frau zu treffen, um sie für kurze Zeit zu besitzen und sich an ihr zu befriedigen und sie zu lieben. – Auf seine Art! Auch wenn er wusste, dass er sie danach töten musste.

In ihm begann es zu brodeln, zu kochen. Der Drang, seinen Bedürfnissen nachzugeben, hatte die Oberhand über ihn bekommen, legte seinen Verstand lahm, machte ihn zu einem willenlosen Stück Fleisch, das das ausführte, was von ihm verlangt wurde. Es gab keinen Weg zurück, keine Möglichkeit zur Umkehr. Der Verlauf war vorgegeben! Unabwendbar!

Mit zitternden schweißnassen Händen notierte er ihre Telefonnummer auf der Serviette, die man ihm zu seinem Sandwich gereicht hatte, faltete sie sorgfältig zusammen und steckte sie in die Brusttasche seines schwarzen Trenchcoats.

Draußen hatte er große Mühe, sich einen Weg durch den Markt zwischen der Menschenmasse hindurch zu bahnen. Paare, Frauen und Männer, mit mehr oder weniger gefüllten Einkaufstaschen, drängten sich an den mit Bergen von Muskattrauben, Nüssen, orange leuchtenden Kürbissen, Pilzen und anderen Delikatessen der Saison bestückten Ständen. Es roch nach würzigem Brot und frischem Sauerkraut, das in alten Holzbottichen lagerte. Abgehängtes Wildbret, Geflügel, Käse, Eier und fangfrischer Fisch vervollständigten das reichhaltige Angebot. Bunte Astern und Dahliensträuße in den schönsten Farben mischten sich in das spätherbstliche Bild.

Er aber roch nichts! Sah nichts! Empfand nichts! Für ihn war die Masse grau, verschwommen, nicht von Bedeutung. Einzig und allein in diesem Moment wichtig für ihn war, eine öffentliche Telefonzelle zu finden, was in Anbetracht der Tatsache, dass heute so gut wie jeder ein Handy besaß, immer schwieriger wurde. Mehr und mehr dieser früher so bedeutungsvollen Häuschen verschwanden stillschweigend und unbemerkt aus den Dörfern und Städten. Niemand schien sie zu vermissen. Sie hatten ausgedient, ihre Schuldigkeit getan.

Endlich fand er, wonach er suchte. Er holte die Serviette mit der Telefonnummer wieder hervor, presste den Hörer an sein Ohr und tippte mit unruhiger Hand Zahl für Zahl.

Bange Minuten des Wartens verstrichen, doch beim dritten Versuch hob sie endlich ab. Der Klang ihrer Stimme am anderen Ende der Leitung tönte ein wenig schrill und aufgeregt. Er verriet ihm ihre Verlegenheit und ließ ihn spüren, dass sie ihm mehr als zugeneigt zu sein schien. Ihr Interesse an seiner Person war unüberhörbar, obwohl sie nicht einmal wusste, wie er aussah, doch sie meinte, auch ohne sein Foto gesehen zu haben, würde sie spüren, dass er ein ganz besonderer und liebenswerter Mann sein müsse.

Er sprach weiter leise und eindringlich in gedämpftem Tonfall auf sie ein, beruhigte sie, schmeichelte ihr mit schönen Worten und machte ihr Komplimente, bis er merkte, dass sie ihre anfängliche Zurückhaltung aufgab und sich ihm offen zuwandte. Der erste Schritt war getan. Sie hatte Vertrauen gefasst, begann langsam, seine Schmeicheleien zu erwidern, und war bereit, sich auf ihn einzulassen.

Sie offenbarte ihm ihr Leben, sprach über ihre lang gehegten Wünsche und Sehnsüchte, über ihre Vorzüge und darüber, dass es ihr größter Wunsch sei, einen liebevollen Partner zu finden, der bereit wäre, mit ihr gemeinsam den Rest ihres Lebens zu verbringen.

Wenn sie nur wüsste, dachte er, wie nah sie ihrem *Wunsch* doch schon gekommen ist und dass er ihr diesen schon bald erfüllen würde. Oh ja, sie würde den Rest ihres Daseins mit *ihm* verbringen.

Sie stellte ihm Fragen über Fragen. Über sein Leben und wie er sich seine Zukunft mit ihr vorstellen würde, und er schlüpfte in seine fiktive Rolle und formulierte seine Antworten so, wie sie sie hören wollte. Er beschrieb sich als attraktiv, gab sich ehrbar und vertrauenswürdig, als Mann in gesicherten finanziellen Verhältnissen, ungebunden und mit ernsten Absichten. Auch eine Ehe und gemeinsame Kinder mit ihr könnte er sich vorstellen und wären sein Bestreben.

Nach für ihn mehr als erschöpfender Konversation schlug er ihr ein baldiges Treffen vor, damit sie sich bei einem ausgiebigen Spaziergang besser kennenlernen und näherkommen könnten. Er schlug wie bei den beiden vorangegangenen Verabredungen mit den Frauen auch Ort, Tag und Zeit vor, wählte dieses Mal jedoch nicht den üblichen Treffpunkt, da dieser ihm nicht mehr sicher genug erschien. Zu groß war seine Angst, entlarvt und aufgedeckt zu werden. So verabredeten sie sich für den kommenden Donnerstag, gegen dreizehn Uhr, auf dem Hauptbahnhof in Salzburg, von wo aus sie mit dem Bus das von ihm vorgeschlagene Ziel leicht und schnell erreichen konnten.

»Meine Liebe, wenn du wüsstest, wie sehr ich den Tag, die Stunde herbeisehne, dir endlich gegenüberzustehen und dich in meine Arme nehmen zu dürfen. Unter allen Zuschriften, die ich erhalten habe, spürte ich sofort, dass du die Richtige für mich bist«, säuselte er in den Telefonhörer.

Trunken ob so vieler Schmeicheleien und schöner Worte lauschte sie seiner dunklen klangvollen Stimme und willigte ohne zu zögern und ohne lange darüber nachzudenken auf seinen Vorschlag ein und versprach, pünktlich am vereinbarten Ort zu sein.

»Ich freue mich so sehr auf dich und kann dir gar nicht sagen, wie glücklich ich bin, dass uns das Schicksal auf diese Weise zusammengeführt hat. Ich bin sicher, es wird ein wunderschöner unvergesslicher Tag für uns werden, und wer weiß, vielleicht auch der Beginn einer liebevollen und dauerhaften Beziehung«, hörte er sie zum Abschied ins Telefon flöten, und ihr verlegenes Kichern verriet ihm, wie es um sie stand. Er war zufrieden. Es hätte nicht besser laufen können, und bei dem Gedanken daran, dass sie ihm schon bald gehören würde, durchfuhr ihn ein angenehmer Schauer. Doch gleichzeitig durchbohrte ihn ein heftiger Schmerz in seiner Brust, der ihm den Schweiß auf die Stirn trieb und panische Ängste in ihm auslöste.

»Oh ja, es wird schön – und unvergesslich für uns beide werden, das verspreche ich dir, mein Liebes«, presste er nun heiser und hastig hervor. Doch noch bevor sie Argwohn schöpfen konnte, beendete er das Gespräch mit einer neuerlichen Schmeichelei. »Dann bis bald – mein wunderschöner blonder Engel. Bis bald ...«

Mit diesen Worten besiegelte er den Pakt mit seinem zweiten *Ich*, übergab ihm die Verantwortung für sein Handeln und unterwarf sich seinen Forderungen.

5

Seit den frühen Morgenstunden beschäftigte Doktor Paul Coman sich erneut mit dem brisanten Fall. Sollte wirklich etwas Wahres an den vagen Vermutungen seines Freundes sein?

Der Priester ging im Allgemeinen nicht leichtfertig mit seinen Aussagen um. Vielmehr kannte er Rolf Arnstett bislang als einen Mann, der seine Worte ausnehmend bedächtig und sorgfältig abwog und genau überlegte, bevor er sie von sich gab. Allein schon aus diesem Grund gaben die von Rolf gestern Abend geäußerten Mutmaßungen ihm zu denken.

So plötzlich diese Zweifel in Pauls Kopf aufgetaucht waren, so schnell schob er sie auch wieder fort. Er hatte nicht vor, sich von der Meinung anderer beeinflussen zu lassen, auch dann nicht, wenn sie von einem Freund, dem er eigentlich vertraute, ausgesprochen wurde. Nach fast drei Jahren intensiver Arbeit mit Luca war er überzeugt, dass er diesen gut genug kannte und selbst in der Lage war, sich ein Bild von ihm zu machen und daraus seine Schlüsse zu ziehen.

Allzu lange aber hielten seine gefassten Vorsätze nicht an. Er zweifelte erneut, fühlte sich hin- und hergerissen und musste sich letztendlich eingestehen, dass ebenso gut auch ihm eine Fehleinschätzung unterlaufen könnte, selbst dann, wenn er sich sicher war, seine Aufgabe gewissenhaft und sorgfältig ausgeführt zu haben.

Allerdings bestand sein Tätigkeitsbereich bisher lediglich darin, die Häftlinge bei ihrem Strafvollzug zu begleiten und ihnen den Wiedereinstieg zurück ins Leben zu erleichtern, und nicht, mögliche Gewaltverbrecher oder Serienmörder unter den Insassen aufzuspüren. Dass man ihn nun aufgrund der Vorfälle um seine sachliche Einschätzung bat, rechtfertigte noch lange nicht, sich unqualifizierten Spekulationen hinzugeben und Vermutungen aufzustellen oder Lucas Geisteszustand zu durchleuchten und etwaige psychische Erkrankungen zu diagnostizieren. Dafür waren, wenn nötig, andere zuständig, und selbst diese stießen oft an ihre Grenzen, wie man laufend aus den Medien erfuhr. Immer wieder unterliefen anerkannten Fachleuten mit Rang und Namen schwerwiegende Fehleinschätzungen bei der Beurteilung von Straftätern, die böse Folgen nach sich zogen. Niemand war vor einer geschickten Irreführung gefeit, also auch er nicht!

Hatte nicht erst Esthers plötzlicher Abschied ihn eines Besseren belehrt und ihm deutlich gezeigt, dass selbst dann eine Täuschung möglich war, wenn man mit der betreffenden Person schon über einen längeren Zeitraum Tisch und Bett miteinander teilte? Auch *sie* glaubte er gut zu kennen! Zu wissen, wie sie fühlte, wie sie dachte! Auch *ihr* hätte er niemals zugetraut, dass sie ihre Beziehung von einem Tag auf den anderen und so kurz vor der Hochzeit beenden würde. Er war sich ihrer Liebe absolut sicher gewesen. Er hätte schwören können, dass ihre Gefühle für ihn aufrichtig und nicht geheuchelt waren. Blind hatte er ihr vertraut, ihren Worten Glauben geschenkt. Und – was war von seiner Überzeugung übrig geblieben? Nichts! Außer der späten Erkenntnis, dass man niemals in die Gefühls- und Gedankenwelt eines anderen Menschen hineinblicken kann und – dass sie ihn getäuscht hatte und er sich täuschen ließ.

Ebenso bestand die Möglichkeit, dass er sich auch in Luca geirrt und nur das in ihm gesehen hatte, was er sehen wollte, weil es für ihn nicht vorstellbar war, dass ein Häftling, den er schon so lange betreute und zu kennen glaubte, zu einer derart grausamen Tat fähig sein könnte.

Stunden später saß Paul noch immer über Luca Giovannis Akte und ließ die Arbeit mit dem Häftling Revue passieren. Alle Aufzeichnungen der Gespräche, die er bis jetzt mit ihm geführt hatte, waren sorgsam festgehalten und seine persönlichen Anmerkungen gewissenhaft notiert. Seit er sich mit den Problemen des Häftlings auseinandersetzte und mit seinem Leben befasste, begleitete ihn das Gefühl, dass Luca dem Grunde nach ein anständiger Kerl war. Zwar etwas impulsiv, manchmal auch ein wenig aufbrausend und leicht beeinflussbar, wie er auch den Urteilen über seine Straftaten entnehmen konnte und was ihn letztendlich immer wieder in Schwierigkeiten mit dem Gesetz gebracht hatte, aber ansonsten weichherzig und einsichtig und durchaus kooperativ, wenn es um seine Mitarbeit bei der Aufarbeitung seiner bisherigen Lebensumstände ging.

Etwas aber blieb auch Paul nicht verborgen. Er hatte den Eindruck gewonnen, dass Luca in letzter Zeit des Öfteren und, je länger sein Strafvollzug andauerte, an panischen Angstzuständen vor einer erneuten Inhaftierung litt und ihm, wie er immer wieder glaubhaft versicherte, viel daran gelegen war, seine kriminelle Vergangenheit hinter sich zu lassen und sein Leben wieder in geordnete Bahnen zu lenken.

Auch jetzt, nachdem er wiederholt seine gesamte Akte sorgfältig und bis zur letzten Seite studiert hatte, kam er zu dem gleichen Ergebnis. Luca war nicht durchtrieben und raffiniert genug, um einen Mord bis ins kleinste Detail zu planen, so wie es bei den Verbrechen an den beiden Frauen der Fall gewesen war. Vielmehr kam man ihm bei seinen kleinen Gaunereien eben genau deswegen so rasch auf die Spur, weil seine Vorgangsweisen geradezu dilettantisch und stümperhaft waren und durch Nichtigkeiten aufgedeckt wurden.

Er beging seine Taten, ohne sie lange vorher geplant zu haben, unbedacht und improvisiert. Selbst seine Motivation war klar ersichtlich. Er wollte seiner jungen Frau imponieren, vor ihr als erfolgreicher Mann dastehen und sich Ansehen durch Besitz verschaffen. All das passte absolut nicht zum Täterprofil des Mörders der beiden Opfer. Hier stand eindeutig ein krankhafter sexueller Trieb im Vordergrund. Zumindest so weit, wie er das aus seiner Sicht beurteilen konnte.

Eine Woche war nun vergangen, seit der Leichnam der jungen Frau, die in der Nähe der Haftanstalt zu Tode gekommen war, gefunden worden war. Und noch immer tappte man wie auch im ersten Mordfall völlig im Dunkeln, warum das Opfer sein Leben lassen musste, durch das Verbrechen eines Täters, von dem bis jetzt jede Spur fehlte.

Die starken Niederschläge, die sich zur Tatzeit über das ohnehin morastige Gebiet entladen hatte, machten es den Ermittlern fast unmöglich, Verwertbares zu finden. Trotz sorgfältiger Arbeit der Spurensicherung und einer hinzugezogenen Spezialeinheit für Verbrechen dieser Art trat man auf der Stelle. Einzig die Mülltüte, die der Mörder, wie bei seinem ersten Opfer auch, zurückgelassen hatte, konnte von den Beamten sichergestellt werden. Allerdings fand man auch hier keinerlei fremde DNA-Spuren, die einen Hinweis auf den Täter zugelassen hätten. Laut Aussage der Kriminalisten war es so gut wie aussichtslos, über diesen Gegenstand an den Mörder heranzukommen, da es sich bei den Plastiksäcken um ein gängiges Produkt auf dem deutschen Markt handelte, das in fast jedem Haushalt zu finden war.

Auch die wiederholte Auseinandersetzung mit dem Fall brachte Paul nicht wesentlich weiter. So nahm er sich vor, am Nachmittag noch einmal mit Luca Giovanni zu sprechen, was jedoch kläglich daran scheiterte, da der Häftling wie jeden Donnerstag seinen Ausgang hatte. Auf Pauls Anfrage hin teilte man ihm mit, dass Luca schon zeitig am Morgen das Haus verlassen hatte und erst gegen Abend, spätestens aber um zwanzig Uhr, zurückerwartet werde.

Sollte er wider Erwarten früher zurückkehren, würde man ihn sofort in sein Büro schicken.

Nach Pauls Durchsicht und Überprüfung aller Akten der infrage kommenden Häftlinge war Luca Giovanni der einzige Freigänger, der an den beiden Tagen, an denen die Morde verübt worden waren, Ausgang gehabt hatte. Das war für den Psychologen aber noch lange kein Grund, ihn mit den Taten in Verbindung zu bringen, geschweige denn, ihn der Morde zu bezichtigen. Überhaupt konnte er keinen einzigen stichhaltigen Anhaltspunkt dafür finden, dass die beiden Verbrechen in irgendeiner Form mit Luca Giovanni oder einem der Insassen der Anstalt in Zusammenhang stehen könnten. Dennoch fühlte er sich verpflichtet, den vagen Vermutungen des Priesters nachzugehen und Lucas Persönlichkeit noch einmal genauer zu durchleuchten, um seine letzten Zweifel auszuräumen.

Seinen Vorsatz, über den Fall doch noch einmal in Ruhe mit Rolf Arnstett zu sprechen, musste er ebenfalls verschieben. Paul hatte seinen Freund in dessen Büro nicht angetroffen. Auf seine Anrufe reagierte er nicht, und als er ihn in seinen Wohnräumen, die direkt neben der Sakristei lagen, aufsuchen wollte, fand er diese verschlossen. Seit ihrer Auseinandersetzung an jenem Abend hatten sie sich nicht mehr gesehen oder gesprochen. Obwohl sie sich im Guten getrennt und ihren Streit friedlich beigelegt hatten, beschlich ihn nun die vage Vermutung, dass Rolf ihm die Sache immer noch nachtrug und ihm vielleicht absichtlich aus dem Weg ging.

In seinem Posteingang fand Paul eine dringliche Anfrage der Behörde, ob er bei seinen Überprüfungen bereits zu verwertbaren Erkenntnissen gelangt sei, sowie eine Kurzinfo über den neuesten Ermittlungsstand der Kriminalisten. Man teilte ihm mit, dass nun auch Salzburger Kollegen in die Aufklärung der Verbrechen miteinbezogen worden waren und dass es trotz Aufruf an die Bevölkerung um Mithilfe immer noch keinerlei brauchbare Hinweise gab. Lediglich die Identität des Mordopfers konnte rasch geklärt werden. Es handelte sich so wie bei der ersten Toten um eine vermisste junge Frau aus der Stadt Salzburg.

So gut wie sicher war man sich mittlerweile auch, dass es sich um ein und denselben Täter handeln musste, da die Tötungsdelikte völlig identisch waren. Ebenso schien der Mörder eine Vorliebe für einen bestimmten Frauentyp zu haben. Beide Opfer ähnelten einander stark vom äußeren Erscheinungsbild. Sie waren jung und ausnehmend hübsch, von zierlichem Wuchs, nicht allzu groß, hatten langes blondes Haar und etwas Kindliches, Mädchenhaftes an sich.

Seinen Gesprächsnotizen nach bevorzugte Luca Giovanni hingegen einen gänzlich anderen Typ, wie dieser schon öfters bei den therapeutischen Sitzungen durchblicken hatte lassen und wie Paul sich auch selbst bei einem zufälligen Zusammentreffen mit dessen Frau persönlich überzeugen hatte können.

So, wie Paul sie in Erinnerung hatte, war Lucas Frau zwar auch klein gewachsen, aber bei Gott nicht zierlich. Vielmehr war sie eine rassige, korpulente und vom Körperbau her grobknochige Italienerin, ein Menschenschlag, wie man ihn auf Sizilien häufig antrifft, mit tiefschwarzem naturkrausen Haar und dunkelbraunen Augen, die aus ihrem breiten und etwas zu molligen Gesicht hervorstachen. Ihre Haut war für eine Südländerin ungewöhnlich blass, ja, fast porzellanartig. Die zu den übrigen Körperproportionen sichtlich zu kurz geratenen Beine mit den kräftigen Waden wirkten stämmig, ihre Figur drall und üppig. Ein Vollweib mit breiten Hüften und großen Brüsten und nach Lucas Aussagen der Inbegriff einer für ihn begehrenswerten und schönen Frau.

Für Paul war damals nicht zu übersehen gewesen, wie sehr Luca seine Frau trotz ihres dominanten und herrischen Auftretens noch immer liebte und wie sehr er unter der Trennung litt. Und jetzt plötzlich sollte er sich an kleinen zierlichen blonden Frauen vergreifen? Und wenn doch, aus welchem Grund sollte er diese töten?

So sehr er auch grübelte, es ergab alles keinen Sinn. Nichts passte zueinander. Auch war Luca entgegen mancher seiner Landsleute kein rachsüchtiger, jähzorniger Mann, der sich vielleicht im Affekt zu solchen Taten hinreißen lassen würde. Im Gegenteil, und für Paul überraschend, verlor er nie ein böses Wort über seine Frau oder über Frauen im Allgemeinen. Eher sprach er ehrfürchtig und respektvoll von ihnen. Paul war sich absolut sicher: Luca war ein Mann, der Frauen verehrte und liebte, und keiner, der sie missbrauchte und umbrachte.

Ein Klopfen an seiner Bürotür am späten Nachmittag ließ Paul Coman aus seinen Grübeleien aufhorchen.

»Ja bitte?«, fragte er.

Die Türe öffnete sich einen Spalt. »Ich soll mich bei Ihnen melden. Sie wollten mit mir sprechen?«

»Ach, Luca, schön, dass Sie da sind. Bitte kommen Sie doch herein.« Paul schloss die Akte, die ihn gerade noch beschäftigt hatte, stand auf, ging auf den Häftling zu und bot ihm an, auf der Couch Platz zu nehmen.

Luca setzte sich. Er wirkte unsicher und schien nicht gerade begeistert zu sein von der außerplanmäßigen Sitzung, zu der man ihn gebeten hatte.

»Warum bin ich hier?«, fragte er barsch und so kurz angebunden, dass seine Sprachweise fast rüpelhaft, aber auch ängstlich in Pauls Ohren klang.

»Ich würde mit Ihnen gerne noch einmal über Ihren Ausgang und über Ihre bevorstehende Entlassung sprechen. Erzählen Sie mir doch, wie finden Sie sich da draußen mittlerweile zurecht?«

»Ich komm schon klar«, antwortete er auf Pauls Frage.

»Konnten Sie denn schon Kontakte knüpfen?«

»Kontakte? Nein! Welche Kontakte?« Lucas Gesicht war blass und eingefallen. Er war so ausgezehrt, dass die Backenknochen hervortraten und die dunklen Schatten unter seinen Augen ihn kränklich erscheinen ließen. Für einen Italiener war er relativ groß gewachsen, und wie viele seiner Landsleute hatte er volles, leicht gewelltes schwarzes Haar, das er mit Gel nach hinten kämmte, und dunkle ausdrucksvolle Augen.

»Nun, es hätte ja gut sein können, dass Sie bereits neue Bekanntschaften geschlossen haben.«

»Welche neuen Bekanntschaften? Wer will schon mit einem Vorbestraften wie mir etwas zu tun haben?«

»Was ist mit Ihrer Frau? Haben Sie letzte Zeit irgendetwas von ihr gehört?«

»Von meiner Frau?«, fragte Luca nun sichtlich genervt. »Das habe ich Ihnen doch schon alles erzählt. Seit sie zu ihrer Familie nach Italien zurückgekehrt ist, hat sie sich nicht mehr bei mir gemeldet. Auch auf meine Anrufe hat sie nicht reagiert. Verleugnen hat sie sich von ihren Eltern lassen. Ich habe es genau gespürt.«

»Aber Sie haben doch ein gemeinsames Kind mit ihr und ein Anrecht darauf, zu erfahren ...«

Luca fiel ihm ins Wort und lachte derb. »Den Jungen? Den Jungen hab ich bis heute noch nie gesehen, nicht einmal ein Foto hat sie mir geschickt.«

»Das wird sich sicher wieder einrenken, wenn Sie erst einmal draußen sind und Arbeit haben«, lenkte Paul beschwichtigend ein.

»Da bin ich mir nicht so sicher. Nicht einen einzigen meiner Briefe hat sie beantwortet, obwohl ich immer alles für sie getan und versucht habe, ihr jeden Wunsch zu erfüllen.« Lucas Stimme erhob sich, er schnaubte aufgebracht, und seine Nasenflügel bebten.

»Nun beruhigen Sie sich wieder.« Heute schien nicht Lucas Tag zu sein. Diese vorwurfsvolle aufbrausende Seite erlebte er zum ersten Mal an seinem Schützling, und überhaupt wirkte er ungewöhnlich gereizt und nervös.

»Beruhigen soll ich mich? Ja, wie denn? Gebettelt und auf Knien angefleht habe ich sie, damit sie mich nicht verlässt. Aber alles war umsonst. Und jetzt steh ich alleine da. Ohne Frau, ohne Kind, ohne Arbeit … Was für eine Zukunft …«

»Warum haben Sie mir verschwiegen, dass Sie überhaupt keinen Kontakt mehr zu Ihrer Familie haben? Immer, wenn ich Sie danach gefragt habe, sagten Sie, es wäre alles in Ordnung. Warum haben Sie nicht mit mir darüber geredet?«

»Warum wohl, ich wollte nicht schlecht über meine Frau sprechen und hab sie in Schutz genommen, aber jetzt ist ohnehin alles egal.«

»Was wollen Sie damit sagen, Sie haben sie in Schutz genommen?«

»Tja, nur wegen ihr sitz ich doch hier meine drei Jahre ab.«

»Wegen ihr?« Paul schüttelte verständnislos den Kopf. »Die Straftaten haben *Sie* begangen, nicht Ihre Frau. Das steht wohl außer Zweifel.«

»*Porca miseria*! Sie verstehen überhaupt nichts! Ja sicher habe *ich* sie begangen, aber nur, weil *sie* mit nichts zufrieden war. Immer mehr Geld hat sie für ihr Luxusleben gebraucht, für Markenklamotten, Schuhe, Schminkzeug und diesen ganzen Kram. Bloß mit meinem Job als Pizzabäcker war das nicht zu schaffen. Einen Versager hat sie mich geschimpft, der seiner Familie nichts bieten kann. Dann ist sie auch noch schwanger geworden, obwohl wir damit noch warten wollten, bis wir genug Geld für eine größere Wohnung zusammengespart hätten. Sicher habe ich mich über das Baby gefreut, aber es waren eine Menge Anschaffungen nötig, und auch da musste es das Feinste vom Allerfeinsten sein. Nichts war ihr gut genug. Förmlich gedrängt hat sie mich zu den krummen Geschäften. Sie stellte den Kontakt zu ihrem Cousin und seiner Verbrecherbande her, die die ganzen Brüche aussheckten, und ich war so dumm und hab die Drecksarbeit erledigt. Für eine Weile ging die Sache gut, und meine Frau war zufrieden mit dem, was ich mit nach Hause brachte, bis sie mich geschnappt haben und alles aufflog. Sie wusste genau, woher das Geld kam, das sie mit vollen Händen ausgab. Aber vor Gericht wollte sie dann plötzlich von alldem nichts gewusst haben, und ich Idiot hab für alle die Strafe kassiert. Fallen gelassen haben sie und ihre feine Verwandtschaft mich wie eine heiße Kartoffel. Und ich *cretino* hab das alles nur gemacht, weil ich sie liebte und geglaubt habe, dass auch sie mich liebt.«

Luca hatte sich dermaßen in Rage geredet und in die Sache hineingesteigert, dass sein zuvor blasses Gesicht plötzlich tiefrot anlief und seine Augen glänzten, als würde er jeden Moment in Tränen ausbrechen. Doch sein Blick blieb starr und leer.

»In Ihrer Aussage vor Gericht haben Sie von alldem nichts erwähnt.« Paul blickte dem Häftling ruhig in die Augen, musste jedoch zur Kenntnis nehmen, wie wenig er wirklich über ihn wusste.

Ohne sich von seinem Schützling abzuwenden, beobachtete Paul durch das Fenster, wie mehrere Polizeiautos mit Blaulicht, jedoch ohne eingeschaltetes Signalhorn die Einfahrt herauffuhren und verteilt im Hof parkten. Männer stiegen aus, darunter auch der Kommissar, mit dem Paul bereits Bekanntschaft gemacht hatte, und begaben sich in Richtung Verwaltungsgebäude und dem Trakt, in dem die Häftlinge einsaßen.

»Warum wohl! *Maledetto*!« Luca raufte sich die Haare. »Ihre Sippschaft hat mich bedroht und erpresst. Können oder wollen Sie mich nicht verstehen? Außerdem, ich bin doch kein Judas. Sollte ich vielleicht meine schwangere Frau mit hineinziehen? Wer kümmert sich dann um das Kind? Wie sie vorher schon richtig sagten, ich selbst bin für meine Straftaten verantwortlich, und es hätte an meiner Situation auch nichts mehr geändert, wenn ich die ganze Bande verpfiffen hätte. Aber noch einmal mach ich so etwas nicht mehr mit. Ich geh für niemanden mehr in den Knast.«

»Niemand hat von Ihnen verlangt, dass Sie die Schuld der anderen auf sich nehmen. Außerdem brauchen Sie nicht gleich ausfallend zu werden. Auch wenn ich der italienischen Sprache nur sehr bescheiden mächtig bin, weiß ich um die Bedeutung Ihrer Schimpfwörter. Doch nun zurück zum Thema. Sie hätten das alles nicht mit sich allein ausmachen müssen. Es ist mein Job, Sie bei der Aufarbeitung Ihrer Probleme und Schwierigkeiten zu unterstützen.«

Paul schwankte zwischen Mitleid und Verärgerung. Einerseits war er überrascht von der unerwarteten Offenheit des Häftlings und erstaunt, wie gut Luca sich bisher im Griff gehabt und seinen Zorn vor ihm verborgen hatte, andererseits war er unangenehm berührt wegen Lucas unhöflicher und zunehmend aggressiver Art.

Irgendetwas musste in den letzten Wochen geschehen sein, warum das alles jetzt so plötzlich aus ihm herausbrach. Hatte er sich Rolf gegenüber vielleicht schon früher einmal von *dieser Seite* gezeigt und in *diesem Ton* mit ihm gesprochen? Vielleicht rührten ja daher die versteckten Anspielungen seines Freundes? Damit ließen sich wenigstens einige der geäußerten Bedenken des Priesters erklären.

»Was hätte es denn schon gebracht, darüber zu reden«, antwortete Luca verbittert. »Nichts außer eine Menge Ärger mit diesen Typen, wenn ich hier rauskomme, und meine Familie bekäme ich dadurch auch nicht mehr zurück.«

»Umso wichtiger ist es jetzt für Sie, dass Sie nach Ihrer Entlassung wieder in ein normales Leben zurückfinden.«

»Und wie stellen Sie sich das vor? Ich sitze schon zum zweiten Mal hier ein, da hat man seinen Vertrauensvorschuss schon verbraucht. Da glaubt dir niemand mehr, dass du dich geändert und daraus gelernt hast.« Luca hatte sich wieder etwas beruhigt.

»Es gibt da draußen gute Einrichtungen, die Sie unterstützen können. Ich habe Ihnen doch bereits einige Adressen aufgeschrieben. Was unternehmen Sie denn so an Ihren freien Tagen?«

»Ach, nichts von Bedeutung, hm …« Luca räusperte sich und senkte seinen Blick zu Boden. Er wirkte nervös und verlegen. »Ich streune ein wenig umher, schau mir die Gegend an und überlege, was ich mit meiner Freiheit machen könnte. Zu meinen alten Kumpels habe ich ja jeden Kontakt abgebrochen.«

»Das ist auch gut so. Sie werden wirkliche Freunde finden, und wenn Sie klug sind und aus Ihrem Aufenthalt hier etwas gelernt haben, wird es Ihnen gelingen, ein neues Leben aufzubauen.«

»Was soll ich mit *Freunden*? Ich will endlich wieder eine Frau und eine Familie. Drei Jahre Knast vernebeln dir komplett das Gehirn, und mit der Zeit wirst du fast verrückt vor Einsamkeit.«

Luca war einfach gestrickt und sprach wie schon so oft vorher offen aus, was ihm auf der Zunge brannte, und dieses eben geführte Gespräch zwischen ihnen war nur eine weitere Bestätigung, warum Paul sich nicht vorstellen konnte, dass sein Schützling etwas mit den Morden zu tun haben könnte. Luca überlegte nicht groß, bevor er etwas tat. Er war spontan und leichtsinnig in seinen Handlungen.

Die Morde an den beiden Frauen schienen jedoch von einem intelligenten Hirn genau geplant und vorbereitet zu sein. So, wie er Luca einschätzte, war dieser dazu nicht in der Lage. Oder gab es in ihm doch eine verborgene Seite, die er noch nie bei den gemeinsamen Sitzungen gezeigt hatte? Gab er sich vor ihm bewusst so unbedarft, um ihn zu täuschen?

Also versuchte er es mit einer ehrenrührigen Antwort, um ihn zu provozieren, in der Hoffnung, ihn aus der Reserve zu locken. »Nun, es gibt Prostituierte, bei denen Sie erst einmal Dampf ablassen können, bis Sie eine neue Freundin ...«

»Ich bin Sizilianer, *porco dio*, ich mach's doch nicht mit einer *puttana* von der Straße!«, unterbrach Luca ihn grob und richtete seinen Oberkörper auf.

Pauls Worte hatten ihre Wirkung nicht verfehlt. Scheinheilig setzte er seine Taktik fort. »Entschuldigung, ich meinte ja auch nur, bevor der Druck zu groß wird und Sie sich hinreißen lassen, Dinge zu ...«

»Und ich vergewaltige auch keine Frauen, wenn Sie auf das hinauswollen. Ich bin kein Vergewaltiger und schon gar kein Mörder.« Außer sich vor Wut funkelte Luca seinen Herausforderer böse an. Er ballte die Fäuste und hatte Mühe, nicht gänzlich seine Beherrschung zu verlieren.

»Das hat auch niemand behauptet.« Paul schluckte und räusperte sich. Aber er hatte es in Erwägung gezogen, und Luca hatte es gespürt. So war er über dessen Antwort nicht wirklich verwundert.

»Aber gedacht. Geben Sie es doch zu. Diese ganze Fragerei hat doch etwas mit den beiden ermordeten Frauen zu tun. Die Sache könnt ihr mir nicht auch noch anhängen. Nur, weil ich ein einfacher Pizzabäcker bin, bringe ich doch keine Frauen um. Für diese Sauerei bin ich nicht verantwortlich. Da müsst ihr schon ganz woanders suchen.« Luca lachte verbittert. »Glauben Sie mir, der Gedanke, dass ich vielleicht auch noch für einen Mord, den ich nicht begangen habe, lebenslang hinter Gittern sitzen muss, macht mir *paura di morire*. Verstehen Sie? Todesangst!« Luca sprang auf, stapfte wütend auf und ab, trat schließlich ganz nah an Paul heran und wiederholte leise und eindringlich: »Noch einmal, ich bin kein

Mörder ... und dafür gehe ich auch nicht ins Gefängnis. Lieber bringe ich mich um.«

»Nun beruhigen Sie sich wieder. Niemand will Ihnen etwas anhängen.«

»Ich könnte niemals – niemals einer Frau etwas antun! Ich liebe meine Frau noch immer, trotz allem, was sie mir angetan hat, und ich will sie zurück. Ich will meinen Jungen endlich sehen und ihm ein guter Vater sein. Wie sollte ich das, wenn ich wieder im Knast sitze? Ich bin doch nicht verrückt.« Seine Stimme zitterte, und dieses Mal füllten sich seine Augen mit Tränen, und er begann, hemmungslos zu schluchzen.

»Setzen Sie sich wieder, Luca, ich glaube Ihnen ja«, versuchte Paul, ihn zu besänftigen. Er erhob sich, legte ihm beschwichtigend die Hand auf die Schulter und führte ihn zurück zum Sofa, wo der Häftling sich wie ein Häufchen Elend in die weichen Kissen fallen ließ.

»Sie haben leicht reden, man hat schon einmal versucht, mir eine Vergewaltigung in die Schuhe zu schieben. Auch dafür habe ich unschuldig in Untersuchungshaft gesessen, und es hätte nicht viel gefehlt, und sie hätten mich eingebuchtet.« Luca ließ sich nicht beruhigen.

»Aber in diesem Punkt hat man Sie doch letztendlich freigesprochen.«

»Ja, aber nur weil ein Zeuge, der angeblich vorher *etwas gesehen* hatte, später seine Aussage zurückzog und mich die vergewaltigte Frau nicht eindeutig identifizieren konnte. Nach der Devise: im Zweifel für den Angeklagten. Trotzdem bleibt von diesem Verdacht immer etwas an einem hängen, und wenn wieder so etwas passiert, bist du der Erste, den sie in die Mangel nehmen.«

»Es ist nun einmal Pflicht der Polizei, jedem Hinweis nachzugehen. Auch jetzt, im Fall der beiden getöteten Frauen.«

»Welchem Hinweis? Wer könnte mich beschuldigen? Es *kann* keinen Hinweis auf mich geben! Noch einmal zum Mitschreiben: *Ich war es nicht! Comprendere?*« Die übertriebene Betonung der Worte lag bei den letzten fünf. Lucas Gesicht wurde hart. Mürrisch fuhr er fort: »Genau so ein dubioser Hinweis wegen der *angeblichen* Vergewaltigung, die ich, ich schwöre bei allen Heiligen und der Mutter Gottes, *niemals* begangen habe, hat meine Frau dazu bewogen, mir den Kontakt zu meinem Sohn zu verbieten. Der bloße Verdacht hat ihr schon gereicht, um mich für einen schlechten Menschen zu halten und diese Entscheidung zu treffen. Wissen Sie, wie es ist, wenn man sein eigenes Kind nicht sehen darf?«

»Warum versuchen Sie nicht, über das Jugendamt ein Besuchsrecht zu erwirken? Ich setze mich gerne für Sie ein. Luca, wenn Sie möchten, spreche ich auch gerne noch einmal mit Ihrer Frau. Gemeinsam könnten wir sie von Ihrer Unschuld überzeugen.«

»Hah, das hat mir der neue Priester auch schon angeboten«, stieß Luca hart hervor und lachte abschätzig.

»Und warum haben Sie seine Hilfe nicht angenommen? Auf ihn hätte sie vielleicht gehört.«

»Auf die Hilfe dieses bigotten Pfaffen kann ich gut und gerne verzichten.« Luca rieb seine Handflächen aneinander, so als wollte er Schmutz abschütteln.

»Hatten Sie Streit mit Rolf Arnstett?«, fragte Paul überrascht und zog die Augenbrauen hoch. Irgendwie hatte er plötzlich das Gefühl, mit seiner Frage bei Luca einen wunden Punkt getroffen zu haben.

»Ach, lasst mich doch alle zufrieden. Ich sage kein Wort mehr. Das bringt doch sowieso nichts. Einmal Verbrecher, immer Verbrecher! So ist es doch! Oder?« Luca erhob sich, und ehe Paul antworten konnte, fragte er grob: »War's das? Kann ich jetzt endlich gehen?«

Pauls Schweigen auf seine Frage nahm er als stilles Einverständnis dafür, dass das Gespräch nun beendet war. Ohne einen Gruß ging er zur Tür. Doch noch ehe er sie öffnen konnte, ging diese auf, und er sah sich mehreren uniformierten Männern gegenüberstehen.

»Luca Giovanni?«, fragte einer.

»Ja ... a ...«, stotterte er heiser.

»Sie werden verdächtigt, in die Mordsachen Anna Sorger und Luisa Auer verwickelt zu sein. Wir müssen Sie zur polizeilichen Einvernahme mit aufs Kommissariat nehmen.«

Lucas eben noch vor Erregung gerötetes Gesicht wechselte die Farbe nun in Fahlgrün bis Bleich. Er schwankte und hielt sich am Türstock fest. Bevor man ihn abführte, wandte Luca sich noch einmal um, spuckte auf den Boden und durchbohrte mit zu Schlitzen zusammengekniffenen Augen und hasserfülltem Blick den Mann, dem er glaubte, als Einzigem noch vertrauen zu können und – bei dem er ganz nah dran gewesen war, ihm sein fürchterliches Geheimnis zu offenbaren. Ein schwerwiegendes Geheimnis, von dessen Preisgabe wahrscheinlich ein Menschenleben abhing.

»Gratuliere! *Pezzo di merde!* Sind Sie jetzt endlich zufrieden! Das haben Sie ja prima eingefädelt. Ich schwöre bei meiner Mutter, das wird Ihnen noch leidtun, aber dann ist es wahrscheinlich schon zu spät! Sie werden noch an mich denken, früher, als Ihnen lieb ist. Die Dinge werden ihren Lauf nehmen und sind vielleicht schon längst nicht mehr aufzuhalten. Wenn Sie wüssten, was ganz in Ihrer Nähe Schreckliches passiert ...«, sprudelte er atemlos hervor.

»Hören Sie auf, Herrn Doktor Coman zu drohen!«, wies der Kommissar ihn barsch zurecht. »Sie machen die Sache damit nur noch schlimmer.«

Pure Angst, Enttäuschung und Verzweiflung schlugen Paul Coman entgegen.

»Luca, bitte hören Sie! Ich hab damit wirklich nichts zu tun«, rief er dem Häftling hinterher, war sich allerdings nicht sicher, ob dieser seine Worte noch gehört hatte. Was wollte Luca ihm mit diesen Andeutungen sagen? Von welchen *Dingen* sprach er? Und was meinte er damit, dass ganz in seiner Nähe *Schreckliches* geschehe? Sein Blick aus dem Fenster bestätigte ihm, dass er das alles eben nicht geträumt hatte. Draußen sah er, wie Luca in sich zusammengesunken und mit hängendem Kopf in eines der Polizeiautos verfrachtet wurde, das mit ihm wenig später vom Hof fuhr.

Paul Coman war mindestens so betroffen und überrascht von dieser Aktion wie eben Luca. Verständnislosigkeit machte sich in ihm breit. Was, um Himmels Willen, war geschehen, dass sie nun doch Luca verdächtigten? Hatte sein Freund Rolf den Kriminalisten einen Hinweis zukommen lassen? Gab es bereits neue Spuren oder andere Beweismittel, über die er noch nicht informiert worden war und die dieses überraschende Vorgehen der Beamten rechtfertigten?

6

Ein sonniger, aber kalter Spätherbsttag neigte sich langsam dem Ende zu. Die mächtige Trauerweide vor dem Kommissariat hatte ihr Laub längst abgeworfen. Kahl und düster wirkten ihre nackten Äste, die nur noch schemenhaft in der Dämmerung zu erkennen waren. Ein eisiger Wind pfiff über den Hof und ließ ein angelehntes Gartentor immer wieder auf- und zuschlagen. Dann plötzlich wurde es still. Das Klappern des Tores verstummte. Von der dicht vor dem Haus gelegenen Straße drang das leise Surren der vorbeifahrenden Autos durch das Fenster. In der Luft lag der Geruch von Schnee, der sich in den letzten Tagen schon auf den Gipfeln der umliegenden Berge festgesetzt hatte.

Hauptkommissar Moser vom Morddezernat Salzburg holte noch einmal tief Luft und schloss das Fenster. Er rieb sich die Augen. Sie schmerzten, da er noch immer seine alte, viel zu schwache Brille benutzte. Den Besuch beim Augenarzt schob er seit Wochen vor sich her. Er wollte sich nicht eingestehen, dass sein Sehvermögen sich erneut verschlechtert hatte und eine Korrektur der Gläserstärke dringend erforderlich machte. In dieser Hinsicht war er eitel und stur, denn er setzte den Verlust der Sehkraft mit dem Fortschreiten des Alters gleich, und alt fühlte er sich bei Gott noch nicht.

Moser kehrte an seinen Schreibtisch zurück und ließ sich auf seinem Drehstuhl nieder. Auf seinem Arbeitsplatz türmten sich Berge von Papieren in einem heillosen Durcheinander, als hätte er seit Wochen nicht mehr daran gearbeitet. Treffsicher griff er nach den beiden braunen Akten mit den Aufschriften: *Ungeklärte Fälle: Anna Sorger* und *Luisa Auer*.

Kriminalhauptkommissar Moser und sein junger Kollege Baumann waren seit einigen Tagen damit beschäftigt, die Lebensumstände der beiden aus Österreich stammenden Mordopfer und ihr Zutodekommen im benachbarten Bayern zu analysieren, um so auf ein mögliches Motiv zu stoßen und zur Aufklärung der Verbrechen beizutragen.

»Wie es aussieht, stehen unsere bayerischen Kollegen an. Das ist alles, was sie uns bis jetzt an Informationen geschickt haben.« Moser, Baumanns Vorgesetzter, setzte seine Brille auf und blätterte in den vor ihm liegenden Unterlagen. Ein wirklich mageres Häufchen von Ermittlungsberichten, Gutachten und Zeugeneinvernehmungen. »Wir haben zwei Mordopfer. Beide junge, bildhübsche und alleinstehende Frauen, die aus Salzburg stammten, wie wir mittlerweile mit Sicherheit wissen. Gefunden hat man sie in diesem abgelegenen Wäldchen in der Nähe der Justizvollzugsanstalt.« Moser legte die Bilder vom Tatort auf den Tisch. »Nun stellen sich natürlich einige Fragen: Was hat die Frauen dazu veranlasst, ausgerechnet dorthin zu reisen? Hat der Täter sie in Salzburg kennengelernt und dann unter einem Vorwand in diese Gegend gelockt? Zufällig über den Weg gelaufen werden sie ihm wohl kaum sein. Wir müssen herausfinden, in welchem Umfeld sich die beiden Opfer zuletzt aufgehalten haben. Vielleicht gibt es ja irgendwo eine Parallele.«

Mosers kurz geschnittenes graues Haar stand wie immer etwas wirr vom Kopf, so als hätte er gerade ein Nickerchen hinter sich gebracht. Er gähnte herzhaft, holte ein in Butterpapier eingewickeltes Jausenbrot aus einer Tupperdose, die er der Schreibtischschublade entnahm, und biss mit großem Appetit hinein.

»Einen Moment noch, ich bin gleich so weit.« Baumann war damit beschäftigt, einen Bericht über eine Ermittlung des letzten Tages in den PC zu klopfen. Eine Arbeit, die ihm nicht sonderlich schmeckte, um die er aber auch nicht umhinkam, da sein Vorgesetzter, nicht ohne eine gewisse Genugtuung, sie an ihn abgetreten hatte. Moser vertrat die Ansicht, dass er sich schon lange genug damit herumgeschlagen habe und es an der Zeit war, dass sein Assistent und vielleicht potenzieller Nachfolger sich auch mit diesem Aufgabenbereich vertraut machen müsse.

»Hier!« Moser schob Baumann, ohne abzuwarten und auf dessen Einwand weiter einzugehen, die Akten zu. »Lies selber! Vielleicht fällt dir ja noch etwas dazu ein. Keine verwertbaren Zeugenaussagen, von Spermaspuren, Fasern oder sonstigem DNA-Material ganz zu schweigen. Nur ein anonymer Hinweis, dass eventuell ein Insasse der JVA etwas damit zu tun haben könnte. Nicht einmal Abdrücke von Schuhen konnten sie sicherstellen.«

»Das ist bei dem morastigen Boden, der rund um den See zu finden ist, auch kein Wunder. Der schluckt alles sofort weg. Noch dazu, wenn es so stark geregnet hat wie zu den Tatzeiten. Eines steht jedenfalls fest: Der Bursche hat sicher nicht im Affekt gehandelt, der wusste genau, was er tut.« Baumann, wie immer schwarz gekleidet, erhob sich, trat an die Kaffeemaschine und füllte seine Tasse auf. Bevor er an seinen Platz zurückkehrte, schritt er einige Male im Zimmer auf und ab und zupfte an seinem Ziegenbärtchen. Er nahm einen Schluck des heißen Getränks, schüttelte sich aber sogleich angeekelt und stellte die Tasse etwas unsanft vor sich auf seinen Arbeitsplatz, sodass die Flüssigkeit überschwappte und eine braune Pfütze auf der Tischplatte hinterließ.

»Was ist?«, fragte Moser und grinste. »Schmeckt dir unsere neue Kaffeesorte vielleicht nicht?«

»Pfui Teufel! Diese Brühe ist ja nur eins zu eins mit Zucker genießbar!« Baumann verzog sein Gesicht zu einer Grimasse. »Du hättest mich warnen müssen!« Er holte eine Packung Papiertaschentücher aus seiner Hosentasche hervor und wischte die sich nun bedrohlich in Richtung herumliegender Schriftstücke ausbreitende Lache auf.

»Lass das bloß nicht unseren Gottobersten wissen. Er hat diese edle Sorte nämlich großzügig spendiert, als Dankeschön für die in letzter Zeit so zahlreich geleisteten Überstunden und gelösten Fälle.«

»Der schmeckt ja fast so ekelhaft bitter wie der Zichorienkaffee meiner Großmutter, Gott hab sie selig ...«

»Den hast du doch nie getrunken, dafür bist du viel zu jung«, unterbrach Moser ihn, immer noch grinsend und bemüht, sich ein schadenfrohes Lachen zu verkneifen.

»Um mir das Geschmackserlebnis vorstellen zu können, waren die haarklein ausgeführten Erzählungen meiner Großmutter mehr als ausreichend.«

»Nun stell dich doch nicht so an.« Moser lachte nun lauthals heraus, holte eine Thermosflasche aus seiner alten abgegriffenen Ledertasche, öffnete den Drehverschluss und stellte sie auf den Tisch. Augenblicklich verbreitete sich ein feines köstliches Kaffeearoma im Raum. »Hier, bedien dich. Den hab ich von zu Hause mitgebracht. Für den Notfall, nachdem ich schon gestern das Vergnügen hatte, von dieser Brühe zu kosten.«

»Ach, so ist das, du hast längst gewusst, dass unser Kaffeeautomat diese grässliche Brühe ausspuckt, und mich lässt du ohne Vorwarnung ins offene Messer laufen und dieses abgestandene bittere Gesöff hier trinken. Ich habe noch nie in meinem Leben einen so abscheulichen Kaffee getrunken.« Baumann erhob sich sichtlich eingeschnappt, nahm jedoch das Angebot seines Chefs dankend an und holte sich eine neue Tasse.

»Ein Schluck davon wird dich schon nicht umbringen. Ich hab es ja auch überlebt.« In Mosers Gesicht lag immer noch ein unverschämtes Grinsen. »So, aber jetzt wieder zurück zum Ernst der Sache. Also, ich glaube, er hat die Frauen unter irgendeinem fadenscheinigen Vorwand in diese abgelegene Gegend gelockt. Sie mussten völlig ahnungslos und überrascht gewesen sein, denn es gibt keinerlei Kampfspuren.«

»Vermutlich wurde er vorher sogar noch zärtlich mit seinen Opfern und hat ihnen im Zuge dessen die Plastiktüten von hinten über den Kopf gestülpt und sofort so stramm zugezogen, dass sie keine Möglichkeit mehr hatten, ihren Peiniger abzuwehren.« Baumann war mit seiner Theorie zufrieden. Überzeugt schnalzte er mit der Zunge und genoss nun sichtlich seinen Kaffee.

»Gar nicht so verkehrt gedacht, junger Kollege. Wenn ich mir vorstelle, dass mir jemand von hinten einen Plastiksack über den Kopf zieht, ist meine erste Reaktion doch die, dass ich in meiner Panik zu ersticken sofort versuche, mir, sofern ich meine Hände frei habe, die Tüte vom Kopf zu reißen, und nicht auf die Person losgehe, die hinter mir steht.«

»Das ist anzunehmen. Aber für eine Weile müsste der Sauerstoff doch noch ausreichen, um sich zur Wehr zu setzen.« Baumann überflog die beiliegenden Gutachten.

»Nicht in diesem Fall. Der Mörder hat relativ kleine Tüten mit Zugband zum Verschließen, aus reißfester Plastikfolie verwendet. Gerade so groß, dass ein Kopf darin Platz findet. Solche, wie man sie in manchen Hotels und in vielen Haushalten in den Badezimmern für die kleinen Badezimmermülleimer verwendet.«

»Also lagen die Tüten derart eng im Gesicht, auf Nase und Mund auf, dass den Opfern relativ rasch die Luft wegbleiben musste.«

»Ja, so in etwa, und bevor sie merkten, was mit ihnen passiert, stieß er sie mit dem Gesicht nach unten zu Boden.«

»Das würde auch erklären, warum unter den Fingernägeln der Opfer nur Morast und Plastikpartikel der Tüten zu finden waren. Wahrscheinlich hat er sie mit aller Kraft in den aufgeweichten Waldboden gedrückt, sodass sie keine Möglichkeit hatten, sich umzudrehen und Gegenwehr zu leisten«, setzte Baumann die Ausführungen seines Chefs fort.

»Ja, da kannst du recht haben, und während die geschwächten Opfer verzweifelt mit letzter Kraft gegen den Erstickungstod ankämpften, nutzte der Täter die Gunst des Augenblicks, platzierte das Kondom und verging sich an ihnen. Und das nicht zu knapp, denn beide hatten erhebliche Verletzungen im Genitalbereich und wiesen massive Hämatome am Rücken, auf dem Gesäß und an den Beinen und Armen auf. Außerdem musste er das letzte Mordopfer besonders brutal zu Boden gestoßen haben, da mehrere Rippenbrüche nachgewiesen werden konnten.«

»Also, freiwillig war da sicher keine bei der Sache.«

»Das kannst du laut sagen ...« Nun griff auch Kommissar Moser nach einer Tasse und schenkte sich Kaffee ein.

»Hast du vielleicht auch eine Flasche Schnaps in deiner Tasche?«

»Junger Kollege, vergiss nicht, wir sind im Dienst.« Moser grinste Baumann mitleidig an. Er hätte sich in diesem Moment gerne selbst einen guten Schluck genehmigt.

»Ich könnte jetzt dringend einen gebrauchen. Mir wird übel, wenn ich an die armen Frauen denke. Und dieses Schwein musste nicht einmal den Todeskampf in ihrem Gesicht mit ansehen.«

»Darüber habe ich mir auch schon den Kopf zerbrochen. Vielleicht hätte das ihn um seine sexuelle Befriedigung gebracht.«

»Dieser Wahnsinnige hat sie praktisch von hinten gevögelt und sich einen Orgasmus verschafft, während sie jämmerlich krepierten. Was mag wohl in so einem Menschen vorgehen?«, fragte sich Baumann.

»Ich denke, in diesem Moment ist so ein Typ komplett ohne Hirn und Verstand. Vielleicht haben wir es ja hier mit einem Täter mit zwanghaftem Triebverhalten zu tun, der auf normalem Weg aus irgendeinem Grund keine Frau abbekommt und seine Opfer aus

Angst vor der Aufdeckung seiner begangenen Vergewaltigung umbringt. Laut dem Bericht des Kriminalpsychologen ließe einiges darauf schließen. Stellt sich nur die Frage, aus welchem Grund er keinen gesunden Zugang zum anderen Geschlecht findet? Ich denke, hier sollten wir ansetzen.«

»In erster Linie steht vermutlich der Zwang, sich an den Frauen zu befriedigen.«

»Das mit Sicherheit! Vielleicht ist er ja abgrundtief hässlich oder entstellt, dass keine Frau ihn freiwillig an sich heranlassen würde?« Moser konnte sich gut vorstellen, dass es Männer dieses Schlages geben musste, die absolut keine Chance beim anderen Geschlecht hatten. Aber warum sollten diese gleich zu Mördern werden? Es gab ja schließlich Prostituierte, und im Notfall konnten sie ja immer noch selbst Hand anlegen.

»Dagegen spricht allerdings, dass die Frauen anscheinend freiwillig mit ihm mitgegangen sind. Also, so abstoßend kann er wohl nicht sein.«

»Gut durchdacht, Baumann. Ich glaube, aus dir wird noch einmal ein ausgezeichneter Kriminalist.« Moser grinste und schlug seinem Kollegen anerkennend, aber etwas unsanft auf die Schulter, sodass dieser unter dem kräftigen Schlag zusammenzuckte. Er wurde jedoch augenblicklich wieder ernst, als er die Aufnahmen der toten Frauen aus der Mappe nahm und vor Baumann ausbreitete, deren angstverzerrte Gesichter mit den weit aufgerissenen Augen und Mündern hinter der Plastikfolie deutlich zu erkennen waren.

»Was für ein schreckliches Ende.« Baumann schluckte betroffen und fuhr dann fort: »Beide Frauen hatten höchstens eine Körpergröße von einem Meter sechzig und waren von äußerst zierlicher Statur. Sie hatten keinerlei Chance, sich gegen dieses Schwein zu wehren, und das alles nur, weil so ein Dreckskerl sich nicht im

Griff hat und abartig tickt.« Angewidert und schockiert über den Anblick, wandte der junge Kriminalbeamte sich ab. Er hatte immer noch größte Mühe, sachlich, wie sein Beruf es eigentlich erfordert hätte, mit dem Bildmaterial von Mordopfern umzugehen, vor allem, wenn es sich dabei um Kinder oder Frauen handelte. Und im Moment beschlich ihn das dumpfe Gefühl, dass diese Gelassenheit wohl niemals eintreten würde.

»Ja, leider.« Der Kommissar nickte. Er schien zu ahnen, was in seinem jungen Kollegen vorging. Auch er hatte trotz der vielen Berufsjahre nach wie vor mit den gleichen Schwierigkeiten zu kämpfen.

»Und es spricht einiges dafür, dass er sich auch weiterhin nicht im Griff haben und wieder auf die gleiche Art und Weise zuschlagen wird – und das müssen wir unbedingt verhindern.« Baumann schloss die Mappe mit den Bildern und legte sie zurück zu den Berichten.

»Was nicht so einfach sein wird. Nun, wo er Blut geleckt hat und bis jetzt auch noch ungeschoren davongekommen ist ...«

»Und bei den mageren Ergebnissen, die wir bis jetzt haben.«

»Das kommt natürlich noch erschwerend hinzu, und da in beiden Fällen bis jetzt keine DNA-Spuren gefunden wurden, ist davon auszugehen, dass der Typ seine Verbrechen bis ins kleinste Detail plant, und wahrscheinlich hat er schon sein nächstes Opfer im Visier.« Moser holte die Fotos erneut aus der Mappe, stand auf und heftete sie an die Pinnwand, während er Baumann fragte: »Hast du schon Näheres über die beiden Mordopfer in Erfahrung bringen können?«

»Nichts, was uns weiterbringen könnte. Beide waren, wie bereits vorhin erwähnt, alleinstehend. Das erste Opfer hatte auch keine Angehörigen mehr und lebte nach dem Tod ihres Mannes, der kurz nach der Hochzeit mit dem Motorrad verunglückt ist, sehr zurückgezogen. Laut Auskunft einer Bekannten, mit der die Frau sich ab und zu traf und regelmäßig telefonischen Kontakt pflegte, hatte sie kurz vor ihrem Tod einen Mann im Internet kennengelernt. Allerdings wurde sie trotz intensiver Befragungen in der Nachbarschaft und an ihrem Arbeitsplatz nie in Gesellschaft dieses Mannes gesehen. Was natürlich nichts zu sagen hat.«

»Und was hast du über die zweite Tote herausgefunden?«

»Auch das zweite Opfer dürfte laut Angaben von Verwandten und Freunden bereits seit einiger Zeit bei einer großen Online-Partneragentur auf der Suche nach einem Mann gewesen sein. Die Ermittlungen laufen noch. Und auch diese Frau war alleinstehend. Keine Kinder, die Eltern sind geschieden und leben mit neuen Partnern in Wien beziehungsweise in Frankfurt. Dann gibt es noch eine Schwester, aber auch die lebt nicht in Salzburg.«

»Internet, Online-Partneragentur … da hätten wir doch schon einmal einen kleinen Anhaltspunkt.«

»Meinst du, dass der Kerl sich auf diese Art an die Frauen heranmacht?«

»Möglich wäre es. Immerhin ist das eine gute Gelegenheit, um sich die Opfer gezielt auszusuchen.«

»Ich weiß nicht, ob uns das weiterhilft. Ich würde mir davon nicht allzu viel versprechen. Heutzutage ist das doch völlig normal und nichts Besonderes mehr, sich einen Partner über das Internet zu suchen. Diese Partnervermittlungsagenturen schießen doch wie Pilze aus dem Boden. Scheint ein einträgliches Geschäft zu sein.«

»Meinst du? Klingt ja äußerst interessant.« Moser zog die Augenbrauen hoch, schmunzelte und fuhr sich mit den Fingern verlegen durch das graue Haar. »Vielleicht wäre das ja auch etwas für mich.«

Das Beziehungsleben des Kriminalkommissars war seit Jahren alles andere als befriedigend. Er hatte zwei gescheiterte Ehen hinter sich, die kinderlos geblieben waren, was er manchmal bedauerte. Auch seine letzte Partnerin hatte ihn vor sechs Jahren verlassen, mit der Begründung, dass sein Beruf ihm wichtiger wäre als die Beziehung mit ihr. Womit sie leider nicht ganz unrecht hatte.

Außer seiner vielleicht etwas schrulligen altmodischen Art war Moser aber noch immer ein attraktiver, gut aussehender Mann, mit dem es sich angenehm zusammenarbeiten ließ. Er verfügte über einen etwas trockenen bis schwarzen Humor, den er verstand, meisterhaft und zum richtigen Zeitpunkt einzusetzen, sodass er auch in Gesellschaft beliebt war und über einen großen Freundeskreis verfügte. Das Dilemma daran war bloß, dass dieser größtenteils aus Paaren bestand. Den wenigen Singlefrauen dieser Gruppe war er zwar freundschaftlich verbunden, aber es war keine dabei, die ihm gefiel oder mit der er eine nähere Verbindung eingehen wollte.

»Vielleicht sollte ich das auch einmal versuchen. Oder findest du mich etwa zu alt, um auf diesem Weg eine passende Partnerin für mich zu suchen? Was meinst du dazu?«

»Warum nicht und warum zu alt? Frauen lieben einsame graue Steppenwölfe mit Charisma.« Baumann grinste unverschämt.

»Ja, ja, mach du dich nur lustig über mich.«

»Mach ich doch gar nicht. Ich hab selber schon interessante Erfahrungen auf diese Weise gemacht.«

»Du?? Was machst du bei einer Partnerbörse? Das hast du doch gar nicht nötig. Du kannst doch überall und jederzeit eine junge hübsche Frau kennenlernen.«

»Bei unserem Beruf? Das macht doch keine lange mit. Sobald sie spitzkriegen, dass die immer wieder auftretenden Sondereinsätze, die du anfangs in deiner Beziehung noch versuchst, als Ausnahmen hinzustellen, zum täglichen Leben eines Kriminalisten gehören, verabschieden sie sich so schnell wieder, wie sie in dein Leben getreten sind. Die Frauen in meinem Alter wollen eine Familie gründen, gemeinsam etwas unternehmen und nicht allein zu Hause sitzen und nächtelang auf ihren Partner warten. Und selbst wenn eine auf dich wartet, bist du zu müde, zu geschafft und froh, wenn du dich endlich aufs Ohr legen kannst. Die Chance, eine Partnerin zu finden, die das alles über einen längeren Zeitraum hinnimmt, ist nicht gerade groß. Im Internet hingegen kannst du in deinem Profil deine Wünsche bekannt geben und auf deinen schwierigen Beruf hinweisen, in der Hoffnung, dass sich nur solche Frauen melden, die Verständnis für deine Situation aufbringen.«

»Da hast du allerdings recht. Warum, glaubst du wohl, dass meine Beziehungen alle gescheitert sind? Genau aus diesem Grund! Vielleicht versuche ich es mit der Internet-Partnersuche doch lieber erst, wenn ich in Pension bin. Sind ja nur noch ein paar Jährchen.« Mosers Interesse schien ungebrochen. Ein wenig verlegen, weil die Sache ihm sichtlich peinlich war, andererseits war er keineswegs abgeneigt, sich in Zukunft näher mit diesem Thema auseinanderzusetzen, meinte er: »Du kannst mir ja gelegentlich über deine Erfolge beim anderen Geschlecht in diesem Medium berichten.«

»Mit Vergnügen.« Baumann war überrascht über den Wunsch seines Chefs nach seinen Erfahrungen mit einer Partnerbörse, aber auch über dessen Verlegenheit, und musste sich zurückhalten, um nicht in lautes Gelächter auszubrechen.

»Und – warst du denn schon erfolgreich?«, hakte Moser noch einmal neugierig nach.

»Es haben sich schon einige nette Begegnungen ergeben. Mal schauen, was sich daraus entwickelt. Im Moment bleibt mir jedoch nicht sehr viel Zeit, um die jungen Bekanntschaften zu pflegen. Die Ermittlungen in unserem neuen Fall dulden wohl keinen Aufschub.«

»Womit wir wieder beim Thema wären. Ist nur zu hoffen, dass wir den Wettlauf gegen die Zeit nicht verlieren.«

Serienmorde dieser Art musste Hauptkommissar Moser in seiner Karriere Gott sei Dank nur selten bearbeiten. Den letzten Fall, der schon drei Jahre zurücklag und den sie zu lösen hatten, war der des Frauenmörders Viktor Kapinsky alias Viktor Kraft.

Baumann hatte seine Gedanken erraten. »Du denkst wohl an Kapinsky?«

»Ja, und ich frage mich, mit welchem armen kranken Schwein wir es dieses Mal zu tun haben.«

»Wenn man bedenkt, dass man diesem Kapinsky nur durch Zufall und erst nach Jahrzehnten auf die Schliche gekommen ist, wird mir ganz anders. Das heißt, wir müssen uns mächtig ins Zeug legen und …« Noch bevor Baumann den Satz zu Ende sprechen konnte, läutete das Telefon.

»Ja, hier Baumann? Ach, die Kollegen aus Bayern. Gibt es schon etwas Neues?«

Moser gestikulierte seinem jungen Assistenten, die Lautsprechtaste zu aktivieren, damit auch er hören konnte, was die Kommissare aus Bayern zu berichten hatten.

»Wir sind heute Abend diesem anonymen Hinweis nachgegangen, von dem wir euch schon in unserem Bericht in Kenntnis gesetzt haben. Der Häftling, ein gewisser Luca Giovanni, sitzt seit mehr als einer Stunde hier bei uns auf dem Revier zum Verhör, leugnet aber vehement, mit der Sache etwas zu tun zu haben, was allerdings mehr als unglaubwürdig erscheint, da ein Beweisstück in seiner Zelle gefunden wurde«, dröhnte es aus dem Lautsprecher des Telefons.

Baumann und Moser nickten sich erleichtert zu. »Das ist ja eine mehr als erfreuliche Nachricht. Um welches Beweisstück handelt es sich denn?«

»Wir haben eine angebrochene Packung besagter Mülltüten, wie sie bei den beiden Opfern verwendet wurden, in seiner Zelle entdeckt. Sie wird gerade auf Spuren untersucht. Irgendeiner seiner Kumpel muss ihn wohl verpfiffen haben. Der anonyme Hinweis ging wahrscheinlich von einem Wertkartenhandy aus, das man leider nicht zuordnen konnte.«

»Das hört sich ja gar nicht so schlecht an. Und, reicht das aus, um ihn dingfest zu machen?« Die angespannten Gesichtszüge der beiden Männer, die aufmerksam den Ausführungen ihrer deutschen Kollegen lauschten, erhellten sich.

»Wir sind zuversichtlich, dass wir auf der richtigen Spur sind. Es wäre schön, wenn er endlich gestehen würde. Wir werden uns den Burschen die ganze Nacht hindurch weiter vornehmen. Vielleicht knickt er noch ein. Schlafentzug wirkt bei manchen Wunder.«

»Ihr haltet uns doch auf dem Laufenden?«

»Natürlich, wir bleiben dran und schicken euch, sobald es etwas Neues gibt, die Protokolle rüber.«

»Wird wahrscheinlich eine lange Nacht werden.«

»Ja, aber wenn es sich lohnt, diesem Kerl die Taten nachzuweisen, halten wir gerne durch. Also dann, noch einen schönen Abend nach Salzburg.«

Moser lehnte sich entspannt in seinem Stuhl zurück, stützte seinen Kopf in die Hand, den er immer wieder ungläubig hin- und herschüttelte, und sagte: »Das wäre ja fantastisch, wenn den Bayern die Sache so schnell aufgehen würde.«

»Sie lagen also doch richtig mit ihrem Verdacht, dass es sich bei dem Täter vielleicht um einen Freigänger aus der Haftanstalt handeln könnte. Muss schon sagen: Respekt vor den Kollegen.«

7

Nach einer kurzen unruhigen Nacht, in der er die gestern geführte Unterhaltung mit dem Häftling und dessen Abführung durch die Kriminalbeamten Revue passieren ließ, war Doktor Paul Coman nach wie vor davon überzeugt, Luca Giovanni konnte mit den Morden nichts zu tun haben. Es musste sich um eine Verwechslung, einen bösen Irrtum handeln.

Er hatte das Gespräch sorgfältig analysiert und jede noch so kleinste Regung im Gesicht des Italieners und dessen Körperhaltung genau beobachtet, und es deutete absolut nichts darauf hin, dass er ihm etwas vorgemacht hatte. Vielmehr wirkte Luca ehrlich betroffen und verzweifelt, als er selbst das Thema auf die Morde lenkte, und es war das erste Mal, dass der sonst so verschlossene Mann die Fassung vor ihm verloren hatte und in Tränen ausgebrochen war.

Auch die Ausgangszeiten der anderen drei Freigänger hatte er noch einmal überprüft. Alle waren zum Tatzeitpunkt in der Haftanstalt und verfügten über einwandfreie Alibis, an denen nichts und niemand zu rütteln vermochte. Also kamen auch diese Männer als Täter nicht infrage. Diese seine abschließenden Erkenntnisse würde er heute in einem Bericht niederschreiben und an die Beamten weiterleiten, und er hoffte, damit auch Luca endgültig zu entlasten.

Freilich war seine subjektive Betrachtung kein Beweis für Lucas Unschuld, aber er konnte davon ausgehen, dass man seine Kompetenz nicht infrage stellte, sondern seinem Gutachten doch eine gewisse Beachtung beimessen und Glauben schenken würde.

Mehr vermochte er zu dieser Sache nicht beizutragen, und er wünschte, dass die leidige Angelegenheit damit definitiv vom Tisch und erledigt war, wenn auch für ihn nicht befriedigend, lief der

Mörder doch nach wie vor frei herum. Nach wie vor von größtem Interesse für ihn war allerdings auch, den Grund in Erfahrung zu bringen, warum man Luca gestern Abend so plötzlich zum Verhör abgeführt und der Morde bezichtigt hatte.

Als sein Blick auf das Unerledigte auf seinem Schreibtisch fiel, überkam ihn Unbehagen, und er hoffte, sich bald wieder seinen eigenen Aufgabenbereichen zuwenden zu können. Ein Stapel Akten hatte sich angesammelt und wartete dringend auf Bearbeitung. Auch gab es seit letzter Woche sieben Neuzugänge zu verzeichnen, und er hatte bis jetzt keinen einzigen davon zu Gesicht bekommen, geschweige denn, mit einem von ihnen gesprochen.

Und dann gab es da noch den Brief, den er seit Tagen ungeöffnet mit sich herumtrug. Er griff in seine Jackentasche und holte das braune, mittlerweile schon etwas zerknitterte Kuvert hervor. Trotz seines minimalen Gewichts wog es wie Blei in seiner Hand, und er hoffte, dass der Inhalt ein anderer war, als der, den er vermutete oder vielmehr befürchtete. Paul platzierte den Brief in Blickweite auf seinem Schreibtisch und machte sich daran, den Bericht zu schreiben. Er nahm sich vor, gleich anschließend die liegen gebliebene Arbeit zu sortieren und systematisch aufzuarbeiten.

Auf dem Rückweg von seiner Mittagspause in der Kantine, der ihn über den Parkplatz vor dem Anstaltsgebäude führte, begegnete Paul Coman seinem Freund Rolf Arnstett. Hätte er ihn nicht angesprochen, wäre Rolf, ohne ihn zu bemerken, geradewegs an ihm vorbei in Richtung Kirche gelaufen. Rolf war beladen mit schweren Einkaufstaschen, deren Aufdruck erkennen ließ, dass sie vom nahe gelegenen Supermarkt stammen mussten. Seinem hastigen Schritt zufolge schien er in allergrößter Eile zu sein.

Paul schüttelte den Kopf und konnte sich ein Grinsen nicht verkneifen. Ging er nach der Menge der erworbenen Lebensmittel, war sein Freund gerade dabei, sich einen beträchtlichen Vorrat anzulegen. Er wusste, dass dem Priester im Moment kein Auto zur Verfügung stand, da sein alter Wagen angeblich erst kürzlich den Geist aufgegeben und er es wegen eines nicht reparablen Defektes der Verschrottung zugeführt hatte. Und da das neue Fahrzeug erst von den Kirchenobrigen bewilligt werden musste, konnte es gut sein, dass er dabei war, seine Speisekammer noch vor Wintereinbruch aufzufüllen.

Es war nicht das erste Mal, dass er Rolf mit vollen Taschen antraf, was seiner schlanken Figur bis jetzt allerdings in keiner Weise abträglich zu sein schien. Wahrscheinlich verdankte er sein geändertes Essverhalten der gesunden bayerischen Landluft.

Verglich Paul die eigenen Essgewohnheiten mit denen des Priesters, waren seine geradezu spartanisch. Seit er wieder allein lebte, fand er zum Frühstück mit Kaffee ohne Milch und Zucker, einem belegten Brötchen, das er meist auf der Fahrt zu seiner Arbeitsstätte aß, und ab und zu einem Stück Obst sein Auskommen. Mittags nahm er, wenn überhaupt und je nach Jahreszeit, in der Anstaltskantine eine Suppe, einen Salat oder einen Vorspeisenteller zu sich, und am Abend richtete er sich, wenn er nicht zu müde dazu war, eine Kleinigkeit zu Hause. Alles in allem brachte er es höchstens auf eine magere Einkaufstüte in der Woche, und auch da hatte er Mühe, die Sachen aufzubrauchen, bevor sie verdarben.

Als er noch mit Esther zusammenlebte, war ihr gemeinsames Frühstück ein wichtiges Ritual, um den Morgen harmonisch zu beginnen. Sie bereiteten es gemeinsam zu. Paul, der morgens früher zur Arbeit aufbrechen musste und deshalb auch als Erster das Badezimmer aufsuchte, stellte sogleich, nachdem er mit seiner Morgentoilette fertig war, die Kaffeemaschine an, deckte den Tisch und spazierte zum Bäcker im Ort, um frisches Brot zu holen. Indessen nahm Esther eine Dusche, hüllte sich in ihren Bademantel und ging hinunter in die Küche. Sie schnitt Obst, bereitete das Müsli zu und kochte Frühstückseier.

Paul liebte den Anblick, den Esther ihm bot, wenn er von seinem Einkauf zurückkehrte. Das noch feuchte seidige Haar umspielte ihr weiches sanftes Gesicht. Die vom warmen Wasser ein wenig geröteten Wangen verliehen ihr Anmut und zugleich Frische. Ihr schöner Mund mit den vollen, wohlgeformten, sinnlichen Lippen, der immer zu lächeln schien, wirkte auf ihn so verlockend, dass er Lust verspürte, sie fortwährend zu küssen und seine Hände über ihre nackten Brüste und Schenkel gleiten zu lassen, um die zarten Rundungen und ihre warme Haut zu spüren. Ihr gemeinsames tägliches Leben war geprägt von Zärtlichkeiten, Begehren und Lust, und es kam nicht selten dazu, dass sie ihr Frühstück unterbrachen und sich noch einmal vor seinem Aufbruch in ihr Schlafzimmer zurückzogen, um ihre Leidenschaft und Liebe füreinander auszuleben. Jeden Tag aufs Neue fiel es ihnen schwer, voneinander zu lassen, so innig war ihre Beziehung.

Auch am Abend, wenn er von der Arbeit heimkehrte, erwartete Esther ihn stets mit einem liebevoll gedeckten Tisch und köstlichen Gerichten. Sie war eine ausgezeichnete Köchin und achtete bei ihrem Einkauf auf gute Qualität und frische Produkte. In der warmen Jahreszeit und wenn es das Wetter zuließ, empfing sie ihn auf der überdachten Terrasse. An kalten ungemütlichen Tagen aßen sie im Wintergarten. Niemals aber versäumte es Esther, eine romantische Atmosphäre zu schaffen. Frisch geschnittene Blumen, Kerzenlicht und ein perfekt gedeckter Tisch gehörten auch noch am letzten Tag, bevor sie ihn verließ, zu ihrem liebevollen Miteinander.

Ein heftiger unerträglicher Schmerz durchbohrte seinen Körper. Wieder hatten ihn seine Erinnerungen den herben Verlust deutlich spüren lassen. Er vermisste sie noch immer ...

»Schön, dass ich dich treffe, Rolf. Hast du ein wenig Zeit für mich?«

Rolf blickte geistesabwesend auf, als er seinen Namen hörte. »Ach, du bist es. Was gibt es denn so Wichtiges? Ich bin ein wenig in Eile.«

»Ich habe Post bekommen und …«

»Post? Welche Post?«

»Ein Kuvert ohne Absender …«

»Ein Kuvert ohne Absender?«, wiederholte Rolf. »Was meinst du damit?«

»Nun, ich befürchte, es könnte …«

»… von Esther sein?«, unterbrach und fragte der Priester ihn überrascht. Er zog die Augenbrauen hoch und setzte die schweren Taschen ab.

»Ich vermute es zumindest.«

»Aber, warum öffnest du es nicht?«

»Mir wäre einfach wohler, wenn du dabei wärst …« Paul fühlte sich sichtlich unbehaglich, seine Schwächen und Ängste so offen vor seinem Freund eingestehen zu müssen.

»Entschuldige bitte, wie unsensibel von mir. Natürlich bin ich für dich da, wenn du das gerne möchtest. Das ist doch selbstverständlich. Aber vorher muss ich meinen Einkauf verstauen.«

»Hast du dir da nicht ein bisschen zu viel vorgenommen?« Pauls Heiterkeit kehrte zurück. Er lachte und warf einen neugierigen Blick in die prall gefüllten Jutetaschen. »Was machst du bloß mit all den vielen Fruchtsäften, Konserven, Müslipackungen und Fertiggerichten? Erwartest du eine Hungersnot? Das reicht ja für eine ganze Kompanie.« Paul erspähte zwischen den Lebensmitteln ein rosa Fläschchen. »Ach, ich wusste ja gar nicht, dass Priester auch Shampoo für Körper und Haar mit … was steht hier drauf? Mit Mandelölextrakten und Rosenduft für seidig glänzendes Haar und weicher Haut verwenden.« Er grinste amüsiert und verkniff sich weiteren Spott. So etwas Ähnliches hatte er bis jetzt nur bei Esther im Bad gesehen.

Rolf räusperte sich verlegen. Über sein Gesicht legte sich eine tiefe Röte, und er warf, sich rechtfertigend, ein: »Das Shampoo war im Angebot, und ich habe wohl nicht auf die Sorte geachtet. Und mein Großeinkauf … es ist mir fast peinlich, aber du weißt ja, dass es mit meinen Kochkünsten nicht allzu weit her ist, und da öffne ich eben notgedrungen manchmal eine Dose, um nicht zu verhungern.«

»Warum gehst du nicht in die Kantine wie alle anderen auch? Das Essen dort ist gar nicht so übel.«

»Mache ich doch – meistens – aber ab und zu überfällt mich nachts der Heißhunger, und ich kann mir nicht vorstellen, dass einer der Köche dann extra für mich noch einmal den Ofen anheizt. – Und wer weiß, vielleicht lade ich dich ja irgendwann einmal auf ein Dinner mit Dosengulasch zu mir ein.« Rolf, wieder sichtlich gefasst, grinste und machte Anstalten, die Tüten wieder aufzuheben.

Paul zog sein Gesicht zu einer Grimasse. »Danke, ich glaube, darauf kann ich gut und gerne verzichten, aber warte, ich helfe dir beim Tragen und Verstauen deiner kostbaren Fracht.«

Den Versuch, seinem Freund einen Teil des Einkaufs abzunehmen, wehrte dieser entschieden ab, stattdessen kehrte Rolf ihm den Rücken und schritt mit den Worten: »Das ist wirklich nicht nötig. Ich möchte ja schließlich nicht schuld daran sein, wenn du dir beim Tragen einen Bandscheibenvorfall zuziehst. Wir sehen uns dann später in meinem Büro!«, rasch auf seine Wohnung im Pfarrhaus zu.

Paul blickte dem davoneilenden Priester hinterher, bis dieser im Kirchengebäude verschwunden war. In seinem Gesicht lag noch immer ein breites Grinsen, das langsam in herzhaftes Lachen und Kopfschütteln überging. Sein Freund war wirklich ein verrückter Vogel, jedoch liebenswürdig und immer für eine Überraschung gut. Wie er hatte auch Esther sich auf Anhieb mit Rolf bestens verstanden und sich sofort mit ihm angefreundet.

Vieles hatten sie den Sommer über gemeinsam unternommen. Festspielbesuche, Wanderungen rund um Anif und auf die umliegenden Berge oder einfach nur gemütliche Abende und Wochenenden, an denen sie grillten, Karten spielten oder sich nur unterhielten. Rolf ging bei ihnen ein und aus und verbrachte die eine oder andere Nacht im Gästezimmer. Er war ihnen ein willkommener Gast, der für Abwechslung und gute Stimmung sorgte.

So war es mehr als verständlich, dass das Verschwinden Esthers auch Rolf betroffen und arg zu schaffen machte und er alles daransetzte, um ihn bei der Suche nach ihr, so gut er eben konnte, zu unterstützen. Doch seit der Priester erkennen musste, dass auch seine Bemühungen nichts fruchteten, zog er sich immer mehr zurück. Mittlerweile trafen sie sich nur noch ab und zu beim Italiener oder eben bei der Arbeit, doch Paul wünschte sich, dass sie beide wieder zu ihrer alten Freundschaft zurückfinden würden.

Als Paul den Weg in sein Büro wieder aufnahm, bemerkte er Luca, den man offensichtlich von seiner Vernehmung gestern Abend wieder zurück in die Haftanstalt gebracht hatte. Ein sicheres Zeichen dafür, dass mittlerweile auch die Kommissare erkannt haben mussten, dass Luca der falsche Mann war und dass ihre Vermutungen ins Leere gingen.

Hätte sich der Verdacht gegen ihn, einen Mord begangen zu haben, erhärtet oder gar bestätigt, wären die Verhängung der Untersuchungshaft und die Überstellung in eine andere Haftanstalt wohl unvermeidlich gewesen. Man hätte ihn nicht mehr hierher zurückgebracht, denn in diesem Gefängnis saßen ausschließlich

Kleinkriminelle mit einem maximalen Strafausmaß von drei Jahren ihre Zeit ab. Paul war erleichtert, dass er Luca richtig eingeschätzt hatte, dennoch interessierte ihn nach wie vor brennend, auf welche Veranlassung hin man den Häftling so überraschend zum Verhör abgeführt hatte.

Einige Monate vor ihrer Entlassung genossen die Häftlinge mit Ausgang auch das Privileg, sich frei auf gewissen Teilen des Geländes der Haftanstalt bewegen zu dürfen. Von diesem Recht machte wohl auch Luca Gebrauch. Mit gesenktem Kopf und hochgeschlagenem Kragen lief er, wie vorher der Priester auch, ohne aufzublicken und ohne ein Wort des Grußes an ihm vorbei geradewegs auf die Kirche zu. Paul war sich sicher, dass Luca ihn überhaupt nicht wahrgenommen hatte. Er schien mit seinen Gedanken weit fort zu sein. Wie bereits schon vor einigen Tagen hatte Paul von seinem Bürofenster aus beobachtet, dass Luca sich gerne in der Nähe der Kirche aufhielt oder diese aufsuchte. Als gläubiger Christ erhoffte er sich wohl Trost und Beistand in dem Gotteshaus. Sein Rückzug an diesen Ort war für Paul nur allzu verständlich. So verzweifelt, wie er Luca bei ihrem gestern Abend geführten Gespräch erlebt hatte, und nach dem, was man ihm so kurz vor seiner Entlassung noch versuchte anzulasten, musste der Häftling große Angst haben. Luca tat ihm leid, und er hatte plötzlich das Gefühl, ihm beistehen zu müssen.

Mittlerweile war die Sonne rasch aufziehenden Wolken gewichen. Ein scharfer kalter Wind kräuselte die bunten Blätter vor sich her, wirbelte sie kurz hoch, bis sie in kleinen Häufchen einen kurzen Augenblick zu liegen kamen, um wenig später, getrieben durch einen erneuten heftigen Windstoß, wieder durch die Luft zu wirbeln.

Paul, der unter seinem Sommersakko nur ein leichtes Hemd trug und über seinen Beobachtungen und Gedanken die schneidende Kälte erst jetzt bemerkte, rieb die Hände aneinander und schritt mit kräftigen Schritten auf das Verwaltungsgebäude zu. Auf den Bergen ringsherum kroch der Schnee mit jedem Tag tiefer ins Tal, und der aufsteigende Bodennebel tauchte die Landschaft in ein trübes Grau. Kleine Schneeflocken tanzten vom Himmel und verfingen sich in seinem Haar. Es war ungemütlich und für Ende Oktober viel zu kalt.

Am späten Nachmittag, nachdem er einen Großteil seiner liegen gebliebenen Arbeit erledigt und mit einigen der neuen Häftlinge ein erstes Gespräch geführt hatte, saß Paul seinem Freund in dessen Büro gegenüber. In der Hand hielt er das braune Kuvert.

»Nun mach's nicht so spannend, und öffne endlich den Brief«, forderte Rolf ihn nun bereits zum zweiten Mal auf. Der Priester rückte seine Nickelbrille zurecht und streckte seine Beine unter dem Schreibtisch aus. Er verschränkte die Arme ineinander und lehnte sich in seinem Stuhl zurück. Man merkte ihm an, dass er langsam ungeduldig wurde.

Rolfs Büro unterschied sich im Grundriss kaum von dem Pauls, nur statt des grünen Sofas gab es einen runden altmodischen, mit Intarsien verzierten Tisch aus Mahagoniholz, auf dem eine Bibel lag, und vier Stühle, deren Sitzflächen mit bordeauxrotem Samt gepolstert waren. Es wirkte wie altes ausgedientes Kirchenmobiliar, das seinen letzten Verwendungszweck hier in der Haftanstalt gefunden hatte, bevor man es endgültig ausmusterte. Dahinter, an der kahlen weißen Mauer, zierten ein großes schlichtes Kruzifix und ein Bildnis des gerade amtierenden Papstes die Wand. Im Gegensatz zu Paul hatte der Priester kaum Bücher in den Regalen. Sein Schreibtisch war bis auf wenige, aber ordentlich aufgeräumte Schriftstücke leer. Auf den ersten Blick schien es, als ob dieser Raum unbenutzt wäre. Er wirkte unpersönlich und kühl.

Als Paul heute das Arbeitszimmer des Priesters betrat, schlug ihm ein süßer schwerer Geruch entgegen. Er erinnerte ihn an Weihrauch, der wohl an der Kleidung des Priesters hing und sich hier in der Wärme noch einmal entfaltete.

Jetzt aber, in diesem Moment, als er gerade das Kuvert öffnen wollte, vernahm er noch einen anderen Duft. Er roch angenehm zart, weich und leicht fruchtig. Paul schloss die Augen und atmete noch einmal tief durch die Nase ein, um das feine Aroma, das ihm bekannt vorkam, seinen Erinnerungen zuordnen zu können.

»Paul? – Paul! – Träumst du? – Was ist bloß los mit dir?« Rolf rüttelte kräftig am Arm seines Freundes, bis dieser aus seinen Gedanken schrak.

»Entschuldige, aber dieser Duft ...«

»Welcher Duft?«, fragte Rolf irritiert und schüttelte den Kopf.

»Riechst du ihn denn nicht?«

»Nein, ich rieche nichts.«

»Ich kenne ihn, weiß aber nicht, woher. Benutzt du neuerdings ein Parfüm?«

Paul schnupperte wieder in der Luft, um festzustellen, woher dieses weiche Bouquet kam, das er eigentlich nicht wirklich dem Priester zuordnen wollte. Es passte absolut nicht zu ihm.

»Paul, hör auf mit diesen – diesen Spinnereien, ich dachte, du wärst wegen des Briefes hier.«

»Ja schon, aber ...«

»Was weiß ich, was du da riechst. Vielleicht ist es meine Kleidung, sie wird seit einiger Zeit in einer anderen Wäscherei gereinigt.« Rolf führte seinen Arm an die Nase und roch am Stoff seiner schwarzen Soutane, die er letzte Zeit immer öfter trug. »Hm, ich rieche nichts.« Er tauchte seine Nase noch einmal in das feine Gewebe. »Ich rieche wirklich nichts«, wiederholte er nun zum dritten Mal. »Mag sein, dass ich mich schon daran gewöhnt habe.«

»Nein, nein, es ist nicht der Geruch von Waschpulver. Es ist vielmehr der Duft … Oh ja, natürlich! Ich glaube, jetzt erinnere ich mich. Wieso bin ich nicht gleich darauf gekommen.« Paul schlug sich mit der flachen Hand auf die Stirn und seufzte. »Esther hatte diesen Geruch an sich.«

»Kein Wunder, du hältst ja ihren Brief die ganze Zeit in der Hand.« Der Priester schüttelte mitleidig lächelnd den Kopf.

Paul starrte auf das Kuvert, führte es an seine Nase und zuckte mit den Schultern. »Hm, meinst du? Aber ich trage den Brief schon einige Tage bei mir, und mir ist bisher nichts aufgefallen …«

»Nun mach dich doch nicht verrückt, und öffne endlich das Kuvert!« Abermals fiel Rolf ihm ins Wort. Er schielte auf seine Armbanduhr, ein archaisches Ungetüm mit Silbergehäuse, großen Ziffern und schlichtem schwarzen Lederband. Man merkte dem Priester an, dass seine Geduld sich langsam, aber sicher erschöpfte. Sichtlich gereizt zupfte er an seinem weißen Kragen – was er immer tat, wenn Unmut sich in ihm breitmachte – um dessen Sitz zu kontrollieren, mit dem Ergebnis, dass er nach seiner Fummelei erst recht unordentlich vom Hals abstand.

»Entschuldige bitte, du hast ja recht. Alles, was mich auch nur im Entferntesten an Esther erinnert, wirft mich aus der Bahn, lässt mich nicht mehr klar denken.«

»Vielleicht hilft dir ja der Inhalt des Briefes weiter. Also bitte, öffne ihn endlich. Ich hab nicht den ganzen Abend Zeit. Ich sollte schon längst wieder in der Kirche sein und Vorbereitungen für den Sonntagsgottesdienst treffen.«

»Tut mir leid, mein Freund, dass ich dich so lange aufhalte, aber ich fürchte, ich ahne, was sich darin befindet.« Mit zitternden Händen griff Paul nach dem alten Messingbrieföffner, der vor ihm auf dem Schreibtisch lag, und machte sich daran, das Kuvert vorsichtig aufzuschlitzen. Als er den Gegenstand endlich in der Hand hielt, stockte ihm der Atem. Mit ihm war der letzte Funke Hoffnung erloschen. Stumme Tränen der Verbitterung rollten über sein erstarrtes Gesicht.

»Also doch. Wie ich vermutet habe. Sie hat mir den Haustürschlüssel zurückgeschickt und auch den Herzanhänger, den ich ihr erst vor einer Weile geschenkt hatte. Jetzt ist es wohl endgültig«, sagte Paul mit leiser brüchiger Stimme, legte das glänzende Utensil auf den Schreibtisch und schob es dem Priester zu. Dabei fiel ihm auf, dass die filigrane silberne Herzhälfte, das Pendant zu seinem Anhänger, dessen dazugehörigen Teil er immer noch an seinem Schlüsselbund trug, schmutzig und zerkratzt war. Ihr lag wohl nicht viel an seinem Geschenk! Mit einem Mal bekam das geteilte Herz eine andere Bedeutung für ihn. Es stand nicht mehr für Liebe und Einigkeit, für das nahtlose Ineinanderfügen zweier Hälften zu einem gemeinsamen Ganzen. Jetzt stand es für endgültigen Bruch.

Mit regungsloser Miene nahm Rolf Schlüssel und Anhänger entgegen, betrachtete sie kurz, als ob er sich vergewissern wollte, dass die beiden Gegenstände in seiner Hand tatsächlich von Esther stammten.

»Paul, du weißt doch schon lange, dass es vorbei ist. Das hier ist nur noch ein weiterer Beweis. Warum klammerst du dich an etwas, das nicht mehr zu ändern ist?«

»Keine Ahnung, ich kann es mir selbst nicht erklären. Obwohl alles dagegen spricht, hoffe ich insgeheim immer noch, dass sie eines Tages zu mir zurückkommt. Vielleicht braucht sie ja nur eine Auszeit?«

»Hör endlich auf mit dem Unsinn. Du machst dir etwas vor. Sie wird nicht wiederkommen. Wann begreifst du das endlich? Esther hat es dir und auch mir klar zu verstehen gegeben. Sie hat dir eine Nachricht auf deiner Pinnwand hinterlassen, hat mir aufgetragen, dir ihren Entschluss noch einmal zu bestätigen, und jetzt schickt sie dir auch noch das hier zurück.« Rolf hielt ihm die beiden Teile unter die Nase. »So leid es mir tut, mein Freund, aber deutlicher kann sie es dir wirklich nicht mehr zeigen.«

»Wenigstens aussprechen hätte sie sich mit mir können. Erklären, warum sie unsere Beziehung so plötzlich nicht mehr wollte.« Paul wiederholte sich zum x-ten Mal und gab in diesem Moment eine jämmerliche Gestalt ab. Er wirkte wie ein Häufchen Elend, wie ein verstörtes Kind, das man mutterseelenallein in einem finsteren Waldstück zurückgelassen hatte.

»Aber das haben wir doch alles schon zigmal besprochen«, antwortete Rolf gereizt. »Du kannst nichts erzwingen, Paul. Mach dich nicht verrückt, und lass sie endlich gehen.«

»Wie soll ich sie gehen lassen, wenn das alles nicht in meinen Kopf hineingeht, wenn sie sich weigert, mit mir darüber zu sprechen. Esther ist eine warmherzige und feinfühlige Frau, sie muss doch spüren, dass ich unter dieser Situation unendlich leide. Ich kann einfach nicht verstehen, warum sie mir das alles antut.«

»Sie wird ihre Gründe dafür haben. Wir Menschen tun öfter Dinge, die für andere nicht nachvollziehbar, nicht verständlich sind.«

»Ja, und diese Gründe hätte ich wenigstens gerne gewusst. Ich habe ein Anrecht darauf.« Pauls Stimme klang nun fast zornig und anklagend.

»Anrecht hin oder her. Ich bitte dich, mach es dir doch nicht so schwer, und akzeptiere endlich ihren Entschluss. Solche Dinge passieren nun einmal.« Rolf erhob sich, ging um den Schreibtisch und legte Paul den Arm besänftigend auf die Schulter. »Lass endlich los, mein Freund. Es ist nicht mehr zu ändern.«

Rolf drückte Paul Schlüssel und Anhänger in die Hand, umarmte ihn kurz und schritt dann dem Ausgang zu. Für einen Moment verharrte er an der Tür, drehte sich noch einmal um und blickte Paul mitfühlend an.

»Mach Schluss für heute. Du siehst schrecklich aus. Geh nach Hause, und schlaf erst einmal eine Nacht darüber. Die Zeit wird dir helfen, darüber hinwegzukommen.« Leise fiel die Tür hinter ihm ins Schloss. Zurück blieb ein gebrochener Mann, der Mühe hatte, seine verworrenen Gedanken zu ordnen und Vernunft vor Gefühlen walten zu lassen.

Paul wusste nicht mehr, wie lange er, in Erinnerungen versunken, im Büro seines Freundes zugebracht hatte.

Als er das Haus verließ, lag vor ihm ein dicker Teppich frisch gefallenen Schnees. Weiß, rein und unberührt, fast zu schade, um hineinzutreten, bedeckte er den Hof. Im Lichtkegel der Scheinwerfer, die das Gebäude hell erleuchteten, glitzerten und funkelten die zarten Eiskristalle wie das Feuer von geschliffenen Diamanten. Aus der Pfarrwohnung neben der Kirche drang noch ein dünner Lichtstrahl durch das Fenster. Paul vernahm Geräusche aus der Ferne und vermeinte, eine Gestalt zu erkennen, die damit beschäftigt war, den Platz um das Gotteshaus vom Schnee zu säubern.

Gleichgültig nahm er das Geschehen um sich herum auf. Es berührte ihn nicht im Geringsten. Er fühlte sich leer und ausgebrannt. Sein Körper und seine Seele waren kalt wie der Schnee, der unter ihm knirschte und an seinen Schuhen haften blieb. Am liebsten hätte er jetzt seinem innersten Bedürfnis nachgegeben und sich in dem weißen weichen Bett verkrochen, um einfach einzuschlafen, bis die Kälte sein Herz zum Stillstand brachte und ihn nicht wieder aufwachen ließ. Doch seine Beine gehorchten seinem Verstand und trugen ihn zu seinem alten Rover.

Leise rollte der Wagen über die stark verschneiten Straßen in Richtung Süden. Paul fuhr so langsam, dass er selbst auf der rechten Spur der Autobahn ein Hindernis für die Nachkommenden darstellte. Hinter ihm blinkten die Lichthupen verärgerter LKW-Fahrer auf, um ihn zu nötigen, sein Tempo zu beschleunigen. Er aber reagierte nicht und behielt seine Geschwindigkeit unverändert bei. Noch nie hatte er seinen Heimweg so endlos, beschwerlich und mühsam empfunden. Das Rad der Zeit schien stillzustehen, nicht aber sein Schmerz.

Als er sich der Garagenauffahrt näherte, präsentierte sich sein Haus als dunkler kalter Klotz, dessen Anblick unweigerlich das Gefühl der Einsamkeit und des Verlustes in ihm aufsteigen ließ. Anders die an sein Grundstück grenzenden Nachbargebäude, die durch ihre hell erleuchteten Fenster Leben und Wärme ausstrahlten. Dieser deprimierende Empfang und die Ereignisse des heutigen Nachmittags hielten ihn davon ab, den Abend allein in den verlassenen Räumen zu verbringen.

Paul parkte sein Gefährt in der Garage, beschritt danach aber nicht wie üblich den Weg durch den Garten zu seinem Wohnhaus, sondern strebte entschlossen der Straße zu, die ihn geradewegs zum Dorfgasthof führte, der nur wenige Minuten zu Fuß entfernt lag.

Die Gaststube war wie jeden Freitagabend um diese Zeit gut besetzt, und da er keinen freien Tisch vorfand, an dem er gemütlich sein Bier trinken konnte, nahm er an der Bar Platz. Es lag schon eine Weile zurück, seit er das letzte Mal das gemütliche Lokal aufgesucht hatte, dennoch erinnerte er sich an den schönen Abend, den er im August mit Esther hier verbracht hatte. Damals schien die Welt für ihn noch in Ordnung zu sein. Damals dachte er noch, wie viel Glück das Leben ihm doch mit dieser Frau an seiner Seite bescherte. Damals träumte er noch von einer gemeinsamen Zukunft mit ihr.

»Ja, grüß Sie Gott, Herr Doktor Coman. Schön, dass Sie auch wieder einmal bei uns vorbeischauen«, begrüßte ihn die Kellnerin freundlich, eine wohlgenährte, aber adrette Person mittleren Alters im Dirndlkleid, die hinter der Ausschank ihren Dienst versah. »Was darf es denn sein?«

Paul erwiderte ihren Gruß mit einem kurzen Nicken und einem gequälten Lächeln. »Ein Bier vom Fass, bitte«, antwortete er gedankenverloren und ließ seinen Blick durch das Lokal schweifen, in der Hoffnung, vielleicht ein bekanntes Gesicht zu entdecken, um den Abend nicht allein verbringen zu müssen. Aber außer einem betagten Paar, dem er schon öfter beim Spazierengehen begegnet war, kannte er niemanden. Wo er auch hinschaute, er schien umgeben von glücklichen Paaren und fröhlichen Gesellschaften zu sein. Ein Umstand, der seine momentane Stimmung nicht gerade verbesserte.

Stunden später, nachdem Paul Coman sein fünftes Bier in Angriff genommen hatte und etliche Schnäpschen an der Seite eines, wie ihm schien, ebenfalls einsamen, deprimierten Zeitgenossen geleert hatte, war sein Kummer verflogen.

Sein Trinknachbar, der sich im Laufe des Abends zu ihm an die Bar gesellt und mit ihm über die Ungerechtigkeiten dieser Welt diskutiert hatte, versetzte ihm immer wieder einen kameradschaftlichen, aber äußerst kräftigen Schlag auf die Schulter, stets begleitet mit den Worten: »Das wird schon wieder. Was interessieren uns die Weiber? Komm, lass uns noch einen trinken.« Der lallende Tonfall zeigte deutlich, dass der konsumierte Alkohol bereits seine Spuren hinterlassen hatte.

In gegenseitigem Mitleid ertrinkend, blickten sie sich mit glasigen Augen an und nickten bejahend einander zu. Nach der Aufforderung der Kellnerin, die Gläser zu leeren und aufgrund der bereits weit überschrittenen Sperrstunde den Heimweg anzutreten, bestellte noch jeder einen doppelten Korn, nicht ohne der schon leicht ungeduldigen Barfrau zu versichern, dass diese nun wirklich die Letzten wären, und tranken sie in einem Zug.

Eingehakt und wankenden Schrittes verließen sie sturzbetrunken gemeinsam die Gaststube. Vor der Tür trennten sich ihre Wege. Der eine bestieg ein gerufenes Taxi und fuhr in Richtung Stadt, der andere ging zu Fuß und mit wackligen Beinen in sein altes Leben zurück.

Das Schicksal meinte es nicht gut mit ihm an diesem Tag. Noch bevor die Haustüre hinter ihm ins Schloss fiel und er das Licht anmachen konnte, spürte er, dass etwas nicht stimmte, dass etwas anders war als sonst. Ein leicht süßlich penetranter Geruch schlug ihm entgegen. Es roch nach Tod. Nach beginnender Verwesung. Sein Atem stockte. Er presste die Hand vor Nase und Mund und stieß im gleichen Moment mit dem rechten Fuß gegen etwas Weiches. Er hatte Mühe, sein Gleichgewicht zu halten, versuchte, sich am nächstbesten Gegenstand, den er zu fassen bekam, festzukrallen, stolperte dabei jedoch so unglücklich, dass er fiel. Als er sich wieder aufrappelte, das Licht anmachte und seinen Blick auf den Fußboden richtete, stockte ihm das Blut in den Adern …

8

»Also leider doch eine Fehlanzeige. Sie konnten diesem Giovanni nichts nachweisen, was unmittelbar mit der Tat in Verbindung stehen könnte. Schade! Trotzdem ist diese Geschichte mehr als mysteriös«, brummte Kommissar Moser enttäuscht und stellte das Autoradio leiser, aus dessen Lautsprechern aggressive Rockmusik plärrte, die er nur duldete, wenn auch widerwillig, weil sein junger Kollege darauf stand. Jetzt aber nervte sie ihn gehörig. Er fühlte sich in seinem Denken und seiner Konzentration gestört.

»Nach dem momentanen Ermittlungsstand sieht es leider ganz danach aus«, erwiderte Baumann, der neben Moser auf dem Beifahrersitz des Dienstfahrzeuges saß und im Takt der Musik mit dem Fuß wippte. Sie hatten die Autobahn soeben verlassen und fuhren nun gemächlich auf der Alpenstraße in Richtung Stadt.

»Irgendwie hätte es mich auch gewundert, wenn sie den Kerl so schnell geschnappt hätten.« Moser hatte schon beim Eintreffen der verheißungsvollen Nachricht der bayerischen Kollegen seine Zweifel angemeldet, jedoch insgeheim gehofft, dass diese nicht zutreffen würden.

»Warum gewundert? Nur, weil sie keine Fingerabdrücke oder sonstige DNA-Spuren auf den gefundenen Plastiksäcken und seiner Kleidung finden konnten? Es ist noch nicht aller Tage Abend, und die Bayern sind mit voller Mannschaft im Einsatz. Vielleicht finden sie ja doch noch etwas, das ihm über kurz oder lang das Kreuz bricht.« Baumann war trotz der Bedenken seines Chefs nicht so ganz von der Unschuld Luca Giovannis überzeugt. Zumindest zog er in Erwägung, dass sich der Aufwand lohnen würde, den Häftling weiter im Auge zu behalten und nicht gänzlich aus der Liste der infrage kommenden Personen zu streichen.

»Auch für meine Begriffe wäre die Sache einfach *zu* glatt gewesen. Der anonyme Anruf, der Hinweis auf die Tüten in seiner Zelle. Es scheint, als hätte da jemand großes Interesse, dass der Verdacht auf Luca Giovanni fällt.« Der Kommissar blickte nachdenklich zu seinem Beifahrer, in der Hoffnung, auf Bestätigung zu stoßen.

»Es könnte aber auch durchaus sein, dass ein Mitinsasse ihn bei seinen Machenschaften beobachtet hat, sich jedoch aus Angst vor Vergeltung nicht getraute, ihn zu verpfeifen.« Baumann wusste aus diversen Berichten und Erzählungen, wie rau und brutal es in manchen Haftanstalten zuging. Bei Vergehen dieser Art wurde nicht lange gefackelt und auch nicht gerade zimperlich mit den Denunzianten umgegangen.

»Das wäre natürlich möglich, und dafür würden auch die gefundenen Plastiktüten sprechen, bei denen es sich offenbar um das gleiche Fabrikat handelt, welches bei den beiden Morden verwendet wurde«, antwortete Moser.

»Dumm nur, dass absolut keine Spuren darauf zu finden waren; und was noch erschwerend hinzukommt, diese Sorte Plastiktüten hat man auch in der Küche und in einigen Büros in Verwendung gefunden.«

»Aus diesem Grund haben sie Luca auch wieder laufen lassen.« Moser lenkte den Wagen gemächlich auf den Parkplatz des Kommissariates, der um diese Zeit bis auf eine Reihe bereitstehender Einsatzfahrzeuge kaum noch besetzt war, und stellte den Motor ab.

Es war bereits dunkel. Der gegen Abend überraschende Schneefall hatte seine Spuren hinterlassen und die Landschaft mit einer üppigen Schicht der kalten Pracht überzogen. Viel zu früh für diese Jahreszeit, dachte Moser. Er konnte sich nicht erinnern, wann es das letzte Mal Ende Oktober schon so heftig geschneit hatte. Zumindest nicht in diesem Ausmaß.

Moser machte keinerlei Anstalten, den Wagen zu verlassen, und lehnte sich auf seinem Sitz behaglich zurück. Den ganzen Nachmittag hatten er und sein junger Assistent Baumann damit verbracht, mit den bayerischen Kollegen die beiden Tötungsdelikte und die Vernehmung des tatverdächtigen Häftlings zu erörtern. Auch auf der Heimfahrt nach Salzburg gab es für sie nur ein Gesprächsthema, zeitweilig jedoch wegen Ratlosigkeit und mangels neuer Perspektiven unterbrochen von resignierendem Schweigen. Sie diskutierten heftig, beleuchteten die beiden Verbrechen von allen Seiten, stellten Vermutungen an, um sie sogleich wieder zu verwerfen. Sie suchten nach einem plausiblen Motiv und überlegten, ob es sich nicht doch entgegen den Mutmaßungen der Profiler um zwei verschiedene Täter handeln könnte und nur der *Genosse Zufall* seine Finger im Spiel gehabt hatte. Doch trotz intensivster Auseinandersetzung mit den Gegebenheiten und Ausschöpfung aller Möglichkeiten traten sie nach wie vor hart auf der Stelle.

»Wenn es Luca Giovanni also doch nicht war, können wir uns gleich mit dem Gedanken anfreunden, mit den Ermittlungen wieder bei null anzufangen«, versuchte Baumann, die Gedanken seines Chefs weiterzuspinnen, und lehnte sich ebenfalls in seinem Sitz zurück. Doch im Moment deutete alles darauf hin, dass sein Vorgesetzter noch lange nicht daran dachte, die Sache für heute auf sich beruhen zu lassen, und dass er wieder einmal mit unfreiwilligen Überstunden zu rechnen hatte.

»Aus der Justizvollzugsanstalt kommt allerdings kein anderer Häftling infrage, das haben die Untersuchungen klar ergeben. Wir drehen uns im Kreis!«

Moser seufzte, warf seinem jungen Kollegen einen kurzen, leicht genervten Blick zu, so als wollte er sagen: Fällt dir denn nichts Besseres ein?, und verschränkte resignierend die Hände vor der Brust.

»Wenn jemand von draußen, vielleicht einer seiner alten Kumpel, den er verpfiffen hat, aus Rache Luca Giovanni, der noch dazu am Tag der Verbrechen Ausgang hatte, etwas anhängen will, frage ich mich ernstlich, wie soll dieser Typ es geschafft haben, die Plastiksäcke in seiner Zelle zu verstecken? Und woher wusste er überhaupt über dessen Ausgang Bescheid und welche Tüten bei den Morden in Verwendung waren?«

»Ja, ja, das wüsste ich auch gerne …«, fuhr Kommissar Moser nachdenklich, mit dem Kopf nickend, fort. »Trotzdem, ich kann mir nicht vorstellen, dass Luca, sollte er doch der Mörder sein, so dumm und leichtsinnig ist und die Plastiktüten unter seine Matratze legt. Noch dazu so, dass man sie sofort findet. Er müsste doch verrückt sein, ein derart großes Risiko einzugehen. Das passt auch nicht zum Profil des Täters.«

»Dann bleibt nur noch eine Möglichkeit; der wirkliche Täter hat ihm das Corpus Delicti absichtlich untergeschoben, um ihn zu belasten und von sich abzulenken.«

»Genau, und dieser Verbrecher spaziert dann seelenruhig an der Pforte vorbei, denn ein anderer Insasse kann es ja nicht gewesen sein …«, leierte Moser die Litanei noch einmal gedehnt langsam herunter, »… schmuggelt die Tüten in Lucas Zelle und versteckt sie dort, ohne dass irgendjemand auch nur das Geringste bemerkt. Das entbehrt doch jeder Logik!« Der Kommissar irrte gedanklich in einem Labyrinth, das ihn immer im Kreise zu führen schien und dessen Weg nach draußen schwerer zu finden war als die berühmte Antwort auf die Frage, wer vorher da war: Die Henne oder das Ei.

»Fällt dir vielleicht etwas Besseres dazu ein?«, fragte Baumann eingeschnappt.

»Nicht wirklich, aber am ehesten tippe ich auf *belasten, um von sich abzulenken*!«

»Oder es will ihm ganz einfach jemand etwas auswischen.«

»Glaube ich auch nicht! Denn sollte wirklich jemand Luca *nur* etwas auswischen wollen, etwa ein Mitinsasse, geht die Sache genauso wenig auf wie die *Rachetheorie*. Woher weiß dieser Jemand, wenn er nicht selbst an den Verbrechen beteiligt war, um welches Fabrikat es sich bei den Tüten gehandelt hat, um Luca die richtigen unterzuschieben?« Moser kniff die Augen zusammen, gähnte herzhaft mit weit offenem Mund und fuhr sich dabei fortwährend mit der Hand durch sein bereits stark ergrautes Haar, sodass dieses nun wirr und unordentlich vom Kopf abstand. Ein Zeichen dafür, dass er gedanklich so sehr mit dem Fall beschäftigt war, dass er alles andere um sich herum vergaß.

»Hm, du hast ja recht. Wir drehen uns im Kreis. Ich glaub, ich gebe es für heute auf.« Baumann zog seine Wollmütze tiefer in die Stirn. Er begann allmählich zu frieren. Der abgestellte Motor und der damit verbundene Ausfall der Heizung machten den Verbleib im Fahrzeug mehr als ungemütlich.

»Man kann die Sache drehen und wenden, wie man will, es kommt einfach nichts Vernünftiges dabei heraus. Mit jeder anfangs noch so plausiblen Vermutung steht man, verfolgt man den Gedanken weiter, letztendlich doch wieder an.«

»Dann ist eben der pensionierte Pfarrer, dieser Simon Weidenfelder, den wir heute Nachmittag in der Haftanstalt kennengelernt haben, der Mörder. Der geht doch auch in der Haftanstalt noch immer ein und aus, um noch hin und wieder eines von seinen alten Schäfchen, das ihm besonders ans Herz gewachsen ist, zu betreuen, wie er uns selbst erzählt hat ...« Baumann grinste dümmlich, formte seine Lippen zu einem O und blies seinen Atem mit kurzen Stößen aus. Der weiße Dunst, der sich für einen kurzen Moment bildete, zeigte, wie tief die Temperatur im Fahrzeug bereits gesunken sein musste. Dann trällerte er *der Mörder ist immer der Gärtner, äh, Pfarrer* vor sich hin und schlug sich mit der flachen Hand im Takt auf die Oberschenkel.

»Du redest nur noch Blödsinn! Was Dümmeres fällt dir wohl nicht mehr ein. Du scheinst wirklich nicht mehr ganz bei der Sache zu sein.« Moser schüttelte entrüstet, jedoch grinsend den Kopf.

»Warum? Was ist an diesem Gedanken so abwegig? Er hat sich sein Leben lang auf Befehl von *oben* alles verkneifen müssen, da ist es nicht weiter verwunderlich, wenn ihm irgendwann einmal die Sicherungen durchgebrannt sind.«

»Jetzt reicht es aber! Abgesehen davon, dass ich ihn, auch wenn er der letzte Mann auf dieser Erde wäre, nicht verdächtigen würde, kann er es aufgrund seines fortgeschrittenen Alters gar nicht gewesen sein. Der alte Herr bewegt sich doch nur noch mühsam am Stock vorwärts, um von einem Ort zum anderen zu gelangen. Langsam zweifle ich an deinen kriminalistischen Fähigkeiten.« Mosers Nase war mittlerweile blaurot vor Kälte angelaufen. Er führte seine Hände zum Gesicht, blies seinen heißen Atem kräftig hinein und rieb sie anschließend fest aneinander.

Baumann lachte schallend. »Natürlich, wie dumm von mir. Daran hab ich bei meinen kriminalistischen Überlegungen gar nicht gedacht.«

»Wie schön, dass du nach einem so arbeitsreichen und ernsten Tag immer noch zu solchen Späßen aufgelegt bist.«

»Was bleibt mir anderes übrig? Ich glaube, die Kälte hier drin hat mein Gehirn bereits auf Eis gelegt.«

»Stell dich nicht so an. Das bisschen Kälte kann dir doch nichts anhaben«, brummte Moser vor sich hin und hatte Mühe, sein eigenes Frösteln vor seinem jungen Kollegen zu verbergen.

»Du hast gut reden, so warm, wie du immer angezogen bist. Fehlt nur noch der Pelzmantel«, konterte Baumann und grinste.

»Nur nicht frech werden, junger Freund. Warte erst einmal ab, bis du so alt bist wie ich und dich überall das Rheuma zwickt, dann wird dir dein Grinsen schon noch vergehen.«

»Du kannst mir ja nächstes Mal eines deiner langen Beinkleider zwecks prophylaktischer Vorbeugung ausleihen«, fuhr Baumann unbeirrt fort.

»Wieso Unterhosen? Wo hast *du* denn dein Gehirn?«, fragte Moser amüsiert, zog die Augenbrauen hoch und quittierte die unüberlegte Äußerung seines Kollegen mit einem mitleidigen Lächeln.

Erst jetzt bemerkte Baumann, dass er sich ein Eigentor geschossen hatte. »Ich glaub, ich halte jetzt besser meinen Mund und konzentriere mich wieder auf unseren Fall.«

»Das wird gut sein!«, antwortete Moser. »Sonst sitzen wir morgen früh noch hier.«

»Für mich ist dieser Luca Giovanni nach wie vor der Hauptverdächtige. Er hat einfach nicht damit gerechnet, dass man seine Zelle durchsucht. Es gibt keine andere Möglichkeit. Und wahrscheinlich hat sein Mithäftling ihn doch bei seinen Machenschaften beobachtet, ohne dass er es bemerkt hat.«

»Dieser Mithäftling wurde bereits befragt. Er bestreitet vehement, der Anrufer gewesen zu sein oder irgendetwas mit der Sache zu tun zu haben«, entgegnete Moser.

»Kein Wunder! Glaubst du vielleicht, der hat Lust, sich von seinem Zimmerkollegen ins Jenseits befördern zu lassen?«

»Auch wenn es tatsächlich so gewesen wäre, kann ich nicht verstehen, warum der Täter bei seinen Verbrechen äußerst vorsichtig und überlegt vorgegangen ist und keine einzige brauchbare Spur am Tatort zurückgelassen hat, während er die Plastiktüten leichtsinnig in seiner eigenen Zelle versteckt. Das ist doch verrückt.«

»Vielleicht hat er geglaubt, dass gerade dort niemand danach sucht. Irgendwann unterläuft jedem ein Fehler. So manch einer war schon davon überzeugt, das perfekte Verbrechen geplant und begangen zu haben. Obwohl ...«, Baumann überlegte, »... er hätte genug andere Möglichkeiten gehabt, die Mülltüten zu verstecken. Irgendwo draußen im Unterholz oder unten am See im Schilfgürtel. Da gibt es viele einsame Plätzchen, wo jahraus, jahrein kein Mensch hinkommt. Das wäre doch wesentlich klüger und einfacher, als die Säcke auf das Gelände der Haftanstalt zu schmuggeln, noch dazu, wo er weiß, dass er nach jedem Ausgang kontrolliert wird.«

»Du sagst es! Ich frage mich ohnehin, wie er die Säcke an der Kontrolle vorbeigeschleust haben soll.«

»Selbst wenn bei der Kontrolle einer die Dinger bemerkt haben sollte, wer käme schon auf die Idee, dass er damit jemanden umbringen würde? Außerdem ist die ganze Rolle höchstens zehn Zentimeter lang und hat einen Durchmesser von vielleicht drei Zentimetern. Du weißt doch selbst, dass immer wieder die unglaublichsten Dinge bei den Häftlingen in den Zellen gefunden werden. Vielleicht hatte er aber auch einen Komplizen oder einen Kumpel, der ihm noch einen Gefallen schuldig war?«

»Das glaube ich kaum«, antwortete Moser und fuhr nach einer Weile nachdenklich fort: »Verbrechen dieser Art werden so gut wie immer von einer einzelnen Person ausgeführt. Die bisherigen Ermittlungen lassen auch keinen anderen Schluss zu. Du kannst das Ganze drehen und wenden, wie du willst, irgendwie ergibt das alles keinen rechten Sinn.«

Moser schüttelte den Kopf, er war alles andere als zufrieden mit dem Stand der Dinge, der sie immer mehr in eine Sackgasse hineinmanövrierte.

»Möglicherweise hat er sie aus der Küche mitgehen lassen.« Etwas Besseres fiel Baumann im Moment nicht ein.

»Alles ist möglich«, knurrte Moser unzufrieden über den Verlauf des Gesprächs.

»Meinst du nicht, wir sollten erstmal alles ein wenig sacken lassen und abwarten, was die bayerischen Kollegen noch herausfinden?«

»Abwarten? Das ist das Letzte, was wir jetzt tun dürfen. Oder willst du ein weiteres Opfer riskieren?«

»Natürlich nicht«, antworte Baumann kleinlaut.

»Vielleicht denken wir einfach zu kompliziert. Komplett in die falsche Richtung. Wir sollten noch einmal ganz von vorne beginnen, die beiden Verbrechen in einer Gesamtheit betrachten und uns nicht ausschließlich auf diesen Luca konzentrieren. Zum Beispiel darauf, wie der Mörder an seine Opfer aus Salzburg gekommen ist und warum er sie dann ausgerechnet in die Nähe der Haftanstalt nach Bayern gelockt hat. Und aus welchem Grund tötet er sie? Schließlich deutet alles darauf hin, dass die Frauen freiwillig mit ihm mitgegangen sind, also muss er seinen Opfern durchaus sympathisch gewesen sein. Zumindest anfänglich noch ...« Moser rieb sich die Nase und schniefte auf, um die durch die Kälte entstandenen Wassertropfen loszuwerden, bevor sie über Oberlippe und Mund liefen.

»Wer sagt denn überhaupt, dass der Täter ein Häftling sein muss? Vielleicht ist er ein stinknormaler, unauffälliger Kerl, der die Morde in der Nähe der Haftanstalt verübt, um von sich abzulenken.«

»Stinknormal? Normal ist der auf keinen Fall! Ich würde eher sagen, hochgradig gestört, sonst würde er ja keine unschuldigen wehrlosen Frauen umbringen.«

»Da hast du wohl recht. Trotzdem muss der Täter, wenn es nicht doch Luca Giovanni gewesen ist, irgendeine Verbindung zur Haftanstalt haben.«

»Es muss jemand sein, der weiß, dass Luca dort einsitzt, und er muss auch wissen, dass er Ausgang hat«, brabbelte Moser gedankenverloren vor sich hin.

»Ja, ja. Und er muss Zugang zu Lucas Zelle haben und über die Art der Plastiktüten Bescheid wissen«, fügte Baumann gereizt und sich wiederholend hinzu.

»Es ist wirklich zum Verrücktwerden. Abgesehen davon, dass das Täterprofil nicht auf Luca Giovanni passt, deutet momentan doch einiges darauf hin, dass er in der Sache mit drinsteckt.«

»Womit wir wieder beim Anfang wären.« Baumann resignierte. Ihm fiel nichts mehr dazu ein. Sein Gehirn war wie sein Magen leer, und er dachte nur noch daran, seinen Dienst endlich zu beenden und sich angenehmeren Dingen zuzuwenden.

»Ich befürchte, wir befinden uns gewaltig auf dem Holzweg. So kommen wir nicht weiter.« Moser holte ein Taschentuch aus seiner Jackentasche hervor und putzte sich die Nase. Aus den Augenwinkeln heraus beobachtete er, wie sein junger Kollege immer wieder verstohlen auf seine Armbanduhr schielte.

»Ich bleibe dabei. Auch wenn sie diesem Luca Giovanni bis jetzt noch nichts nachweisen konnten und ihn wieder laufen lassen mussten, spricht für mich einfach zu viel dafür, dass er der Gesuchte ist«, hielt Baumann seine Abschlussrede, in der Hoffnung, seinen Vorgesetzten endlich zur Beendigung dieser unendlichen Sitzung zu bewegen.

»Wir werden sehen. Aber um in diesem Fall weiterzukommen, sollten wir unser Augenmerk auf die beiden Frauen richten. Wenn es ein und derselbe Täter war, wovon mit großer Wahrscheinlichkeit auszugehen ist, muss es irgendeine Verbindung geben.«

»Das Einzige, was mir spontan dazu einfällt, ist, dass beide Frauen sich der gleichen Partnervermittlungsagentur bedienten und auch bereits, wie wir aus deren Umfeld wissen, engere Kontakte zu einigen Mitgliedern geknüpft hatten. Da sollten wir mal etwas genauer nachhaken. Dass beide Opfer in Salzburg ansässig waren, könnte reiner Zufall sein, nicht aber, dass sie den Tod in nur wenigen Metern Entfernung und auf die gleiche Art und Weise gefunden haben.«

»Schon besser, Baumann. Dein Gehirn scheint ja wieder ganz gut zu funktionieren. Trotz Kälte!« Der Kommissar grinste. »Deshalb sollten wir uns so rasch wie möglich noch einmal die PCs und die Rechner der Opfer vornehmen und versuchen, mehr über die letzten Herrenbekanntschaften der beiden Damen in Erfahrung zu bringen«, schlug Kommissar Moser vor.

»Das haben unsere Kollegen von der Spurensuche bereits gemacht. Es ist allerdings nicht viel dabei herausgekommen.« Baumann seufzte, wippte nervös mit seinem Bein und schielte abermals auf seine Armbanduhr. Er wirkte unkonzentriert, und Moser merkte ihm deutlich an, dass er nicht mehr ganz bei der Sache war oder, besser gesagt, nicht mehr sein wollte.

»Ja, ich weiß, allerdings wurde der Inhalt der Rechner nur zum jeweiligen Fall untersucht. Nun aber, nach dem zweiten Verbrechen, da so gut wie feststeht, dass es sich um ein und denselben Täter handelt, sollten wir uns die letzten Kontaktpersonen der beiden Opfer noch einmal genauer anschauen und auf eventuelle Parallelen hin überprüfen.«

»Wenn du auf die Partnervermittlungsagentur anspielst, hast du kaum eine Chance, etwas herauszufinden. Theoretisch könnte sich der Täter unter mehreren Chiffrenummern angemeldet haben. Wenn er wirklich so clever ist, wie du sagst, wird er auch hier seine Spuren verwischt haben.«

»Da kommen uns deine Erfahrungen mit diesem Medium gerade recht.« Moser zog belustigt die Augenbrauen hoch und grinste.

»Glaube mir, da nützen auch meine Erfahrungen nicht viel.«

»Einen Versuch ist es jedenfalls wert. Wir dürfen nichts unversucht lassen. Was ist mit den letzten Auswertungen der Telefonkontakte?«

»Bis heute Mittag war noch nichts Brauchbares dabei. Vielleicht morgen früh, dann können wir uns auch gleich die beiden Rechner vornehmen«, schlug der junge Kriminalist vor.

»Nicht morgen, Baumann – heute!«

»Heute? Aber wir hatten bereits vor drei Stunden Dienstschluss! Es ist Freitagabend, ich bin verabredet und habe wirklich keine Lust, mir noch länger den Arsch abzufrieren ...«, antwortete Baumann nun sichtlich verärgert und verkniff es sich, den Rest seiner Gedanken auszusprechen, um nicht respektlos gegenüber seinem Chef zu werden.

»Deine Verabredung muss eben warten. Die interessiert jetzt wirklich niemanden«, brummte Moser, klar zu erkennen gebend, dass er absolut keinen Widerspruch duldete.

»Das ist wohl nicht dein Ernst! *Diese Verabredung* verschiebe ich nun schon zum dritten Mal. Ich habe auch noch ein Privatleben und keine Lust, so wie du als alter, vereinsamter, alleinstehender Griesgram zu enden, auf den niemand zu Hause wartet.« Baumann kochte innerlich vor Wut. Immerhin hatte er allein in diesem Monat bereits mehr als vierzig Überstunden abgedrückt und musste sich nun wirklich hart am Riemen reißen, um nicht noch weiter verbal auszuholen. Aber er wusste auch, dass, wenn sein Vorgesetzter, mit dem er sich im Übrigen ausgezeichnet verstand, sich etwas in den Kopf gesetzt hatte, für ihn absolut keine Chance bestand, seine Rechte einzufordern.

»Nun werd nicht patzig, und lamentier hier nicht rum, sondern sag lieber den Kollegen Bescheid, dass wir sofort die Geräte brauchen und auch noch einen Spezialisten aus der IT-Abteilung.«

»Du glaubst doch nicht ernstlich, dass wir um diese Zeit da noch jemanden erreichen!«

»Das ist mir egal. Wenn nötig, hol den Zuständigen aus dem Bett. Wenn wir hier weiterkommen und nicht noch ein weiteres Menschenleben riskieren wollen, zählt jede einzelne Minute.« Mosers resoluter und unmissverständlicher Ton ließ keine Nachsicht zu.

»Wie du meinst ...« Baumann resignierte und machte ein verdrossenes Gesicht. Natürlich interessierte der Fall ihn, und natürlich war auch er bestrebt, den Mörder so rasch wie möglich zu fassen, aber er hatte nicht diesen verbissenen Ehrgeiz wie sein Vorgesetzter. Elf Stunden waren sie heute bereits im Dienst, und noch immer war kein Ende abzusehen. Die Verabredung mit der jungen Frau, deren Zuneigung er zu gewinnen hoffte, musste er wohl oder übel ein weiteres Mal verschieben. Sie würde nicht erfreut darüber sein, hatte er sich nicht schon bei der letzten Absage wiederholt entschuldigt und hoch und heilig versprochen, dass so etwas nicht mehr vorkommen würde.

Diesen leider immer wiederkehrenden, unangenehmen Gegebenheiten verdankte er es, dass er seinen Beruf, den er im Allgemeinen sehr gern und mit viel Enthusiasmus ausübte, manchmal hasste, da ihm dieser übermäßige Opferbereitschaft, Disziplin und Selbstlosigkeit abverlangte. Alles Eigenschaften, die ihm nicht sonderlich lagen und deren unverhältnismäßige Herausforderungen an ihn zur Folge hatten, dass seine Laune unweigerlich auf den Nullpunkt sank und Unzufriedenheit in ihm auslöste. In Momenten wie diesen fragte er sich ohnehin, und das nicht zum ersten Mal, warum er nicht einfach Bankangestellter oder Lehrer geworden war, dessen Tagesablauf geregelt und geordnet verlief.

»Nun steig schon aus, und mach dich an die Arbeit.« Moser, der als Erster seinen Fuß vor die Wagentüre setzte, versank mit seinem dünnen Sommerschuh knöcheltief im Schnee, der sich sogleich unter sein Hosenbein schob und nun an seiner Socke pappte.

Baumann, dem das Missgeschick seines Vorgesetzten nicht entgangen war, bemühte sich, sein schadenfrohes Grinsen zu verbergen. Mit einer gewissen Genugtuung blickte er auf sein eigenes

Schuhwerk hinunter, das wie fast jeden Tag aus schwarzen Stiefeletten bestand, denen kaum eine Witterung etwas anhaben konnte.

Stunden später, als die Nacht langsam dem Morgen wich und der Kaffeekonsum der Kriminalisten bereits besorgniserregende Ausmaße angenommen hatte, stießen sie auf etwas, das ihr Schlafbedürfnis schlagartig in den Hintergrund drängte und ihre Aufmerksamkeit auf das Höchste erregte.

Nachdem gelöschte Daten rekonstruiert, Dutzende E-Mails gelesen und auf etwaige Übereinstimmungen überprüft und abgeglichen worden waren, entdeckten Moser und Baumann mithilfe des IT-Spezialisten ein interessantes Detail. Auf den ersten Blick nichts von besonderer Bedeutung. Betrachtete man die Sache aber etwas genauer, fiel auf, dass die beiden jungen Mordopfer ungefähr zwei Wochen vor ihrem Tod jeweils die Bekanntschaft eines Herrn über das Internet gemacht hatten, dessen Angaben verblüffende Ähnlichkeiten aufwiesen. Zwar stimmten die Chiffrenummern nicht überein, jedoch konnte man nach sorgfältiger Betrachtung der Profile darauf schließen, dass es sich um ein und dieselbe Person handeln könnte. So stimmten Grundelemente, wie Familienstand, Beruf, Alter und Größe sowie die für den Wohnort angegebene Postleitzahl im Bundesland Bayern, überein, während Vorlieben und Charaktereigenschaften und die persönlichen Eintragungen auf die gestellten Fragen sich nur leicht unterschieden. Analysierte man die Einträge etwas genauer, ließ sich aufgrund des Schreibstils und der Ausdrucksweise die gleiche Person als Verfasser vermuten. So ähnelten sich auch die Art und Weise der Kontaktaufnahme und der ausgetauschten Mails verblüffend. Und es fiel auf, dass die Kontakte schon nach sehr kurzer Zeit auf die private Ebene verlegt worden waren. In beiden Fällen waren es die Frauen, die ihre Telefonnummern bekannt gaben. Danach aber verlor sich jede Spur.

9

André steckte den Schlüssel ins Schloss, drehte ihn nach links, drückte die Klinke nach unten und öffnete die Eingangstür. Doch schon nach wenigen Zentimetern versperrte etwas ihm den Weg. Verwundert hielt er kurz inne, schob dann ein wenig kräftiger, und als auch das nichts half, stemmte er sich mit Schulter und Ellbogen dagegen, bis das schwere Holzportal einen Spaltbreit nachgab.

Übler Geruch schlug ihm entgegen. »Pfui Teufel!«, stieß er hervor, hielt sich die Hand vor Nase und Mund und wich einen Schritt zurück. Im selben Moment beschlich ihn ein furchtbarer Gedanke. Angst überfiel ihn, und er schrie: »Paul! Paul?«

Als niemand ihm antwortete, presste er noch einmal mit aller Kraft seinen Körper gegen die Tür. Plötzlich vernahm er ein dumpfes Geräusch und gleich darauf einen heftigen Aufschrei, gefolgt von einer Reihe gesellschaftsuntauglicher Flüche. Vorsichtig spähte er durch den Türspalt und erschrak.

»Um Himmels Willen, Paul, was ist passiert? Und dieser fürchterliche Gestank ... ich hatte schon befürchtet, dir wäre etwas zugestoßen.« André war froh, seinen Bruder lebend, wenn auch in einem erklärungsbedürftigen Zustand vorzufinden. »Warum liegst du denn auf dem Boden vor der Tür?« Noch bevor André weitersprechen konnte, schlug ihm neuerlich abscheulicher Gestank entgegen. Er rümpfte die Nase, hielt den Atem an und drückte vorsichtig gegen die Tür, gerade so lange und so fest, dass er mit seinem schlanken Körper durch die Öffnung hindurchschlüpfen konnte.

André fand seinen Bruder am Boden liegend, eingeklemmt zwischen Tür und Wand. Als er das tatsächliche Ausmaß seines jämmerlichen Zustands bemerkte, entfuhr ihm ein betroffenes: »Oh mein Gott, wie siehst du denn aus? Du stinkst ja wie ein Fass Schnaps!«

Er roch jedoch nicht nur die Alkoholfahne seines Bruders, deren Ursache ja offensichtlich war, sondern auch den penetranten Geruch beginnender Verwesung, für den er im Augenblick keine Erklärung fand.

»André?« Paul hob den Kopf und blinzelte seinen Bruder überrascht an. »Wo kommst *du* denn her?« Er blickte verstört um sich, und als er seine missliche Lage bemerkte, erschrak er heftig und sprang hoch.

»Wo ich herkomme?«, fragte André verwundert.

»Aber du wolltest doch erst am Samstagvormittag zurück sein«, antwortete Paul, noch immer mit dem gleichen verdutzten Gesichtsausdruck.

»Mein Lieber, heute *ist* Samstagvormittag.«

»Samstag?« Paul blickte auf seine Armbanduhr.

»Ja, Samstag! Dir scheint offenbar jegliches Zeitgefühl abhandengekommen zu sein. Warum auch immer …«

Erst jetzt wurde Paul das wirkliche Ausmaß seines gestrigen Alkoholkonsums bewusst, und als er seinen Blick auf den Fußboden richtete, kam auch der Grund des bestialischen Gestanks ans Tageslicht.

Zu seinen Füßen lag seine betagte Katze, verendet und mit starren Gliedmaßen, über die er gestern Nacht in seinem Vollrausch wohl gestolpert sein musste. Zumindest glaubte er, sich jetzt wieder schwach daran erinnern zu können, dass sie gestern Nacht tot vor ihm am Boden gelegen hatte und er so heftig darüber erschrocken war, dass er das Gleichgewicht verloren hatte. So elend, wie das tote Tier aussah, die Körpersäfte waren entwichen und die warme Raumtemperatur hatte das Übrige getan, musste er offenbar die ganze Nacht darauf gelegen haben. Es lief ihm kalt über den Rücken, bei dem Gedanken, dass er seinen Rausch nach dem Sturz auf dem Körper einer toten Katze ausgeschlafen hatte, ohne nur das Geringste davon bemerkt zu haben. Ein Indiz dafür, dass er letzten Abend eindeutig über das Ziel hinausgeschossen war und nicht mehr ganz Herr seiner Sinne gewesen sein musste. Da er selten trank und die für ihn noch erträgliche Menge hochprozentiger Getränke daher stark begrenzt war, warfen Alkoholexzesse dieser Art ihn schneller aus der Bahn, als ihm lieb war.

Pauls Schädel brummte und schmerzte bei jeder noch so kleinen Bewegung seines Körpers. Er griff sich mit der Hand an die Stirn und ertastete eine riesige Beule, überzogen mit einer klebrigen Blutkruste. Er wandte sich wieder seinem Bruder zu, der noch immer völlig fassungslos vor ihm stand und ihn von oben bis unten musterte.

»Dass du dich dermaßen besäufst, hätte ich dir wirklich nicht zugetraut. Was ist denn bloß los mit dir?«, fragte André.

»Keine Ahnung, wie das passieren konnte«, erwiderte Paul zerknirscht. Er fühlte leichten Schwindel aufsteigen und lehnte sich mit dem Rücken gegen die Wand. Seine Waden zitterten, und für einen Moment schien er den Boden unter den Füßen zu verlieren.

»Und dieser fürchterliche Gestank. Das ist ja kaum zu ertragen«, fuhr André fort und versuchte, die Ursache des beißenden Geruchs zu eruieren.

Paul deutete auf den Boden, und erst jetzt bemerkte auch André das verendete Tier, das in seinen Exkrementen zu Pauls Füßen lag.

»Was hast du denn mit der armen Katze gemacht?« André bückte sich und hob völlig entgeistert das leblose Tier auf.

»Ich muss gestern Nacht, als ich nach Hause kam, wohl über sie gestolpert und dann gestürzt sein. Daher auch die Beule.« Paul griff sich wieder an die Stirn und verzog wehleidig das Gesicht. »Danach weiß ich nichts mehr.«

»Du meinst, du hast in deinem Rausch die arme Katze totgetreten?«, fragte André entrüstet und blickte wieder auf den Kadaver in seiner Hand. »Wie kannst du dich bloß so besaufen, dass du nicht einmal mehr bemerkst, worauf du trittst?«

»Aber nein! Was denkst du denn von mir? Sie muss bereits tot am Boden gelegen haben. Es war jeden Tag damit zu rechnen, dass es mit ihr zu Ende geht, so elend, wie es ihr in den letzten Tagen ging. Sie hat nur noch in ihrem Korb gelegen und kaum noch gefressen.« Paul verdrängte den Gedanken und die Möglichkeit, dass er seine eigene Katze ins Jenseits befördert haben könnte. So ein gefühlloser Tölpel war er selbst im Vollrausch nicht.

»Hm, schade um das schöne Tier.« André seufzte und betrachtete wehmütig den zerzausten Körper. »Weißt du noch, wie wir die Katze heimlich vom Bauernhof geholt haben?«, fragte er seinen Bruder.

»Oh ja, ich erinnere mich noch ganz genau. Sie war gerade mal so groß, dass sie in meine Hand passte.« Paul lächelte verklärt.

»Und wir wussten nicht, wie wir unsere Eltern von der Notwendigkeit der Aufnahme des Tieres in unserem Haus überzeugen sollten«, fuhr André fort und grinste.

»Du hast geheult wie ein Schlosshund, weil du sie *partout* nicht mehr hergeben wolltest, und mich so lange weichgeklopft, bis ich nicht anders konnte und unseren Eltern schließlich die Geschichte von dem armen, verwaisten Kätzchen aufgetischt habe, das uns zugelaufen war.«

»Ja, du warst sehr überzeugend. Da konnten sie einfach nicht Nein sagen.« André streichelte das Fell der Katze und betrachtete sie mit feuchten Augen.

»Und durch Zufall ist unsere Lügengeschichte dann doch noch aufgeflogen, weil die Bauersleute unsere Eltern nach der Sonntagsmesse nach dem Befinden der Katze gefragt haben und ob sie sich schon gut eingelebt hätte.«

»Die Schwindelei hat dir einen Monat Hausarrest eingebracht, und ich war daran schuld.« André grinste und verzog sein Gesicht zu einer spitzbübischen Grimasse.

»Für dich, mein kleiner Bruder, war es mir das allemal wert! Und letztendlich durften wir sie ja behalten. Davon habe auch ich mehr als achtzehn Jahre profitiert.«

»Wir sollten sie so schnell wie möglich begraben, bevor sie wieder *zu leben* beginnt.« André streichelte noch immer über das struppige Fell des Vierbeiners. Er spürte so etwas wie Trauer in sich aufsteigen.

»Ja, das sollten wir«, antwortete Paul, und für einen Moment war es still zwischen den beiden Brüdern. »Ich hol schon mal den Spaten aus dem Gartenhaus«, fuhr er fort, als er sich wieder gefasst hatte.

»Du machst vorerst gar nichts!« André legte die Katze vorsichtig zurück auf den Boden, holte ein altes Handtuch aus der Putzkammer, die sich gleich neben der Diele befand, wickelte das tote Tier darin ein und wandte sich danach wieder seinem Bruder zu. Er rümpfte die Nase und sagte: »Es ist besser, du kümmerst dich erst einmal um dich und gehst unter die Dusche, so wie du aussiehst und stinkst.«

Pauls Kleidung war tatsächlich so stark verschmutzt und zerknittert, dass er aussah wie ein Landstreicher, den die Gosse noch einmal ausgespien hatte, bevor sie ihn endgültig mit sich fortspülte. Und – er stank fürchterlich. Mindestens so arg wie die tote Katze.

Noch bevor Paul antworten konnte, verließ André das Haus und schritt auf die kleine Hütte zu, in der sie die Gartengeräte aufbewahrten. Eingebettet zwischen hoch aufgeschossenen Birken fügte sie sich harmonisch in die Idylle des liebevoll angelegten Gartens ein. An die grün gestrichene Holzwand der Hütte lehnten sich die letzten sattgelben Blütenköpfe der Rudbeckia mit ihren samtbraunen Augen und bildeten einen prächtigen Kontrast. Entlang der wind- und wettergeschützten Ostseite rankten die Triebe einer prächtigen Kletterrose bis unter das Dach, an der noch vereinzelt samtrote Rosenknospen ihre Kelche öffneten und der Kälte trotzten. Die späte Herbstsonne, die den Garten in ein farbenfrohes Licht tauchte und bereits lange Schatten warf, hatte die Luft an diesem Morgen noch einmal kräftig erwärmt und den gestern überraschend gefallenen Schnee so rasch wieder verschwinden lassen, wie er gekommen war.

André hatte schon früher einen Teil der traurigen Geschichte um die Beendigung der Beziehung zwischen Esther und seinem Bruder gehört, aber dass es so schlimm um ihn stand und dass ihm das Ganze immer noch so arg zu schaffen machte, hätte er nicht vermutet.

Erst jetzt, nachdem er das Tier im Garten unter einem Quittenbusch begraben hatte und sein Bruder nach einem ausgiebigen Bad und in frischer Kleidung wieder wie ein zivilisierter Mensch roch und aussah, vertraute Paul ihm die Ereignisse und das wahre Ausmaß um das Verschwinden seiner Verlobten in vollem Umfang an. Paul begründete seine Verschwiegenheit damit, dass er ihn nicht unnötig mit seinen Problemen während seiner Ausbildung in England habe belasten wollen.

Sie saßen sich am Esstisch in der Küche gegenüber und aßen Eier und Speck auf Toast, tranken Kaffee und unterhielten sich über die Dinge, die sie in den letzten Monaten erlebt hatten.

Andrés Bericht war, im Gegensatz zu Pauls, kurz und erfreulich. Er hatte sein Praxisdiplom bestanden, war noch immer überzeugter Junggeselle und überaus glücklich, wie er Paul glaubhaft versicherte, endlich wieder zu Hause zu sein. Das trübe regnerische Wetter in England und die grauen Wolken, die ständig so tief am Himmel hingen, dass er das Gefühl hatte, nach ihnen greifen zu können, waren selbst ihm trotz seiner angeborenen Frohnatur und ungebrochener positiver Lebenseinstellung gründlich auf den Magen geschlagen. Dass sein Magen auch mit den britischen Speisen nicht so recht zurande kam, verdankte er Missis Twings, seiner etwas dicklichen, aber durchaus sympathischen Zimmerwirtin, die das sechzigste Lebensjahr bereits überschritten und in deren bescheidenem Cottage er während seines Aufenthaltes Unterkunft gefunden hatte. Sie verwöhnte ihn trotz heftigster Proteste seinerseits mindestens zwei, wenn nicht drei Mal wöchentlich mit *Black Pudding*, einer Art Blutwurstgericht in den verschiedensten Zubereitungsarten, das ihm schon bald zum Hals heraushing, und mit *Fish Pie*, deren Teigrand so dick und klebrig war, dass er Mühe hatte, die pampige Masse hinunterzuschlucken. Er sah sich allerdings aufgrund der mütterlichen und fürsorglichen Art von Missis Twings, die ihn aufrichtig rührte, außerstande, ihr die Freude an der Bewirtung zu nehmen und sie über seine Abneigung gegen die beiden Gerichte in Kenntnis zu setzen.

Dafür entschädigte ihn Mister Twings, der schrullige und etwas steife Gatte seiner Gastgeberin, ab und zu mit einem herzhaften Steak vom Hochlandrind, das er höchstpersönlich zubereitete, und am Abend vor seiner Abreise überraschte er ihn mit einem gerollten Lammbraten, mariniert mit Honig, Knoblauch und Minze, der ihm so vorzüglich mundete, dass er sich das Rezept notierte, um es zu Hause nachzukochen.

Pauls nimmer enden wollende Geschichte hingegen war eine Mischung von dramatischen Schilderungen des Erlebten, anklagenden Selbstvorwürfen und einer an den Tag gelegten Hilflosigkeit, die André so noch nie bei seinem Bruder erlebt hatte und die ihn nachdenklich und betroffen machte.

Auch André hatte Esther, die ihm vom ersten Augenblick an sympathisch gewesen war und mit der er sich auf Anhieb wunderbar verstanden hatte, nie im Leben eine derart geschmacklose Vorgangsweise zugetraut, und so hatte er größte Mühe, Verständnis dafür aufzubringen. Auch er war felsenfest von ihrer Liebe für seinen Bruder überzeugt gewesen. Dieser feige Abgang passte nicht zu der liebenswerten, fröhlichen Frau, die er in Erinnerung hatte.

»Ich kann immer noch nicht glauben, dass sie mich so getäuscht und hintergangen hat«, schloss Paul seinen leidvollen Bericht.

»Ihr Verhalten ist auch für mich absolut unbegreiflich und nicht nachvollziehbar. Das alles tut mir wirklich sehr leid für dich, Paul, aber wie man sieht, haben auch blonde Engel manchmal eine rabenschwarze Seele. Am besten, du vergisst sie so schnell wie möglich und schaust dich nach einer neuen Frau um.« André lümmelte sich in seinem Stuhl, schob die Ärmel seines blitzblauen Pullovers, der dieselbe Farbe wie seine Augen hatte, nach oben und verschränkte die Arme vor der Brust.

»Mir steht weiß Gott nicht der Sinn nach einer neuen Frau«, antwortete Paul entrüstet. Er stützte die Ellbogen auf den Tisch und vergrub sein Gesicht in beide Hände.

»Wenn sie sich wirklich so geschmacklos benommen hat, wie du mir gerade geschildert hast, ist sie es nicht wert, dass du ihr nachtrauerst oder gar eine Träne nachweinst.« Er hatte Mitleid mit seinem Bruder, wollte aber nicht in die gleiche Kerbe schlagen und Pauls Gemütsverstimmung auch noch Nahrung bieten.

»Das sagt sich so leicht! Ich kann doch diese wunderbare Zeit mit Esther nicht so einfach vergessen. In all den letzten Jahren hat sie mir nicht *einmal* einen Grund gegeben, ihr zu misstrauen oder an ihrer Liebe zu zweifeln. Auch nicht an den letzten Tagen, bevor sie gegangen ist.« Paul, der in Jeans und blau-weiß gestreiftem Hemd trotz seines Gemütszustandes unverschämt gut aussah, sackte in sich zusammen und senkte den Kopf. Die Schwellung auf seiner Stirn war etwas zurückgegangen, dafür hatte sich die Haut rund um die Beule, und das nicht zu knapp, dunkelviolett verfärbt.

»Auch wenn es so gewesen ist, musst du nun endlich zur Kenntnis nehmen, dass sie ihre Meinung geändert oder dir etwas vorgemacht hat. Hätte sie wirklich noch etwas für dich empfunden, dann wäre sie jetzt hier.«

»Aber ich liebe sie noch immer«, antwortete Paul leise. »Ich kann nichts dagegen machen.«

»Willst du wirklich einer Frau nachweinen, die dich nicht mehr liebt? Einer Frau, die nichts mehr von dir wissen will? Die es nicht einmal der Mühe wert gefunden hat, dir ihr Verhalten wenigstens zu erklären?« André schüttelte verständnislos den Kopf und holte sich noch eine Portion Ei mit Speck aus der Pfanne, die zwischen den beiden Brüdern in der Mitte des braunen Holzesstisches stand.

»Ich verstehe einfach nicht, wie ihre Gefühle für mich sich von einer Stunde auf die andere in Nichts auflösen konnten. Das ist doch nicht normal.« Jetzt, wo Paul die ganze Geschichte vor seinem Bruder wieder hervorgeholt hatte, spürte er, wie tief der Schmerz noch immer an seiner Seele nagte. Die Wunde war erneut aufgebrochen. Sie klaffte breiter denn je und ließ ihn leiden.

»Natürlich ist das nicht normal. Aber was immer sie dazu bewogen haben muss, Tatsache ist, sie hat dich verlassen. Vielleicht hast du in deiner blinden Liebe zu ihr gar nicht mitbekommen, dass sie sich verändert hat.«

»Das kann ich mir nicht vorstellen, so, wie sie sich in unserer letzten gemeinsamen Nacht und auch noch am Morgen danach verhalten hat. Sie war so unbeschreiblich glücklich, so leidenschaftlich, so zärtlich ...« Pauls Gesichtszüge verklärten sich. »Wenn du vorhast, deine Freundin zu verlassen, spielst du ihr dann zum Abschied noch so große Gefühle vor? Das ist doch völlig unlogisch.« Paul ließ sich in seinen Ansichten nicht beirren. Auch wenn sein Kopf ihm sagte, dass sein Bruder recht hatte, wehrte sein Herz sich heftig gegen jegliche Herabwürdigung von Esthers Aufrichtigkeit.

»Hm, weiß der Teufel, was sie dazu bewogen hat. Vielleicht wollte sie dir einfach nicht wehtun ...«

»Dann muss sie aber eine verdammt gute Schauspielerin sein«, fiel Paul seinem Bruder ins Wort. Er hatte kaum etwas von dem opulenten Frühstück gegessen, stattdessen goss er sich die dritte Tasse Kaffee ein.

»Manche Frauen beherrschen dieses Fach mit Bravour. Du bist nicht der Erste, der diesem Talent zum Opfer gefallen ist.«

»Esther ist viel zu anständig, um mir eine derartige Schmierenkomödie vorzuspielen.«

»Dann war sie eben einfach zu feige, dir die Wahrheit ins Gesicht zu sagen.« André war es langsam müde, seinem Bruder immer und immer wieder Argumente zu liefern, die die Sinnlosigkeit seiner Ansichten widerlegten.

»Hör ich auf meinen Verstand, leuchtet mir natürlich ein, was du sagst und dass das einzig Richtige ist, sie mir schnellstens aus dem Kopf zu schlagen und zu vergessen.«

»Dann hör auf deinen Verstand! Dafür hast du ihn ja«, antwortete André und grinste breit.

»Was glaubst du wohl, was ich die letzten Wochen versucht habe? Mein Herz spielt da einfach nicht mit. Sie ist mir immer noch so unglaublich nah. Manchmal glaube ich, sie zu spüren, den Duft ihrer Haut und ihrer Haare zu riechen. Wenn das so weitergeht, werde ich noch verrückt.«

André hatte seinen zweiten Teller leer gegessen und saß jetzt still am Tisch. Den Kopf in seine Hand gestützt, verfolgte er tief bewegt und etwas ratlos die verzweifelten Schilderungen seines Bruders.

»Ich habe wirklich alles versucht, sie zu vergessen, aber es vergeht kein Tag, an dem ich nicht an sie denke, keine Nacht, in der ich nicht von ihr träume. Ich habe Mühe, mich bei der Arbeit zu konzentrieren, und abends habe ich Angst, hier allein in diesem großen Haus zu sein.«

»Den letzten Punkt kannst du auf jeden Fall schon einmal streichen. Ab jetzt werden wir uns gemeinsam die Zeit am Abend und an den Wochenenden vertreiben.« André grinste und tätschelte mitfühlend die Hand seines Bruders. »Nimm dir erst einmal eine Woche frei. So, wie du aussiehst, kannst du dich ohnehin nicht an deinem Arbeitsplatz blicken lassen. Du wirst sehen, gemeinsam schaffen wir es, dich wieder auf andere Gedanken zu bringen …«

10

Er hatte seinen Wecker präzise auf sechs Uhr morgens gestellt, um ungestört seinen Vorbereitungen nachgehen zu können. Doch noch bevor der kaum hörbare Summton erklang, den das Gerät in kurzen regelmäßigen Abständen von sich gab, war er mühelos zur vorgenommenen Stunde wach geworden. Seine innere Anspannung und die damit verbundene gedankliche Unruhe im Hinblick auf das bevorstehende Ereignis ließen ihn die ganze Nacht hindurch stündlich und, begleitet von rasendem Herzschlag, schweißgebadet aus dem Schlaf schrecken.

Ohne das Licht anzumachen, erhob er sich leise und ordnete das feuchte Bettzeug. In Gedanken ging er immer wieder sein Vorhaben bis ins kleinste Detail haargenau durch, plante eventuelle unvorhersehbare Ereignisse mit ein und holte die Gegenstände, die er für einen reibungslosen Ablauf benötigte, aus seinem Versteck hervor, um sie zu überprüfen.

Ein Paar neue Handschuhe aus feinstem schwarzen Nappaleder, hauchdünn, sodass er sich in der Beweglichkeit seiner Finger nicht eingeschränkt fühlte, und dessen Funktion er bereits bei seinen letzten Anwendungen erfolgreich erprobt hatte, sowie zwei Kondome, deren Gebrauch er eigentlich nicht mochte, die aber für das, was er beabsichtigte, unverzichtbar waren, wollte er nicht seine DNA-Spuren hinterlassen. Zwei Mülltüten mit Zugband vervollständigten das Erforderliche. Wie bei den Kondomen führte er auch hier sicherheitshalber ein Reserveexemplar mit, sollte das dünne Material der Benutzung nicht standhalten.

Alle Utensilien verwahrte er in einem kleinen flachen Plastikzippbeutel, wie man ihn zum Einfrieren von Lebensmittel verwendete, sorgfältig und griffbereit zur schnellen Entnahme geordnet, und in den er alles nach Gebrauch vor der geplanten Entsorgung wieder verstauen konnte.

Er zitterte am ganzen Leib, als er aus der Dusche trat, hervorgerufen einerseits von der freudigen Erregung und der bevorstehenden Stillung seines übermächtigen sexuellen Dranges, andererseits von der Angst und der Abscheu, wieder ein Menschenleben auslöschen zu müssen, obwohl ihm das zuwider war. Wog er allerdings sein aufgestautes und mittlerweile schier unerträglich gewordenes Verlangen mit seiner aufkeimenden Furcht ab, überwog ohne Zweifel die Gier nach der Befriedigung seines Triebes.

Seine Fingernägel hatte er gründlich gereinigt und bis aufs äußerst Mögliche gekürzt. Seine Körperbehaarung, die ohnehin nicht üppig war, frisch rasiert und die dunklen Kopfhaare immer wieder mit einem feinen Kamm sorgfältig durchgekämmt und anschließend mit Haargel und Spray fixiert, um nicht ein Haar am Tatort zu hinterlassen.

Er schlüpfte in einen eng anliegenden schwarzen Baumwollrollkragenpullover und einen schwarzen schlichten Anzug, dessen Hosenbund auch ohne Gürtel hielt. – Darunter trug er nichts. – Alle Kleidungsstücke waren frisch gewaschen oder gereinigt. Selbst die Knöpfe hatte er überprüft und wenn nötig mit reißfestem Garn nachgenäht. Zu seinem Outfit trug er schlichte schwarze Herrenschuhe zum Schlüpfen aus glattem Leder und profilloser Sohle ohne Schnürung und Schnallen. Bis auf wenige Euroscheine, die er in der Brustinnentasche seiner Anzugjacke verstaute, und dem Plastikbeutel mit dem unverzichtbaren Inhalt führte er nichts mit sich.

Überzeugt von der Perfektion seiner Planung und seiner gewissenhaften Überprüfung, ging er zu seinem gewohnten Tagesablauf über, da es noch zu früh war, um sich auf den Weg zu machen.

Pünktlich um elf Uhr zwanzig stand er auf dem Bahnsteig und wartete auf seinen Zug. Er zog die dunkle Mütze, unter der er das Zippsäckchen mit den zurechtgelegten Utensilien versteckt hielt, tiefer in die Stirn und beobachtete das um diese Zeit rege Treiben auf dem Bahnhof.

Eine Schulklasse etwa zwölfjähriger Mädchen und Buben drängelte und kreischte rings um ihn, bis sie von zwei Begleitpersonen barsch in ihre Schranken gewiesen wurden. Die Ruhe hielt jedoch nur wenige Augenblicke an. Schon nach kurzer Zeit erreichten das Geschrei und Gerangel der Jugendlichen die gleiche Intensität wie vor der Ermahnung.

Der Tag war trist und diesig, und es nieselte seit den frühen Morgenstunden. Obwohl es bereits auf die Mittagszeit zuging, war es auf dem Bahnhof dunkel und ungemütlich, für Anfang November aber nicht sonderlich kalt.

Drei Minuten später bestieg er den EC 217 nach Salzburg und suchte sich ein ruhiges Plätzchen in einem Abteil am Ende der Zuggarnitur und weit ab von der lärmenden Schülergruppe. Er setzte sich ans Fenster und beobachtete durch das verschmutzte Glas, wie ein Passant auf den Zug zueilte und in letzter Minute auf den Waggon aufsprang. Unmittelbar danach hörte er den Pfiff des Schaffners, der mit erhobener Hand den Signalstab zur Abfahrt zeigte.

Langsam rollte der Zug aus dem Bahnhof, beschleunigte und tuckerte schließlich mit gleichbleibender Geschwindigkeit über die Landschaft von Station zu Station in Richtung Süden.

Die Fahrt erschien ihm endlos zu dauern. Er rutschte nervös von einer Gesäßbacke auf die andere, erhob sich und schritt unruhig den Gang auf und ab, was er aber in Anbetracht der herumstehenden Passanten und der überall abgestellten Gepäckstücke rasch wieder einstellte und auf seinen Platz zurückkehrte. Er fühlte sich unwohl in Gesellschaft so vieler Menschen, bedrängt und beobachtet, so als würden alle in diesem Zug ihm ansehen, was er Böses im Schilde führte.

Unsicher senkte er den Blick, drehte den Kopf zur Seite und starrte aus dem Fenster. Vor seinen Augen huschten die Bilder vorbei wie in einem Film, der mit doppelter Geschwindigkeit über die Leinwand hetzte. Das eintönige Geratter des Zuges machte ihn allmählich schläfrig, gleichzeitig aber fühlte er eine fast unerträgliche innerliche Anspannung, die es ihm unmöglich machte, die Augen zu schließen und seinem Schlafbedürfnis nachzugeben.

Obwohl es kühl im Waggon war, fing er an zu schwitzen. Seine Gedanken kreisten unermüdlich um das bevorstehende Ereignis, und er hörte zwei sich widersprechende Stimmen in seinem Kopf.

Die eine, die der Vernunft und der Angst, mahnte ihn umzukehren. Sie zeigte ihm die Konsequenzen auf, appellierte an sein Gewissen. Sie machte ihm klar, dass das, was er vorhatte, ein abscheuliches Verbrechen war, eine Todsünde, für die es keine Vergebung gab. Jetzt, beschwor die Stimme ihn, hatte er noch Zeit und Gelegenheit, die Sache abzuwenden. Jetzt war es noch nicht zu spät.

Die andere Stimme, die ihm Erlösung und Stillung seines quälenden Verlangens verhieß, trieb ihn an, seinen Plan, ohne noch lange darüber nachzudenken, auszuführen. Sie versprach ihm ein unbeschreibliches Gefühl der Wollust und die Befriedigung seiner schmerzhaften Gier, wenn er den Beischlaf an diesem wunderbaren Geschöpf vollziehen würde. Sie lockte ihn mit der Droge, die ihm das Tor zum Rausch der Sinne öffnen sollte, wenn er nur bei seinem geplanten Vorhaben bliebe und die Stimme der Furcht vor Entdeckung und Untergang links liegen ließe …

Er presste die geballten Fäuste auf seine Ohren, in der Hoffnung, sich der in seinem Kopf bekämpfenden Geister zu entziehen, doch nichts dergleichen geschah. Anstatt zu verstummen, übertrumpften sie sich gegenseitig an Lautstärke und Heftigkeit, bis schließlich die immer mächtiger werdende Seite der Begierde die Oberhand bekam und siegte. Er fühlte sich machtlos – ausgeliefert – wie ein Drogensüchtiger, der es nicht mehr erwarten konnte, sich den nächsten Schuss zu setzen, auch wenn es der goldene und vielleicht letzte war.

Entschlossen richtete er sich auf, griff nach der Mütze, die er samt Inhalt unter seinem Mantel neben sich auf dem Sitz deponiert hatte. Und da sich das Abteil, in dem er reiste, mittlerweile geleert hatte und er sich nicht mehr beobachtet fühlte, öffnete er das mitgeführte Zippsäckchen und verstaute die Kondome in der rechten und die Mülltüten griffbereit in der linken Anzugaußentasche. Die Lederhandschuhe steckte er in die innen liegende Brusttasche. Das Zippsäckchen faltete er sorgfältig auf die Größe einer Streichholzschachtel und schob es in die Stecktuchtasche.

Den Rest der Fahrstrecke vertrieb er sich die Zeit mit dem Durchblättern einer liegen gebliebenen Zeitung und der Konsumierung von Kaffee, der ihm zwar nicht sonderlich schmeckte, aber die gewünschte Wirkung rasch herbeiführte und seine Schläfrigkeit vertrieb.

Kurz nachdem der Zug die deutsch-österreichische Grenze passiert hatte, suchte er die Toilette auf. Er streifte die Lederhandschuhe über, setzte die schwarze Mütze auf und schlüpfte in seinen schwarzen Trenchcoat, dessen Knöpfe er offen ließ.

Nun, da ihm bewusst wurde, dass er nur noch wenige Kilometer von seinem ersehnten Ziel entfernt war, fielen jegliche Zweifel und Ängste von ihm ab. Wie von einer unsichtbaren Macht getrieben, schlüpfte er kalt und berechnend in die Rolle des ehrenwerten Doktor Jekyll, um die Dame, die er bald treffen würde, von seinen aufrichtigen Absichten zu überzeugen und so ihr Vertrauen zu gewinnen. Mr. Hyde hingegen befahl er, vorerst im Verborgenen zu bleiben, bis die Gunst seiner Stunde gekommen war.

Mit fast fünfzehn Minuten Verspätung fuhr der Zug um zwölf Uhr vierundzwanzig auf Gleis drei am Salzburger Hauptbahnhof ein.

Er stieg aus, orientierte sich kurz und mischte sich dann unter die dem Ausgang zustrebende Menschenmenge. Es blieb ihm noch eine gute halbe Stunde, um sich in der Eingangshalle, die sie als Treffpunkt vereinbart hatten, zu positionieren. Kurz entschlossen wählte er einen Seiteneingang, von dem aus er die gesamte Halle gut überblicken, dennoch aber, geschützt von einem Säulenvorsprung, im Verborgenen bleiben konnte.

Nachdem er seine Stellung bezogen hatte, ließ er das Gespräch, das er letzten Donnerstag aus der Telefonzelle mit der jungen Frau aus dem Internet geführt hatte, Revue passieren. Er kombinierte die Bilder, die sie ins Netz gestellt hatte, mit ihrer Stimme und konstruierte aus den beiden Komponenten ein Bildnis in seinem Kopf, nachdem er jetzt Ausschau halten wollte. Da nur sie sich auf der Plattform mit Fotos zu erkennen gegeben hatte, sich von ihm hingegen mit einer vagen Selbstbeschreibung seines Äußeren zufrieden gegeben hatte, fühlte er sich nun im Vorteil. Vor Aufregung hatte sie wohl auch vergessen, nach seiner Telefonnummer zu fragen.

Blind hatte sie sich auf dieses Treffen eingelassen. Ohne Argwohn, ohne zu hinterfragen, wer er wirklich war, hatte sie seinem Profil in der Partnerbörse, in dem er sich als seriöser Herr mit ehrbarem Beruf vorstellte, Vertrauen geschenkt. Ein gefährliches Unterfangen, dem sie sich leichtsinnig ausgeliefert hatte, das ihm aber bei der Ausführung seines Planes sehr entgegenkam, wusste er doch aus Erfahrung, dass Frauen dieses Schlages, naiv und unbedarft, ohne lange zu zögern, auf seine Wünsche eingingen.

Gerade als er von seiner Uhr wieder aufblickte und sich auf die letzte Viertelstunde Wartezeit einstellte, fiel ihm eine blonde Frau auf, die, suchend um sich schauend, die Bahnhofseingangshalle betrat und deren äußeres Erscheinungsbild eine vage Ähnlichkeit mit den Bildern der Dame, die er erwartete, aufwies.

Auch sie spähte kurz auf ihre Armbanduhr, stellte sich dann neben den Haupteingang, von wo aus sie die Bahnhofshalle einsehen und die ankommenden Passanten beobachten konnte.

Als er bemerkte, dass sie ihren Blick auch in seine Richtung schweifen ließ, trat er rasch einen Schritt zurück und verschanzte sich hinter der Säule. Trotz der Entfernung erkannte er, dass die wartende Person zweifellos seine Verabredung sein musste. Zwar entsprach die Realität nicht ganz den Bildern, die er bereits kannte, da sie wesentlich älter aussah, ihr blondes Haar um einiges kürzer trug und ihre Figur nicht zierlich, sondern etwas unförmig und mollig war. Zu seiner größten Enttäuschung übte ihr gesamtes Erscheinungsbild nicht den gewünschten Reiz und diese magische Anziehungskraft auf ihn aus, die er brauchte, um sich die ersehnte Befriedigung seiner sexuellen Begierde zu verschaffen.

Auch ihr Gesichtsausdruck wirkte nicht lieblich und sanft wie auf den Bildern, sondern ein wenig herb und verbittert. Ihre Körperhaltung war eher plump als graziös und ihre Kleidung altmodisch. Sie trug einen grauen Wintermantel, der sackartig an ihrem Körper hing. Darunter, soweit er erkennen konnte, einen schwarzen, leicht ausgestellten Rock, hautfarbene Stümpfe und dunkelbraune Schuhe mit halbhohen Absätzen.

Obwohl er sich getäuscht fühlte und ein wenig verärgert war, machte er gute Miene zum bösen Spiel und hoffte, dass sie sich bei näherer Betrachtung doch noch als hübsches, anziehendes Wesen entpuppen würde. Mit weit ausgebreiteten Armen und aufgesetztem strahlenden Lächeln eilte er pünktlich zur vereinbarten Zeit überschwänglich auf sie zu.

»Meine Liebe, wie ich mich freue!«, log er. »Und wie hübsch du bist, kein Vergleich zu den Bildern ...« Er schlang die Arme um ihren Körper, küsste sie übertrieben innig auf beide Wangen und spürte sofort, dass der Schein ihn nicht getrogen hatte. Durch den weiten Mantel hindurch fühlte er ihre Üppigkeit.

»Paul? Ach, Paul! Wie schön! Du bist gekommen ...«, stammelte sie erfreut, und ihre Wangen leuchteten rot. »Ich kann es noch gar nicht glauben.« Sie presste sich an ihn und erwiderte seine Küsschen.

»Du hast doch nicht etwa daran gezweifelt ... ähm – Judith?«, stotterte er. Um ein Haar wäre ihm ihr Name nicht mehr eingefallen.

»Ein wenig«, antwortete sie kleinlaut, und ihre Wangen verfärbten sich noch ein wenig dunkler.

»Aber wie konntest du nur? Meine Liebe.«

»Es wäre nicht das erste Mal, dass ich vergebens auf meine Verabredung gewartet und nie wieder etwas von den zuvor so euphorischen Herren gehört habe.«

Kein Wunder, dachte er, so anders, wie sie aussieht! Ich hätte es unter normalen Umständen nicht anders gemacht. Zu ihr aber sagte er in schmeichelndem Ton: »Wenn du wüsstest, wie sehr ich diesen Tag herbeigesehnt habe«, und blickte sie mit seinen dunklen ausdrucksvollen Augen an.

»Mir ging es doch genauso ...« Sie senkte den Blick und kicherte verlegen.

»Ach, mein Dummerchen, wie süß du bist.« Er hob ihr Kinn mit dem behandschuhten Zeigefinger seiner rechten Hand und drückte ihr einen spitzen flüchtigen Kuss auf den Mund.

»Das alles ist wie ein Traum für mich. Du bist so lieb, so wunderbar, so ... so anders ...«, himmelte sie ihn an.

»Das ist kein Traum, mein Engelchen. Ich bin doch hier.« Noch bevor sie etwas erwidern konnte, ergriff er ihre Hand und zog sie aus der Bahnhofshalle hinaus ins Freie auf den großen Busparkplatz.

»Ich dachte, wir unternehmen zuerst einen schönen Spaziergang in der Natur, damit wir uns ein wenig näherkommen können. Was meinst du dazu?«

Anstatt zu antworten, himmelte sie ihn nur verliebt an und nickte mit dem Kopf.

»Ich möchte zuallererst einmal mit dir allein sein und dann, mein Liebes, wenn du meiner Gesellschaft noch immer nicht überdrüssig geworden bist, würde ich dich gerne in ein nobles Lokal zum Essen ausführen. Was hältst du von meinem Vorschlag?«, fragte er scheinheilig, obwohl er wusste, dass es zu diesem Essen niemals kommen würde, denn in diesem Moment hatte schon längst Mr. Hyde seinen Part übernommen.

Judith lächelte begeistert, drückte sich an ihn und erwiderte zum Dank seinen Kuss. »Was für eine Frage? Natürlich will ich so lange wie nur möglich mit dir zusammen sein. Du musst mir doch alles über dich erzählen.«

»Wirklich alles?« Er grinste.

»Aber ja! Ich platze vor Neugierde …«

»Wie schön, dass du so großes Interesse an mir zeigst. Das lässt mich hoffen …« Er fixierte sie mit seinem durchdringenden Blick wie die Schlange ihr ahnungsloses Opfer.

»Ich kann es mir nicht erklären, aber schon vom ersten Augenblick an habe ich das Gefühl, dir ungewöhnlich nahe zu sein.«

»Wie seltsam, dieses Gefühl habe ich auch.« Er log weiter und fütterte sie mit Worten, die ihre Wirkung nicht verfehlten.

»Ach, ich bin ja so glücklich.« Wieder schmiegte sie sich an ihn und lächelte verzückt. Sie fühlte sich im siebten Himmel, und in ihrem Bauch tanzten tausend bunte Schmetterlinge.

Anstatt zu antworten, nickte er nur, ihm fehlten die passenden Worte. Er lächelte gezwungen und brummelte etwas Unverständliches in sich hinein. Damit sie die Veränderung seines Gesichtsausdruckes nicht bemerken konnte, erwiderte er ihre Umarmung und verharrte so lange in dieser Position, bis er sich gefangen hatte.

Langsam begann sie, ihm lästig und unangenehm zu werden. Er hatte nur noch ein einziges Ziel vor Augen. Ungeachtet dessen, wie sie aussah und dass sie seinen Wünschen und Vorstellungen doch nicht so recht entsprach, wollte er die Sache so schnell wie möglich hinter sich bringen. Zu stark war seine aufgestaute, unbändige Gier nach Erfüllung sexueller Befriedigung, um jetzt noch den Rückzug anzutreten.

Entschlossen löste er sich aus ihrer klammernden Umarmung, nahm sie wieder an der Hand und strebte auf die Haltestelle der Buslinie 25 zu. Er studierte die Fahrpläne und stellte zufrieden fest, dass sie nicht allzu lange auf den Bus warten mussten.

»Wohin entführst du mich denn?«, fragte sie und konnte die Augen nicht von ihm lassen.

»Lass dich überraschen, mein Liebes. Ich kenne da einen wunderschönen Spazierweg in einem Wäldchen am Stadtrand, den ich dir unbedingt zeigen möchte.«

»Ein Spaziergang durch den Wald?«, fragte sie ungläubig. Sie hatte erwartet, dass sie durch die Innenstadt flanieren und ein schickes Café aufsuchen würden. »Ist es dafür um diese Jahreszeit nicht etwas zu kalt und zu unfreundlich?«, fügte sie nun doch ein wenig verunsichert hinzu.

Er beobachtete ihre kräftigen Hände, während sie sich nervös eine Haarsträhne aus dem Gesicht strich. »Aber, mein Täubchen, ich dachte, du liebst es, so wie ich bei jedem Wetter in der Natur zu sein. Oder habe ich mich da etwa geirrt?« Er blickte von oben auf sie herab, zog die Augenbrauen ein wenig hoch wie ein Schulmeister, der gerade ansetzte, einen Schüler zu tadeln, und schloss seinen Satz mit leicht gekränkter Miene und Zweifel im Unterton, die sie augenblicklich ihre Einwände korrigieren ließen.

»Nein, nein, natürlich nicht! Es macht mir absolut nichts aus, bei jedem Wetter spazieren zu gehen. Es gibt nichts Schöneres für mich.« Auch wenn das Gesagte nicht ganz der Wahrheit entsprach – sie hatte eigentlich keine große Lust, bei Nebel und Schmuddelwetter durch den Wald zu wandern und schon gar nicht mit ihrem unpassenden Schuhwerk – versuchte sie, ihn mit gespielter Begeisterung zu überzeugen. Zu groß war ihre Angst, ihm zu missfallen. Sie streichelte über seine Wange und fügte noch rasch hinzu: »Wenn du nur bei mir bist, Paul …«, in der Hoffnung, dass seine Miene sich wieder erhellen würde.

»Ach, mein Liebes … Du wirst sehen, es wird wunderschön. Nur wir beide …«, raunte er mit tiefer Stimme in ihr Ohr, drückte sie fest an sich und streichelte über ihren Rücken. »So, aber nun lass uns einsteigen, sonst fährt der Bus noch ohne uns los.«

Das leichte Nieseln hatte aufgehört, aber je weiter sie sich aus der Innenstadt entfernten, desto trüber wurde es. Dicke graue Nebelschwaden hingen wie Schleier über den Häusern und Wiesen und bedeckten die Landschaft mit bizarren Gebilden.

Als sie sich ihrem Ziel näherten und der Fahrer mit lauter Stimme die Station *Schloss Hellbrunn* ankündigte, nickte er ihr aufmunternd zu und begab sich zum Ausstieg. Sie folgte ihm willig. Ihre Mundwinkel umspielte ein seliges Lächeln.

Wenige Minuten später wanderten sie eng umschlungen – sie hatte den Kopf an seine Schulter gelehnt – die Keltenallee entlang auf das Wäldchen zu, das in Sichtweite, stellenweise verstellt durch kriechenden Bodennebel, vor ihnen lag. Ab und zu blieb er stehen, stellte sich hinter sie und drückte ihren Rücken gegen seine Brust. Er schlang die Arme um ihren Körper, küsste ihren Nacken und hauchte ihr Liebesworte ins Ohr. Sie ließ es freudig geschehen, streichelte seine Wange und seufzte vor Glück.

Nachdem sie das Waldstück erreicht hatten, führte er sie zu einem Forstweg, der, gesichert durch eine rote Schranke, rechts von der asphaltierten Straße abging. Der Boden unter ihnen war aufgeweicht und mit Laub bedeckt. Es roch angenehm nach feuchter Erde und Harz, und nur manchmal durchbrach der Gesang der Vögel die beschauliche Stille. Auf beiden Seiten des Weges säumte dichtes Gestrüpp den leicht geschlungenen Pfad, der in Richtung Stadt führte.

»Ist es hier nicht wunderschön?«, fragte er sie mit bebender Stimme und stellte sich wieder hinter sie.

»Oh ja! Wunderschön!«, wiederholte sie leise seine Worte. Sie wog sich bei ihm in Sicherheit und fühlte sich berauscht in seiner Gegenwart.

»Komm, lass uns noch ein Stückchen weitergehen.« Schweigend führte er sie bis zu einer Gabelung, an der ein schmaler Pfad ins dichte Unterholz führte. Er blieb stehen und vermied es, ihr in die Augen zu blicken. Als sie ihm ihr Gesicht zuwenden wollte, begann er erneut, ihren Nacken zu küssen und sich an ihrem Rücken zu reiben. Sie spürte seine Erregung und stöhnte leise auf. Doch obwohl sie seine Nähe in vollen Zügen genoss, befreite sie sich sanft aus seiner Umarmung und bat ihn, es nun dabei bewenden zu lassen.

»Bitte, Judith, bitte …«, flehte er sie eindringlich an. »Ich habe mich so sehr nach diesem Moment gesehnt. Lass mich dir nur ein wenig nahe sein.« Durch seinen Körper fuhr die aufsteigende Gier, und je mehr sie sich sträubte, desto größer wurde sein Verlangen.

»Paul, nicht! Mach es mir doch nicht so schwer.« Wieder versuchte sie, sich seinem Drängen zu entziehen, doch er hielt sie fest umschlungen. »Nicht hier und nicht jetzt! Bitte! Lass mich los, du tust mir weh.«

»Entschuldige, mein Engel.« Er ließ für einen kurzen Moment

von ihr ab, doch als er bemerkte, dass ihre Anspannung nachließ, fuhr er ungemindert fort.

»Paul, ich möchte das nicht. Hör auf!«, flehte sie, langsam ihren Widerstand aufgebend.

Er reagierte nicht auf ihr Jammern und fuhr fort: »Nur küssen, Engelchen, und streicheln! Ja? Oh ja!« Seine Begierde nach Befriedigung ließ ihn immer fester zupacken und nach der Plastiktüte in seiner linken Anzugjacke greifen.

Ahnungslos und zitternd ließ sie es geschehen.

Zwischen leidenschaftlichen Küssen auf ihren Nacken und Liebesbeteuerungen, mit denen er sie abzulenken versuchte, den rechten Arm fest um ihren Körper geschlungen, zog er mit seiner linken Hand die Tüte vorsichtig aus der Jackentasche. Ohne dass sie es bemerkte, drängte er sie immer weiter, abseits des Weges, ins Gebüsch.

Immer rasender wurde sein Drängen, immer fordernder sein Körper, und als er spürte, dass sie sich ihm abermals zu widersetzen versuchte, dieses Mal aber heftig und wild entschlossen und in ihrem Unmut laut zu rufen begann: »Nein! Ich möchte das nicht! Hör auf, Paul! Lass das …«, schlug er blitzschnell zu und erstickte ihre angsterfüllte Stimme.

Mit brutaler Gewalt stülpte er ihr die Tüte über den Kopf, schlang das blaue Zugband um ihren Hals und zog zu. Und als sie begann, wild um sich zu schlagen, stieß er sie grob zu Boden, kniete sich auf ihren Rücken und verknotete das Band fest in ihrem Nacken. – Er wusste, dass der Augenblick gekommen war.

Sie röchelte und bäumte sich unter ihm auf. Immer wieder versuchte sie, ihre Arme, die unter ihrem Oberkörper eingeklemmt lagen, zu befreien, aber gegen seine Erbarmungslosigkeit und sein Gewicht, das auf ihr wie ein Fels lastete, war sie machtlos. Während sie sich mit schwindender Kraft vergeblich gegen ihren nahenden Erstickungstod wehrte, schob er ihr ihren Mantel über den Kopf. Dann machte er sich an ihren Rock, den er dank seiner Weite leicht über ihre Hüften schieben konnte. Jetzt erst bemerkte er das wahre Ausmaß ihrer Fülle. Fleischig und schwammig lag sie halb nackt vor ihm. Ihre ausladenden Hüften waren so üppig wie ihre Oberschenkel, die mit unschönen kleinen Streifen und Dellen bedeckt waren.

Wieder wehrte sie sich heftig, trat und schlug mit letzter Kraft nach ihm. Sie war ausdauernder und zäher als seine zarten Engel, die er schon besessen hatte und dessen anmutige und kindliche Körper ihn bis zur Ekstase gereizt und ihn fast um den Verstand gebracht hatten.

In einem kurzen Augenblick der Unaufmerksamkeit, in dem er ihr weißes Fleisch voller Ekel und dennoch voller Gier betrachtete, riss sie ihren Oberkörper herum, krallte ihre Finger um das blaue Zugband an ihrem Hals und starrte ihn mit weit aufgerissenen Augen an.

Schlagartig ließ er von ihr ab und blickte entsetzt in das vom Todeskampf gezeichnete Gesicht. Ihr grausames Sterben dicht vor Augen sah er voller Abscheu, wie ihr Gesicht sich abwechselnd blau und rot verfärbte, dann plötzlich kreidebleich wurde und wie ihre Augäpfel, deren Weißes bereits blutunterlaufen war, stark hervortraten. Sie wimmerte, zuckte und rang verzweifelt nach Luft. Ein letztes Mal bäumte sie sich auf, ohne ihren panischen Blick bis zum letzten Atemzug von seinen Augen zu lassen. Dann sank ihr Körper zurück in den aufgeweichten Waldboden.

Als er die leblose Frau so vor sich auf der Erde liegen sah, sprang er erschrocken auf. Der Anblick ihres grauenhaften Todeskampfes und ihr langsames Sterben hatten ihm jegliches Verlangen genommen. Niemals zuvor hatte er mit ansehen müssen, wie seine Opfer um ihr Leben kamen. Sie waren zierlich, klein und zart gewesen und hatten kaum Gegenwehr gezeigt. Und bis jetzt war er der festen Überzeugung, dass sie schnell und in Wollust eingeschlafen waren, während er sie beschlief. Ein schöner Tod, wie er bislang glaubte.

Mit dieser Frau aber war ihm ein böser Fehler unterlaufen. Schon am Bahnhof hätte er erkennen müssen, dass sie ihm Schwierigkeiten machen könnte. Allein ihr kräftiger Körperbau, der ihn ohnehin von Anfang an sein Vorhaben bezweifeln ließ, wäre Grund genug gewesen, die Sache abzublasen, in den nächsten Zug zu steigen und die Heimreise anzutreten. Stattdessen war er blind seinem ihn quälenden Trieb hinterhergejagt, mit dem Ergebnis, dass seine unbändige Gier, die Lust an einer Frau zu stillen, noch stärker in ihm brodelte als je zuvor.

Frustriert und kopflos sondierte er seine missliche Lage. Abscheu verdrängte den letzten Rest seines zuvor noch heftigen Verlangens.

Durch das Dickicht hindurch glaubte er die Umrisse einer Gestalt zu erkennen und Schritte zu hören. Er kauerte sich auf den Boden und verhielt sich abwartend und ruhig, bis er sich wieder sicher fühlte und kein Geräusch mehr zu hören war. Erst dann wandte er sich abermals seinem Opfer zu. Um den grausigen Anblick der Toten nicht länger ertragen zu müssen, drehte er sie wieder auf den Bauch, zog sie an den Armen tief ins dichte Unterholz und deckte sie mit Laub, Reisig und liegen gebliebenen Zweigen einer gefällten Fichte zu.

Zornig und mit einer noch nie erlebten geballten inneren Unruhe machte er sich in der beginnenden Dämmerung auf den Weg in Richtung Stadt.

Er lief noch ein Stück weiter quer durch den Wald, bog nach einer Weile links ab, bis er auf die *Berchtesgadenerstraße* und schließlich zur Bushaltestelle *Birkensiedlung* gelangte. Von dort aus stieg er in den Bus der Linie 5, der ihn direkt zum Bahnhof brachte.

Am Bahnhof steuerte er geradewegs auf die Toiletten neben der Tiefgarage zu. Er blickte sich suchend um, und nachdem er sich allein wähnte, säuberte er seine erdverschmutzten Schuhe gründlich mit Wasser und trocknete sie sorgfältig mit Handtuchpapier. Er schüttelte seinen Mantel mehrmals kräftig aus und kontrollierte seinen Anzug, der, soweit er sehen konnte und in Anbetracht des nicht vollzogenen Geschlechtsverkehrs, sauber geblieben war. Erst danach entledigte er sich seiner Handschuhe. Die unbenutzten Kondome und den Reservesack entsorgte er einzeln und mit Toilettenpapier fest umwickelt über das Klosett. Die Lederhandschuhe tauchte er mehrmals in heißes Seifenwasser und entsorgte sie dann ebenfalls getrennt in Abfallbehältern zwischen verfaulten Essensresten und benutzten Babywindeln.

Seine Heimreise, die er nur wenig später antrat, verlief, begleitet von Angst und innerer Aufruhr, alles andere als angenehm. Wie schon so oft in letzter Zeit, litt er auch jetzt unter dem Gefühl, verfolgt und beobachtet zu werden. Er glaubte sich umringt von Wissenden, die seine Gräueltat mit angesehen hatten und jetzt nur noch auf den Augenblick warteten, ihn vor allen Menschen aufzudecken.

Aber noch ein anderer Gedanke peinigte ihn in einem fort. Der Gedanke, sich so schnell wie möglich wieder nach einem Geschöpf umsehen zu müssen, das ihn von seinen Qualen erlösen würde.

Kurz vor seinem Zielbahnhof verließ er bei einem Halt des Zuges sein Abteil und stieg aus, ohne weiter darauf zu achten, um welchen Ort es sich dabei handelte. Er konnte die Menschen um sich herum nicht mehr ertragen und suchte die Einsamkeit.

11

Der schrille Ton der Hausglocke schreckte Doktor Paul Coman am frühen Samstagmorgen nach einer kurzen, aber erholsamen Urlaubswoche aus dem Schlaf. Er knipste die Nachttischlampe an, blinzelte schlaftrunken auf seine Armbanduhr und schüttelte ungläubig den Kopf, als diese ihm sechs Uhr morgens anzeigte. Paul rieb sich die Augen, aber auch der zweite, nun klare Blick bestätigte ihm die ungewöhnliche Zeit. Verwundert über die frühe Störung und nicht ganz sicher, ob er das Klingeln nur geträumt oder tatsächlich gehört hatte, entschied er, sich wieder hinzulegen und weiterzudösen.

Paul hatte das Wiedersehen mit seinem Bruder gebührend gefeiert und die letzten Tage jede freie Minute mit ihm verbracht. Nach der langen Zeit der Trennung hatte André unendlich viel über seine berufliche Ausbildung zu berichten, und auch Paul fand endlich ein vertrautes offenes Ohr für seinen Kummer. Nichts und niemand, auch nicht sein bester Freund, konnte die innige Verbundenheit zu seinem Bruder ersetzen. Der tröstende Zuspruch und die unkomplizierte und heitere Art Andrés hatten ihm wie schon so oft im Leben wieder Lebensmut und Zuversicht gegeben. Nach den nächtelangen Gesprächen, die sie fast täglich geführt, und den gemeinsamen Unternehmungen, die schon vor Andrés Abreise zu ihren alltäglichen Gewohnheiten gezählt hatten, fühlte er sich nun erleichtert. Auch blickte er wieder mit ein wenig mehr Optimismus und Zuversicht ins Leben, als es noch vor kurzer Zeit der Fall gewesen war.

Als es abermals läutete, dieses Mal aber wesentlich stürmischer, und er sich sicher war, dass er keinem Irrtum unterlag, erhob er sich und schlüpfte in seine Hausschuhe.

Nach einem nur wenige Minuten dauernden Aufenthalt im Badezimmer, bei dem er seine Haare kämmte, Zähne putzte und sich kurz erfrischte, stieg er, nur mit Pyjamahose und T-Shirt bekleidet, die breite Holztreppe hinunter, durchquerte das Vorzimmer und spähte durch den Spion. Im Vorgarten erblickte er zwei gut gekleidete, seriös wirkende Herren, die sich angeregt unterhielten. Paul öffnete die Tür einen Spalt und fragte knapp und nicht besonders freundlich: »Ja bitte?«

»Sind Sie Herr Doktor Coman?«, wollte der Ältere der beiden Männer wissen.

»Ja, der bin ich. Was gibt es denn so Dringendes um diese Zeit?« Paul, dem die Müdigkeit noch in den Knochen steckte und der sich um seinen Samstagmorgenschlaf betrogen fühlte, zeigte seinen Unmut unverhohlen.

»Es tut uns wirklich leid, dass wir Sie so früh stören müssen, aber außergewöhnliche und dringende Umstände dulden keinen Aufschub. Dürfen wir vielleicht hereinkommen?«

Die höfliche Art des älteren Herrn, dessen Haar bereits stark ergraut war, beschwichtigte Pauls Gereiztheit ein wenig, dennoch machte er keinerlei Anstalten, die beiden Männer hereinzubitten. »Wollen Sie mir nicht vorher sagen, wer Sie sind und was es so Wichtiges gibt?«

»Aber gewiss, entschuldigen Sie, Herr Doktor Coman. Mein Name ist Moser, Morddezernat, und das ist mein Kollege Baumann.« Der Kommissar holte seinen Ausweis aus der Jackentasche und zeigte ihn Paul.

»Morddezernat?«, wiederholte Paul mit brüchiger Stimme, und er fühlte, wie sein Puls anstieg. »Aber ... was ist denn passiert? Ist etwas mit Esther?«

Der erste Gedanke, der ihm durch den Kopf schoss und für den er selbst keine Erklärung fand, galt ihr und nicht den beiden getöteten Frauen, was eigentlich in diesem Moment normal und logisch gewesen wäre.

»Esther? Hm … soweit ich weiß, heißt die getötete Frau Judith …« Der Kommissar blickte noch einmal in seine Unterlagen, um sicherzugehen, dass er sich nicht geirrt hatte. »Ja, hier steht es: Judith Weber!«

»Welche getötete Frau? Ich verstehe nicht. Von was sprechen Sie überhaupt?« Paul griff sich an die Stirn und schüttelte den Kopf. Die Erholung der letzten Woche schien mit einem Schlag dahin zu sein.

»Dürfen wir vielleicht doch eintreten, bevor wir weiterreden?«, fragte Baumann ein wenig ungeduldig, stieg von einem Fuß auf den anderen und rieb sich die kalten Hände. »Es ist ein bisschen ungemütlich hier draußen.«

»Aber natürlich. Entschuldigen Sie. Bitte kommen Sie doch herein.« Paul führte die beiden Beamten noch immer völlig irritiert in die Küche. Er bat sie, am Esstisch Platz zu nehmen, und fragte: »Darf ich Ihnen Kaffee anbieten?«

»Danke, sehr freundlich, vielleicht ein wenig später. Aber wenn es Ihnen nichts ausmacht, würden wir gerne gleich zur Sache kommen und Sie bitten, uns einige Fragen in dieser Angelegenheit zu beantworten.« Kommissar Moser gähnte ungeniert. Von Anstandsfloskeln hielt er im Moment nicht viel. Unter seinen Augen lagen dunkle Schatten. Der Mord in dem Wäldchen an der Keltenallee hatte ihn und seinen jungen Kollegen die ganze Nacht auf Trab gehalten. Auch er hätte es vorgezogen, jetzt lieber in seinem warmen Bett zu liegen, als Menschen aus dem Schlaf zu reißen und sie mit unangenehmen Fragen zu belästigen.

»Dann fragen Sie doch endlich.« Paul, der noch immer völlig überrascht war und so schnell wie möglich wieder in sein Bett zurückwollte, wurde langsam ungeduldig. Ihm stand zu so früher

Morgenstunde noch nicht der Sinn nach Konversation und schon gar nicht nach neuen Mordgeschichten.

»Nun …«, fing Moser stockend an und räusperte sich verlegen. Es war ihm fast peinlich, einen Mann, von dessen charakterlicher Korrektheit er eigentlich überzeugt war, mit derartigen Fragen zu konfrontieren. »… auch wenn Ihnen diese Frage sehr ungewöhnlich erscheinen mag, müssen wir sie dennoch an Sie stellen: Bewegen Sie sich im Internet auf diversen Partnervermittlungen, und sind Sie ein aktives Mitglied?« Moser war erleichtert, die Frage endlich losgeworden zu sein.

»Welche Partnervermittlung?«, fragte Paul ungehalten. Seine Laune war knapp davor, wieder auf den Nullpunkt zu sinken. »Wie kommen Sie denn auf diese absurde Idee? Meine Verlobte hat sich gerade erst kürzlich von mir auf *Französisch verabschiedet*. Glauben Sie wirklich, dass mir so kurz danach schon wieder der Sinn nach einer neuen Partnerin steht?«

»Sie können versichert sein, dass es uns absolut keinen Spaß macht, derartige Fragen an Sie zu richten, aber wir müssen nun einmal allen Hinweisen nachgehen«, rechtfertigte Baumann die Fragen seines Vorgesetzten. Er war wie üblich von Kopf bis Fuß in Schwarz gekleidet und wirkte trotz seines jungen Alters ein wenig reserviert.

»Welchen Hinweisen denn? Wer behauptet denn so einen Schwachsinn?«

»Uns liegen konkrete Informationen von der Freundin der Ermordeten …«, Moser blickte noch einmal kurz in seine Unterlagen, »… Judith Weber vor, dass diese kurz vor ihrem Tod einen Mann im Internet kennengelernt hat, der sich Paul nennt und sich als Anstaltspsychologe einer JVA in Bayern ausgibt.«

»Wie bitte? Das ist wohl nicht Ihr Ernst!« Pauls Reaktion schwankte zwischen Belustigung und Verärgerung.

»Leider doch. Durch die Freundin, der das Passwort zum Laptop der Toten bekannt war, hatten wir Gott sei Dank rasch Einsicht in die Aktivitäten des Opfers bei dieser Partneragentur. Ihre Angaben entsprachen absolut der Wahrheit. Es bestand wohl eine sehr enge Bindung zwischen den beiden Frauen. Sie haben sich gegenseitig angeblich alles anvertraut.« Mosers Erklärung klang überzeugend. »Bedauerlicherweise war es uns trotz intensiver Mithilfe der Servicestelle der Partnervermittlung nicht möglich, die Identität dieses Mannes zu eruieren. Er ist äußerst geschickt vorgegangen und hat sich nicht unter seinem Namen eingeloggt.«

»Es gibt viele Pauls und einige Haftanstalten in Bayern. Wie kommen Sie gerade auf mich? Wieso sollte dieser Wahnsinnige ausgerechnet meine Identität benutzen? Was verspricht er sich davon?«

Kommissar Moser durchblätterte erneut den dünnen Akt, der ihm erst seit den frühen Morgenstunden zur Einsicht vorlag. »Kennen Sie vielleicht eine Person aus Ihrem Bekanntenkreis, der Sie so etwas zutrauen würden?«

»Nicht, dass ich wüsste. Es müsste auf jeden Fall jemand sein, der mich kennt, wenn vielleicht auch nur flüchtig. Das könnte genauso gut jemand von hier aus der Nachbarschaft sein oder aus der Umgebung der JVA. Möglichkeiten gibt es mehr als genug. Ebenso gut könnte es sich ja auch um einen Vorgänger von mir handeln, und derer gab es, wie ich erfahren habe, viele.«

»Aber von diesen hieß keiner mit Vornamen Paul, wie wir bei unseren Nachforschungen feststellen konnten.«

»Dann sollten Sie Ihre Ermittlungen wohl etwas ausweiten.« Paul wusste nicht so recht, was er von der Sache halten sollte.

»Deshalb bitten wir Sie ja um Ihre Mithilfe.«

»Was ist das bloß schon wieder für ein kranker Typ?«, fragte Paul unwirsch.

»Von dieser Sorte sind uns schon einige in unserer Laufbahn untergekommen. Das können Sie uns glauben.« Die beiden Kriminalbeamten tauschten einen vielsagenden Blick. Nur zu gut erinnerten sie sich an den ungewöhnlichen und grauenhaften Fall des Viktor Kapinsky. Der Kommissar wandte sich wieder Paul zu: »Nun lassen Sie mich erst einmal fortfahren. Also, laut der Zeugin hatte das Mordopfer mit diesem besagten Herrn *Paul* am Donnerstag dieser Woche ein Treffen am Salzburger Hauptbahnhof um dreizehn Uhr vereinbart. Von dieser Verabredung ist die Frau allerdings nicht wieder zurückgekehrt. Obwohl die beiden Freundinnen noch kurz vorher vereinbart hatten, dass sie telefonisch in Kontakt bleiben wollten, gab es von Judith Weber ab diesem Zeitpunkt kein Lebenszeichen mehr. Zu Tode gekommen dürfte das Opfer laut Angaben des Gerichtsmediziners bereits eineinhalb Stunden später, um etwa vierzehn Uhr dreißig sein. Ein Forstarbeiter hat den Leichnam am Tag danach, also am Freitag, gegen Mittag in einem unwegsamen Waldstück an der Keltenallee gefunden.«

»Aber das ist ja ganz in meiner Nähe ...«, antwortete Paul betroffen. »Wie schrecklich! Nur, ich verstehe immer noch nicht, wie ich Ihnen in dieser Sache weiterhelfen könnte?«

Baumann hielt sich nach wie vor diskret im Hintergrund und ließ seinem Chef bei der Befragung den Vortritt. Er saß, entspannt in seinem Stuhl zurückgelehnt, und verfolgte das Gespräch sichtlich interessiert. Seine Teilnahme beschränkte sich auf ein gelegentliches kurzes Kopfnicken.

»Sie werden es gleich verstehen! Wir hatten ja persönlich bisher noch nicht das Vergnügen, aber Sie sind doch derjenige, der auch zu den beiden Morden in Bayern hinzugezogen wurde. Richtig?«

»Ja, das ist richtig!«, bestätigte Paul.

»Sehen Sie, und exakt auf die gleiche Weise ist diese Judith Weber ums Leben gekommen.«

Paul stockte der Atem. »Sie meinen, sie ist auch mit einer Mülltüte erstickt worden?« Die Farbe war ihm aus dem Gesicht gewichen, und in seinen Augen spiegelte sich blankes Entsetzen.

»Ja, so ist es! Allerdings hat sich der Mörder dieses Mal *nicht* an der Frau vergangen.« Der Kommissar hatte seine Ausführungen beendet und beobachtete gespannt Pauls Reaktion.

»Ein bisschen viele Zufälle auf einmal, denken Sie nicht auch, Herr Doktor Coman?«, mischte Baumann sich jetzt doch ein.

»Das kann man wohl sagen. Die Sache stinkt gewaltig!« Paul erhob sich mit einem flauen Gefühl in der Magengrube und marschierte in der kleinen Küche auf und ab. Die Sache fing an, ihn mehr mitzunehmen, als er anfänglich geglaubt hatte.

»Trotz allem muss ich auch an Sie die obligate Frage stellen: Wo waren *Sie* am Donnerstagnachmittag?« Moser wusste selbst, dass es absurd war, nur einen Augenblick daran zu denken, dass Doktor Coman etwas mit der Sache zu tun haben könnte, aber es blieb ihm nichts anderes übrig, als sich an das übliche Prozedere zu halten.

»Mein Bruder war zu Hause. Hier, mit mir«, ertönte es hinter ihnen.

Alle Blicke richteten sich in die Richtung, aus der die Stimme kam. Im Türrahmen stand André und konnte nicht glauben, was er soeben mit angehört hatte.

»André Coman, wie schon gesagt, ich bin der Bruder und kann bezeugen, das er den ganzen Tag hier im Haus mit mir verbracht hat.« André schritt auf die beiden Herren zu und schüttelte ihnen die Hände. Er war im Gegensatz zu Paul bereits mit Jeans und Pullover bekleidet und war neugierig geworden, nachdem er Stimmen aus der Küche vernommen hatte.

»Um ehrlich zu sein, ich habe Ihren Bruder nie wirklich verdächtigt, aber wir müssen eben alle Möglichkeiten in Betracht ziehen«, rechtfertigte Kommissar Moser seine Vorgehensweise.

»Das will ich hoffen«, antwortete André erleichtert und wandte sich dann Baumann zu. »Sie denken doch wie Ihr Kollege, nicht wahr?«

»Aber natürlich«, antwortete der junge Kriminalist und sagte zu Paul, der immer noch wie ein Löwe im Käfig auf und ab marschierte: »Fest steht allerdings für uns, dass der Mörder, den die Kollegen in Bayern und den wir suchen, ein und dieselbe Person sein muss. Und – Herr Doktor Coman, – es *muss* irgendeine Verbindung zu Ihnen geben.« Baumanns Annahme fand allgemeinen Zuspruch und stilles Kopfnicken.

»Das ist naheliegend! Bloß, welche Verbindung soll das sein, und was verspricht der Täter sich davon, wenn er sich für mich ausgibt?« Pauls anfängliche Betroffenheit ging in Ratlosigkeit über. Einerseits war er erleichtert, dass sein Bruder ihn entlastet hatte, andererseits beschäftigte ihn die eigenartige Vorgangsweise des Mörders. Wie kam der Mörder ausgerechnet auf seine Person, und was bezweckte er damit?

»Keine Ahnung! Vielleicht benutzt er Sie, um Eindruck und Vertrauen bei den Frauen zu erwecken. Welche Frau kommt schon auf schlechte Gedanken, wenn es sich bei ihrem Datepartner um einen ehrbaren Anstaltspsychologen handelt? Oder vielleicht wollte er einfach nur eine falsche Spur legen und Verwirrung stiften.« Moser wusste selbst noch keine rechte Antwort darauf.

»Da gibt es noch einen anderen, ganz wesentlichen Punkt, der Sie sehr überraschen und interessieren wird, Herr Doktor Coman. Ihr Schützling, der Häftling Luca Giovanni, ist am Donnerstagabend von seinem Ausgang nicht wieder zurückgekehrt.«

»Was, der Luca?«, fragte Paul ungläubig nach und hoffte, Baumann nicht richtig verstanden zu haben.

»Ja, Luca Giovanni! Man hat versucht, Sie telefonisch davon in Kenntnis zu setzen, aber Sie waren nicht erreichbar.« Baumanns

Offenbarung schlug wie eine Bombe ein.

»Ich hatte Urlaub und hab das Handy ausgemacht«, rechtfertigte Paul sich.

»Sie hätten ohnehin nichts an der Sache ändern können. Die Fahndung ist unmittelbar nach Bekanntwerden rausgegangen. Bis jetzt allerdings ohne Erfolg.«

»Das ist ja unfassbar! Ich hätte schwören können, dass er mit der Sache nichts zu tun hat.« Paul stand der Schock ins Gesicht geschrieben. Er schüttelte immer wieder heftig den Kopf. »Es muss einen anderen Grund dafür geben, dass er nicht mehr in die Anstalt zurückgekehrt ist. Vielleicht ist ihm ja etwas zugestoßen?«

»Alles spricht leider gegen ihn. Es gibt, wenn auch nur vage, Zeugenaussagen, dass er am Donnerstag um die Mittagszeit auf dem Bahnhof in Prien gesehen worden sein soll, als er einen Zug nach Salzburg bestieg.«

»Auf dem Bahnhof in Prien …? Nach Salzburg …?« Fassungslos wiederholte Paul Baumanns Worte. »Dann hat mein lieber Freund, der Priester, also doch mit seiner Vermutung recht behalten.« Die Enttäuschung stand ihm deutlich ins Gesicht geschrieben. Niedergeschlagen nahm er wieder auf seinem Stuhl Platz.

»Welcher Freund?«, wollte Moser wissen und konnte sein Schlafbedürfnis kaum noch unterdrücken.

»Rolf Arnstett, er ist Seelsorger in der Haftanstalt und hat bereits nach dem zweiten Mord seine Bedenken angemeldet. Wir sind darüber fast in Streit geraten, weil ich nicht seiner Meinung war. Angeblich ist ihm aufgefallen, dass Luca Giovanni sich in letzter Zeit verdächtig und eigenartig benommen hat.«

»Haben Sie das den Kollegen in Bayern mitgeteilt?«, wollte Moser wissen.

»Dazu gab es keinerlei Veranlassung. Ich habe bei ihm ein derartiges Verhalten niemals bemerkt. Auch nicht nach dem letzten Gespräch vor seiner neuerlichen Einvernahme durch Ihre Kollegen. Im Gegenteil, seine Aussagen waren absolut glaubhaft.«

»Nur, wie es im Moment aussieht, dürften Sie sich in Ihrem Schützling gehörig getäuscht haben.« Für Kommissar Moser war es nicht ungewöhnlich, dass die kriminellen Typen, mit denen er es täglich zu tun hatte, logen, was das Zeug hielt, ohne dabei die Miene zu verziehen oder gar rot zu werden.

»Sieht ganz danach aus«, antwortete Paul betroffen und ließ den Kopf hängen. Er hoffte, dass die Befragung durch den Kommissar bald ein Ende nehmen würde.

»Warum hat Herr Arnstett seine Beobachtung nicht der Polizei gemeldet?«, hakte der Kommissar noch einmal nach.

»Erstens wurde er nie zu dieser Sache befragt oder miteinbezogen, und zweitens gab es ja keinerlei Beweise für seine Vermutungen. Er kennt den Häftling auch erst seit wenigen Monaten, und ein eigenartiges Verhalten allein rechtfertigt doch noch lange keine Anschuldigung.«

»Da haben Sie natürlich recht, Herr Doktor Coman. Trotzdem wäre es in diesem Fall vielleicht doch klüger gewesen, der Polizei die Beobachtungen zu melden.«

»Da muss ich meinem Kollegen allerdings beipflichten«, warf Moser ein. »Wenn es um Mord geht, ist jede noch so kleinste Beobachtung von größter Bedeutung.«

»Für mich hat Luca nach wie vor mit der Sache nichts zu tun, und eines schwöre ich, so wahr ich hier sitze: Wenn Luca Giovanni wirklich der Täter sein sollte, hänge ich meinen Beruf an den Nagel. Ich kann einfach nicht glauben, dass ich mich dermaßen in diesem Mann getäuscht haben soll.«

»Mein lieber Freund, wenn Sie wüssten, wie oft wir uns schon geirrt haben. Hinter den schönsten Fassaden verbergen sich oft die abartigsten Gestalten ...«, antwortete Moser desillusioniert und schielte müde auf die Kaffeemaschine. »Kann ich jetzt vielleicht doch einen Kaffee haben?«

»Aber sicher, Herr Kommissar!« Trotz der ernsten Situation musste Paul unweigerlich grinsen, als er bemerkte, dass der Kommissar die Augen kaum noch offen halten konnte. Auch sein junger Kollege war sonderbar still geworden, und so fragte er nicht lange, ließ zwei doppelte Espressi aus der Maschine und stellte sie vor die übermüdeten Beamten auf den Tisch.

Eine Weile saßen sich die vier schweigend gegenüber und rührten in den Tassen. Erst jetzt wurde Paul bewusst, dass er noch immer seinen Pyjama trug. Doch niemand schien davon Notiz zu nehmen, zu sehr waren ihre Gedanken mit dem Mordfall beschäftigt. Peinlich berührt, erhob er sich, murmelte eine Entschuldigung und entfernte sich aus der Küche. Wenig später gesellte er sich wieder, mit Blue Jeans und weißem Hemd bekleidet, zu den Wartenden. Noch immer sprachen sie kein Wort.

Moser genoss sichtlich seinen heißen Kaffee und schien über etwas nachzugrübeln. Schließlich brach er das Schweigen und sagte: »Ich finde einfach keine Erklärung dafür, warum der Täter sich dieses Mal an seinem Opfer nicht vergangen hat.«

»Kann ich vielleicht Einsicht in die Akte haben?«, fragte Paul.

»Aber sicher, Sie werden sie ohnehin in Kürze von den Bayern bekommen.« Moser reichte ihm die Unterlagen, lehnte sich in seinem Stuhl zurück und verschränkte die Arme vor der Brust.

Paul, der die Opferbeschreibung, der beiden anderen toten Frauen noch genau im Kopf hatte, studierte den Bericht. »Auf den ersten Blick scheint alles so wie bei den vorangegangenen Morden abgelaufen zu sein. Der geänderte Tatort ließe sich damit erklären, dass das Gebiet rund um die Haftanstalt ihm einfach zu unsicher geworden war. Fragt sich nur, wie er ausgerechnet auf dieses Gebiet hier gekommen ist?«

»Vielleicht ist es ihm ja vertraut.« Moser holte seine neue Lesebrille hervor, deren Anschaffung unvermeidbar gewesen war, entnahm eine weitere Akte aus seiner braunen Ledertasche und blätterte eifrig, bis er die gesuchte Stelle fand. »Aus dem Lebenslauf von Luca Giovanni geht hervor, dass dieser, bevor er nach Deutschland gegangen ist, drei Jahre in einer Pizzeria in Salzburg gearbeitet hat, und zwar im Süden der Stadt und nicht weit vom Tatort entfernt. Also kennt er sich in dieser Gegend wahrscheinlich aus.«

»Das würde zumindest erklären, wieso er sein Opfer in diesen Wald gelockt hat. So weit, so gut! Fest steht aber auch, dass es sich bei unserem Mann um einen Triebtäter handelt, dessen Motiv für die Tat eindeutig darin besteht, sich an seinen Opfern zu vergehen. Warum aber hat er dann diese Judith Weber nicht vergewaltigt, sie aber dennoch getötet?« Paul, dessen Vorstellungskraft trotz der erdrückenden Beweislage nach wie vor nicht ausreichte, Luca in der Täterrolle zu sehen, hatte Mühe, die mehr als schlüssigen Argumente des Kommissars bedingungslos hinzunehmen.

»Vielleicht wurde er dabei gestört und hat die Flucht ergriffen«, sagte Baumann.

»Nein, das glaube ich nicht! Sonst hätte er sie einfach liegen gelassen und nicht wie sonst auch unter einem Berg aus Laub und Reisig versteckt. Es muss etwas anderes gewesen sein«, erwiderte Moser.

»Vielleicht ist er ja später noch einmal an den Tatort zurückgekehrt«, warf André ein.

»Das wäre natürlich eine Möglichkeit.« Moser schlug den Deckel der Akte zu und schob seine leere Tasse von sich.

»Gibt es eigentlich schon Fotos aus der Gerichtsmedizin?«, fragte Paul.

»Ja, sie sind noch letzte Nacht gekommen.« Moser kramte abermals in seiner Aktentasche, fischte eine Mappe mit Fotos hervor und legte sie auf den Tisch.

Paul öffnete die Mappe, breitete das Bildmaterial vor sich aus und vertiefte sich eine Weile konzentriert darin. »Wenn ich diese Aufnahmen hier mit denen der beiden ersten Opfer vergleiche, fällt mir auf, dass es sich bei dieser Judith um einen gänzlich anderen Frauentyp handelt. Eigentlich entspricht diese Frau nicht seinem Beuteschema. Unser Mörder steht auf junge, sehr zierliche Frauen mit langen blonden Haaren und nicht auf in die Jahre gekommene stärkere Damen.«

»Auch dafür gibt es, so glaube ich, eine Erklärung. Judith Weber hat auf ihrem Profil bei der Partnerbörse ein ziemlich altes Bild hochgeladen, auf dem sie fast all diese Kriterien erfüllt, und auf diese ist er wohl auch hereingefallen. Nur die Wirklichkeit sah, wie uns ja nun bekannt ist, etwas anders aus. Sie war, wie sie ja eben selbst sehen konnten, mittlerweile relativ beleibt und wesentlich älter. Wie wir wissen, war sie bereits weit über vierzig und hatte mit dem von ihr hochgeladenen Bild nicht mehr wirklich viel gemein.« Baumann hatte das Gespräch nun in die Hand genommen, während sein Vorgesetzter genüsslich seine zweite Tasse heißen Kaffee trank.

»Das könnte doch auch der Anlass dafür gewesen sein, dass er sein letztes Opfer zwar halb ausgezogen, aber aufgrund der vor ihm entblößten Tatsachen dann doch nicht angerührt hat.« Moser fühlte sich nach dem Genuss des starken Kaffees bedeutend besser und war wieder ganz bei der Sache.

»Aber spätestens am Bahnhof müsste er doch bemerkt haben, dass sie ihn vorgeführt hat. Wenn diese Frau wirklich nicht sein Typ war, warum geht er dann überhaupt mit ihr in den Wald und bringt sie um?« Paul blickte fragend in die ratlosen Gesichter.

»Wahrscheinlich war sein Drang nach Befriedigung doch so übermächtig, dass er die geänderte Situation in Kauf genommen hat. Aber natürlich könnte ihn noch irgendetwas anderes irritiert haben, sonst hätte er sich an ihr genauso vergangen wie an den beiden anderen Opfern. Es fragt sich nur, was?« Baumann trank seinen Kaffee aus, und auch er bat um eine weitere Tasse.

»Aus psychologischer Sicht kann ich Ihre Annahme nur bestätigen, Herr Baumann! Nach mehrmaliger sorgfältiger Auseinandersetzung mit den beiden vorangegangenen Morden bin ich zu der Vermutung gekommen, dass er ein Problem haben könnte, die Frauen sterben zu sehen. Das würde auch die Art und Weise, wie er tötet, erklären. Sein Interesse liegt rein in der sexuellen Befriedigung und nicht darin, sie umzubringen. Ich glaube, damit sollten wir uns noch einmal genauer auseinandersetzen.« Paul hatte sich in den letzten Wochen lange genug mit der Erstellung des Täterprofils in Zusammenarbeit mit dem BKA und der Gerichtsmedizin herumgeschlagen, um diese Aussage nun guten Gewissens vertreten zu können.

»Das erklärt aber noch immer nicht, warum er diese Judith Weber umgebracht, aber nicht missbraucht hat«, entgegnete Moser.

»Entschuldigung, wenn ich mich hier einmische, aber warum stellt ihr dem Typen nicht einfach eine Falle?« André hatte es sich auf der Ofenbank vor dem Kachelofen gemütlich gemacht und die Diskussion aufmerksam verfolgt. Nun erhob er sich, ging auf die drei Männer zu und setzte sich neben seinen Bruder an den Esstisch.

»Wie meinen Sie das«, fragte Baumann aufhorchend und legte die Stirn in Falten.

»Nun, es könnte doch eine geeignete Person versuchen, über die Partneragentur Kontakt mit dem Täter aufzunehmen. Wir wissen ja mittlerweile, auf welchen Frauentyp er steht. Vielleicht beißt er ja an«, unterbreitete André seinen Vorschlag. »Anzunehmen wäre es, nachdem er dieses Mal nicht zum Zug gekommen ist. Er wird höchstwahrscheinlich über kurz oder lang wieder zuschlagen. Oder liege ich da falsch?«

»Nein, da liegen Sie absolut richtig. Die Idee ist nicht einmal so abwegig.« Baumann zupfte an seinem Ziegenbärtchen und war plötzlich hellwach.

»Die Idee Ihres Bruders ist wirklich nicht schlecht. Die Frage ist nur, wie wir an einen geeigneten Lockvogel kommen? Was, wenn die Aktion schiefgeht? Wir können doch nicht einfach das Leben einer unschuldigen Person aufs Spiel setzen. Das wäre leichtsinnig, verantwortungslos und vor meinem Vorgesetzten nicht vertretbar.« Trotz seiner Bedenken konnte auch der Kommissar Andrés Überlegung sichtlich etwas abgewinnen, hatte aber ein ungutes Gefühl bei dem Gedanken daran, welcher Gefahr er den Lockvogel bei diesem Einsatz aussetzen würde. »Ich werde mir die Sache durch den Kopf gehen lassen.«

»Aber das wäre doch die Chance, an den Täter heranzukommen. Einen Versuch wäre es allemal wert«, mischte Paul sich nun ein.

»Zumindest wäre es eine Möglichkeit. Wir könnten uns gezielt über die Partneragentur an ihn heranmachen. Vielleicht steigt er ja darauf ein.« Moser stieß einen Seufzer aus. »Aus dieser Sicht wäre die Idee mit dem Lockvogel doch eine gute Gelegenheit, um seine Aktivitäten zu verfolgen und um einen weiteren Mord zu verhindern.« Mosers Argumente waren einleuchtend, und so nickten die drei anderen seinen Ausführungen zu.

»Dann lasst es uns versuchen.« Baumann erhob sich voller Tatendrang. Von seiner Müdigkeit war nichts mehr zu bemerken.

»Also gut«, antwortete Moser nach kurzer Überlegung. »Wir werden die Sache, wie besprochen, in Angriff nehmen, aber ich muss Sie dringend um etwas bitten, meine Herren. Um den Einsatz nicht zu gefährden und unseren Lockvogel keinem Risiko auszusetzen, darf kein einziges Wort, was hier heute zwischen uns gesprochen wurde, nach draußen dringen. Haben Sie mich verstanden? Niemand darf davon wissen, weder Freunde noch Familienangehörige, auch wenn sie noch so vertrauenswürdig sind. Niemand! Ich muss mich in dieser Sache absolut auf Sie verlassen können.«

Paul und André nickten ernst. »Das ist doch selbstverständlich«, antworteten sie synchron, ergriffen die ihnen zum Handschlag gereichten Hände und besiegelten den Pakt.

Als die beiden Beamten endlich aufbrachen, stand die Sonne bereits hoch am Himmel und tauchte den herbstlichen Garten in ein buntes Licht. Ihre Strahlen erwärmten die Luft so kräftig, dass es den Anschein hatte, der Sommer wäre noch einmal zurückgekehrt. Nur die welken Blätter, die noch auf den Bäumen und Büschen verblieben waren, und die verdorrten Gräser und Pflanzen erinnerten daran, dass sich das Jahr langsam zu Ende neigte. Einzig die letzten Blüten der blauviolett leuchtenden Zwergastern durchbrachen da und dort noch das öde Braun der Blumenrabatten.

Kommissar Moser zog das Gartentor, das ein leises Quietschen von sich gab, hinter sich zu und wandte sich an seinen jungen Kollegen, der bereits die Wagentüre des Zivilfahrzeuges geöffnet hatte und gerade Anstalten machte, sich hinter das Steuer zu setzten. »Ich glaube, jetzt können wir uns für ein paar Stunden aufs Ohr legen.«

»Das glaube ich auch, und danach machen wir uns daran, unserem Mörder ein hübsches, blondes, zierliches Mädchen genau nach seinem Geschmack zu präsentieren.« Baumann nickte seinem Vorgesetzten zu und grunzte zufrieden.

»Hast du schon eine Idee, wo wir fündig werden könnten?«, fragte Moser und zog seine Stirn zu dicken Falten hoch.

»Ich überlege schon die ganze Zeit, ob eine unserer Damen aus der Abteilung sich als Köder eignen könnte ...« Baumann ging im Geiste alle weiblichen Kolleginnen zwischen achtzehn und fünfundzwanzig durch, die den Anforderungen des Täters entsprechen könnten.

»Das meinst du wohl nicht ernst, oder? Also, ich wüsste nicht, welche der Frauen sich für diesen Einsatz eignen würde. Die meisten unserer Damen sind genau das Gegenteil von dem, was wir suchen.«

»Das ist mir bekannt.« Baumann grinste und steckte den Autoschlüssel ins Zündschloss. »Da könnte noch ein erhebliches Problem auf uns zukommen. Was hältst du von der Kleinen aus dem dritten Stock?«

»Welche Kleine aus dem dritten Stock?« Moser fuhr sich durch das borstig abstehende Haar, das dringend einen frischen Schnitt nötig hatte oder wenigstens eine tägliche Wäsche. Aber für beides fehlte ihm aufgrund des dringlichen Falles die erforderliche Zeit. So versuchte er, wenigstens mit den Fingern ein wenig Ordnung in den Wirrwarr seiner Frisur zu bringen.

»Du weißt schon, der Neuzugang mit der großen Oberweite. Die sieht doch ganz adrett aus.«

»Du scherzt wohl. Die junge Frau ist alles andere als mädchenhaft und zierlich, sondern eher burschikos und sportlich. Ich denke nicht, dass unser Mörder auf diesen Typ steht.«

»Wie wäre es mit der Praktikantin aus der Gerichtsmedizin?« Baumann lachte anzüglich. »Die ist doch ein richtiges Rasseweib. Zwar mindestens einen Meter achtzig groß, aber blond, wenn auch gefärbt.«

»Red keinen Unsinn, und fahr schon los, ich will endlich ins Bett!« Moser gähnte herzhaft, lehnte sich in seinem Sitz zurück und schloss die Augen. Er war todmüde, aber auch mit sich und seinen Ermittlungen zufrieden. Aus der anfänglich doch sehr unangenehmen Mission hatte sich ein äußerst konstruktives Gespräch zwischen den vier Männern entwickelt, die alle ein einziges Ziel vor Augen hatten: den Mörder so schnell wie möglich zu fassen ...

12

»Jetzt hast du endlich den Beweis! Du wolltest ja nicht wahrhaben, dass dieser Luca alles andere als das Unschuldslamm ist, für das du ihn die ganze Zeit gehalten hast.« Mit diesen Worten betrat Rolf Arnstett am Montagvormittag der zweiten Novemberwoche den Arbeitsraum seines Freundes Paul Coman. In der erhobenen Hand schwenkte er aufgebracht einen Bericht der Gefängnisleitung, den er unsanft vor Paul auf den Schreibtisch fallen ließ.

Paul blickte überrascht von seiner Arbeit auf, legte den Stift beiseite und musterte seinen Freund. Nach langer Zeit fühlte er sich zum ersten Mal wieder erholt und ausgeglichen. Die Urlaubswoche und die Gespräche mit seinem Bruder hatten ihm gutgetan und ihm geholfen, seinen aufgestauten Frust, seine Ängste und seine Verletzungen loszulassen. Er verspürte wieder so etwas wie Hoffnung in sich aufkeimen. Hoffnung, dass die tiefen Wunden, die der Verlust von Esther hinterlassen hatte, heilen und auch der Schmerz mit der Zeit verblassen würde. Auch der aggressive Ton, mit dem Rolf ihn jetzt mit Lucas Akte konfrontierte, brachte ihn nicht aus der Ruhe.

»Von welchem Beweis sprichst du denn?«, fragte Paul verwundert und lehnte sich in seinem Stuhl zurück.

Ohne auf Pauls Frage einzugehen, fuhr Rolf mit seinen Anschuldigungen fort. Gereizt schnappte er nach Luft. Seine Nasenflügel bebten. »Diese Frau hätte nicht sterben müssen! Warum, in Herrgotts Namen, hat man Luca überhaupt wieder Ausgang gewährt, wenn er bereits unter Verdacht stand, mit der Sache etwas zu tun zu haben?«

»Nun beruhige dich doch erst einmal. Es steht doch noch gar nicht fest, dass Luca der Täter ist, und ein Verdacht ist schnell ausgesprochen.« Paul legte seine Hand auf den Arm des Priesters und zwang ihn, sich auf den Stuhl neben seinem zu setzen.

»Jetzt bin ich mir absolut sicher, dass nur Luca der Mörder sein kann. Warum hat man ihn nicht wenigstens bis zur Klärung der Morde unter Verschluss gehalten? Verstehst du, Paul, diese Judith Weber könnte noch leben!« Rolf schnaubte aufgeregt und beobachtete Paul aus den Augenwinkeln heraus, als er bemerkte, dass dieser sich abwandte und nachdenklich vor sich ins Leere blickte.

»Paul? Sag mal, hörst du mir überhaupt zu?«, fragte der Priester in einem anklagenden Ton, den Paul nicht ausstehen konnte.

»Aber natürlich höre ich dir zu«, antwortete Paul gelassen.

»Dann ist der Kerl auch noch so dreist und benutzt deine Identität, und du sitzt hier seelenruhig herum und starrst Löcher in die Luft, während da draußen ein Mörder frei herumläuft.«

Paul erhob sich von seinem Stuhl, setzte sich auf die Schreibtischkante und antwortete mit bedächtiger Stimme: »So leicht können wir uns die Sache nicht machen. Erstens hat der Täter nur den gleichen Namen und Beruf gewählt, das könnte auch ein Zufall sein, und zweitens gibt es bis jetzt keinen einzigen stichhaltigen Beweis, dass Luca Giovanni irgendetwas mit der Sache zu tun hat. Ich glaube nach wie vor, dass Luca mich nicht angelogen hat.«

»Mag sein, dass er nicht gelogen hat, aber vielleicht hat er dir die Wahrheit einfach vorenthalten. Warum willst du dir nicht endlich eingestehen, dass du dich in ihm getäuscht hast? Dass du einem Wolf im Schafspelz auf den Leim gegangen bist!«

»Das muss sich erst herausstellen«, antwortete Paul mit stoischer Ruhe.

»Herausstellen?«, wiederholte Rolf. Die Gelassenheit seines Freundes brachte ihn in Rage. »Begreif doch endlich, er hat dir ein Theater vorgespielt, ein *italienisches Drama*, und du bist darauf hereingefallen. Ich hab von Anfang an bemerkt, dass er es mit der

Wahrheit nicht so wörtlich nimmt und genau versteht, wie man Mitleid schindet. Natürlich, du wirst jetzt denken, als Priester darf ich nicht so sprechen, aber von ihm geht große Gefahr aus, und da kann ich doch nicht so einfach Augen und Ohren verschließen. Für mich steht außer Zweifel, dass Luca diese Frauen auf dem Gewissen hat, und er wird nicht aufhören zu töten, solange er da draußen frei herumläuft!«

»Ohne Beweise kann man ihm aber nichts anhaben. Also bitte, lass die Beamten doch erst einmal in Ruhe ihre Arbeit machen. Vielleicht führt die Spur ja ganz woanders hin.« Paul setzte sich wieder an seinen Schreibtisch, nahm einen Schluck aus dem Wasserglas und machte Anstalten, seine Arbeit wieder aufzunehmen.

»Ich verstehe dich einfach nicht! Wie kannst du nur so gelassen bleiben? Es macht mich wahnsinnig zu sehen, mit welcher Gleichgültigkeit du reagierst, so als würde dich diese Sache nichts angehen. Als würden dir diese armen getöteten Geschöpfe nichts bedeuten.« Die Lippen des Priesters bebten, seine Wangen waren von einer tiefen Röte überzogen. Seine sonst übliche Besonnenheit wich einem unbändigen Zorn. Er hatte sich sichtlich nicht mehr im Griff und ließ seinen Gefühlen freien Lauf.

»Rolf, bitte, reiß dich zusammen! So kenne ich dich ja gar nicht. Natürlich kann ich verstehen, dass dir das alles sehr nahegeht. Glaube mir, auch mich lässt der Fall keineswegs kalt, aber ich denke realistisch und gebe mich nicht irgendwelchen Spekulationen und Vermutungen hin.« Paul füllte sein Glas erneut aus der Karaffe auf und bot auch Rolf Wasser an, das dieser jedoch kopfschüttelnd ablehnte.

»Kein Wunder, du weißt ja auch noch nicht alles. Hier, lies, dann wirst du deine Meinung schon noch ändern! Es ist eine Menge passiert, während du weg warst.« Rolf öffnete die Akte und tippte mit seinem Zeigefinger auf ein Blatt, das zuoberst abgelegt war. »Luca

Giovanni ist von seinem Ausgang nicht wieder zurückgekehrt, das *sind* der Beweis und eine Tatsache! Damit hast du wohl nicht gerechnet.« Rolf hielt nach seiner vermeintlichen Eröffnung einen Moment inne und wartete gespannt auf Pauls Reaktion. Als nichts dergleichen geschah, sprang er von seinem Stuhl hoch und lief aufgeregt im Zimmer auf und ab. Nach einer Weile blieb er abrupt vor Paul stehen und fragte enttäuscht: »Warum sagst du nichts? Hat es dir die Sprache verschlagen?«

»Du erzählst mir damit nichts Neues.« Paul blickte Rolf mit ernster Miene, aber ohne jede Regung in die Augen, klappte die Akte wieder zu und schob sie von sich. Bei dem Gedanken daran, dass Rolf vielleicht recht haben könnte und er sich doch in Luca geirrt haben könnte, beschlichen ihn für einen kurzen Augenblick Enttäuschung, aber auch Angst und Wut. Enttäuschung, weil er für Luca seine Hände ins Feuer gelegt hatte, und Angst, weil vielleicht durch seine Fehleinschätzung ein weiteres Opfer sein Leben lassen musste. Und die Wut war der stille Begleiter der Ungewissheit.

»Was soll das heißen?«, fragte Rolf überrascht.

»Das soll heißen, dass mir der Umstand bereits bekannt war, dass Luca Giovanni von seinem letzten Ausgang nicht mehr zurückgekehrt ist«, antwortete Paul.

»Aber du bist doch erst heute aus dem Urlaub zurückgekehrt. Wie kannst du da wissen, dass Luca das Weite gesucht hat?«

»Ich hatte bereits in meinem Urlaub das Vergnügen. Zwei Beamte vom Morddezernat Salzburg haben mir am Samstag um sechs Uhr morgens ihre Aufwartung gemacht und mich befragt, ob ich für die Tatzeit ein Alibi hätte, weil, wie du ja mittlerweile weißt, der Mörder sich ein Stück meiner Identität bedient hat.«

Rolf musterte seinen Freund einen Moment provokant und fragte dann mit hochgezogenen Augenbrauen: »Du hast doch nicht etwa etwas mit der Sache zu tun?«

»Bist du jetzt total verrückt geworden?«, stieß Paul nun entrüstet hervor.

»Tut mir leid, was ich da soeben gesagt habe. Ist mir halt so rausgerutscht. Du kennst ja mein vorlautes Mundwerk«, verteidigte Rolf sich kleinlaut.

»Da könnte ich ja ebenso dich verdächtigen. Außerdem habe ich ein einwandfreies Alibi.«

»Du konntest ein Alibi vorweisen?«, fragte Rolf überrascht.

Paul starrte den Priester immer noch entsetzt an. »Natürlich konnte ich das! Zum Glück ist mein Bruder von seinem Auslandsaufenthalt zurückgekehrt. Wir haben die ganze Woche zusammen verbracht.«

»Oh, das wusste ich ja gar nicht«, antwortete Rolf erstaunt und horchte auf. »Ich dachte, du hättest dich für eine Weile zurückgezogen. Warum hast du mir nichts von seiner Heimkehr erzählt?«

»Muss ich das denn?«

»Ich wäre gerne vorbeigekommen, um ihn kennenzulernen.«

»Das kannst du auch jetzt noch tun«, antwortete Paul kurz angebunden und war immer noch verärgert über die gedankenlose Frage und die Neugierde des Priesters.

Aber so war er eben. Auf der einen Seite liebenswert, fürsorglich, verständnisvoll und bis zur Selbstaufgabe hilfsbereit, auf der anderen Seite bei jeder Kleinigkeit aufbrausend, impulsiv und bekannt dafür, dass seine Zunge Dinge aussprach, die noch nicht durch die Zensur seines Gehirns gegangen waren. Dass er damit des Öfteren gewaltig aneckte und Menschen vor den Kopf stieß, was er hinterher zwar sofort wieder zutiefst bedauerte, war eine logische Folgerung.

»Dann bist du ja Gott sei Dank raus aus der Sache. Stell dir vor, du hättest kein Alibi gehabt, dann würdest du jetzt auch zum Kreis der Verdächtigen zählen«, gab Rolf ernsthaft zu bedenken.

»Damit, dass ich ein hieb- und stichfestes Alibi habe, hat derjenige, der versucht hat, mir den Schwarzen Peter zuzuschieben, wohl nicht gerechnet. So, und nun hör endlich auf, so einen Unsinn zu erzählen, und überleg gefälligst das nächste Mal, bevor du wieder solche Äußerungen loslässt und beleidigend wirst.«

»Entschuldige bitte. Du weißt, dass ich das nicht böse gemeint habe. Manchmal geht einfach der Gaul mit mir durch.« Betreten wich er Pauls strengem Blick aus, als er seine Abbitte vorbrachte. »Irgendwie zerrt die Sache an meiner Objektivität und vielleicht auch ein wenig an meinem Verstand.« Rolf grinste verlegen. »Ich bin eben auch nur ein Mensch. Es wird nicht wieder vorkommen.«

»Das will ich hoffen. Ich habe jetzt genug mit dem neuen Mordfall zu tun und keine Lust, mich mit dir weiter über dieses Thema auseinanderzusetzen.«

»Was will man denn noch von dir?«, fragte Rolf neugierig.

»Hm, es gibt da so ein paar Dinge, bei denen mich die Kriminalisten um meine Unterstützung gebeten haben ...« Paul hielt zögerlich inne, als ihm sein Versprechen gegenüber den beiden Beamten einfiel, vor niemandem etwas über deren Pläne zu erwähnen.

»Bei der Suche nach Lucas möglichem Aufenthaltsort?«

»Ja, das auch, aber nach ihm wird ja bereits gefahndet ...«

»Nun lass dir doch nicht alles aus der Nase ziehen«, drängelte Rolf weiter.

Paul kam sich reichlich dumm dabei vor, das geplante Vorhaben der Kriminalbeamten auch vor dem Priester verschweigen zu müssen. Er war überzeugt, dass Rolf sein Vertrauen niemals missbrauchen und das ihm Anvertraute für sich behalten würde. Schließlich war er ein Kirchenmann und gottesfürchtig. Geheimnisse dieser Art wären bei ihm wohl am besten aufgehoben. Keine einzige Silbe von dem, was er ihm damals über Esther anvertraut hatte, war je nach außen gedrungen. Aber er hatte nun einmal sein Versprechen gegeben, über die Strategie Stillschweigen zu bewahren.

Mit der knappen Erläuterung: »Es geht um nichts von Bedeutung. Nur der übliche Kram. Ein paar Einschätzungen, Auswertungen und so … Na ja, so ähnlich wie beim letzten Mal. Du weißt schon …«, versuchte er, die Neugierde seines Freundes zu befriedigen und sich aus der unangenehmen Situation zu befreien.

Rolf hob die Augenbrauen und blickte Paul misstrauisch an. »Das ist alles? Warum machst du dann so ein Geheimnis daraus?«

»Ich unterliege eben wie auch du der Schweigepflicht. Das müsstest du doch am besten verstehen.«

»Aber ja, natürlich verstehe ich das …«, antwortete Rolf gedehnt und nickte geistesabwesend mit dem Kopf. Er schien nachzudenken und fuhr schließlich fort: »Trotzdem würde ich gerne wissen, was die Kriminalisten unternehmen, um den Fall zu klären. Immerhin belastet auch mich diese Angelegenheit aufs Äußerste, und ich möchte nicht, dass noch weitere Personen zu Schaden kommen. Vielleicht kann ich auch meinen Teil dazu beitragen, damit man den Täter endlich fasst.«

»Der Täter steht für dich doch schon längst fest. Wenn du dir so sicher bist, nimm dir Lucas Akte doch noch einmal vor.«

»Das habe ich schon mehrmals getan. Dass er gelogen hat, liegt durch sein Verschwinden jetzt ganz klar auf der Hand. Viel wichtiger ist doch, ihm endlich die Morde nachzuweisen, damit das Ganze so rasch wie möglich ein Ende nimmt.« Rolf ging auf das grüne Sofa zu und setzte sich. In seinem schwarzen Anzug mit dem weißen Priesterkragen wirkte er ehrfürchtig und seriös, ja, fast ein wenig bieder.

Paul musste innerlich lachen. Er stellte sich Rolf in Jeans und Poloshirt vor und fand, dass ihm diese Art Aufmachung eigentlich besser zu Gesicht stehen und zu ihm passen würde als dieses fromme Gewand. Aber diesen legeren Style ließ die Kleiderordnung der Kirche wohl in seiner Position nicht zu. Zum Glück blieb er davon verschont, jeden Tag in der langen schwarzen Soutane herumlaufen zu müssen, die früher obligat war, obwohl er diese, wie ihm sein Freund versicherte, mittlerweile gerne trug.

»Sag mal, wie bist du eigentlich auf die Idee gekommen, Priester zu werden? Hattest du nie Sehnsucht nach einer Frau, nach Kindern und einer Familie verspürt? Du bist ein attraktiver Mann, da muss dir doch in den letzten Jahren so manche hübsche Frau über den Weg gelaufen sein, die diesen Wunsch in dir geweckt haben könnte. Oder gibt man beim Eintritt ins Priesterleben seine Identität an der Pforte einfach ab, um sich bedingungslos der vom Klerus verordneten Kirchengesetze zu unterwerfen? Kann man überhaupt die uns in die Wiege gelegten Sehnsüchte und menschlichen Bedürfnisse so ohne Weiteres ignorieren und nur noch in Enthaltsamkeit leben?«

Paul interessierten die Antworten auf seine Fragen brennend. Er für seinen Teil konnte sich nicht vorstellen, dauerhaft auf den Genuss erfüllter Sexualität, körperlicher Nähe und Zärtlichkeit mit einer geliebten Partnerin verzichten zu müssen. Er kannte dieses Gefühl der schmerzhaften Leere, das auch Esther in ihm zurückgelassen hatte, nur allzu gut, und er wollte sich erst gar nicht ausmalen, diesen Zustand als ständigen Begleiter im Gepäck zu haben.

Paul drängte sich die Frage auf, wie ein junger gesunder Mann wie Rolf dieses Mönchsleben, das die Obrigkeit der Kirche ihren Priestern aus reiner Willkür aufzwang, ein Leben lang aushalten konnte, ohne dabei psychischen Schaden zu nehmen. War es vielleicht nur geweihten Gottesmännern möglich, die uns von Natur aus gegebenen Gefühle und Bedürfnisse auszublenden und abzutöten?

In der Bibel hatte Paul bislang noch keine Stelle gefunden, die vorschrieb, dass ein Diener Gottes auf Weib und Kind verzichten müsste. Allerdings musste er sich auch eingestehen, dass die Beschäftigung mit dieser Lektüre noch nicht ausreichend genug gewesen war, um mit Gewissheit sagen zu können, dass sich dieser Passus nicht doch noch irgendwo versteckt hielt.

»Willst du das wirklich wissen?«, fragte Rolf überrascht und riss Paul aus seinen Gedanken. Er blickte seinen Freund ungläubig an und meinte, sich verhört zu haben. »Bis jetzt hat sich noch niemand für meine Belange und Beweggründe interessiert.«

»Aber natürlich interessiert mich, was dich zu diesem Schritt bewogen hat und wie du persönlich diese Thematik für dich gelöst hast.«

Rolfs Blick bewölkte sich. Er seufzte und schien zu überlegen, ob er sich seinem Freund anvertrauen sollte. Schließlich aber machte er es sich auf dem grünen Sofa bequem wie ein Patient, der seine Therapiestunde absolvierte.

»Außerdem hatte ich noch nie Gelegenheit, einen Priester direkt zu fragen.« Paul grinste breit. »Und da du mein Freund bist, ergibt sich dadurch eine wunderbare Chance für mich, meinen Horizont in dieser Richtung noch ein wenig zu erweitern.«

»Das ist aber eine etwas längere Geschichte ...«, versuchte Rolf, Paul vorzuwarnen. Doch als dieser ihm aufmunternd zunickte, begann er schließlich zu erzählen ...

»Eigentlich hatte ich eine sehr schöne Kindheit. Ich wuchs auf einem großen Bauernhof in der Nähe von Freistadt auf. Meine Eltern waren streng katholisch, und so war auch die Erziehung meiner sechs Geschwister und mir von tiefer Gläubigkeit geprägt. Sah man vom Zwang durch meine Eltern, die Religiosität übertrieben aktiv zu praktizieren, ab, genoss ich alle Freiheiten, die man sich als

Junge nur wünschen konnte. Was ich zu diesem Zeitpunkt allerdings noch nicht wusste, war, dass meine Eltern bereits über meine Zukunft wie auch schon zuvor über die einer meiner Schwestern entschieden hatten.

Es war im Mai, an meinem zehnten Geburtstag, als meine Eltern mir feierlich eröffneten, welche Pläne sie gefasst hatten. Mit ernster Miene trat mein Vater vor mich hin, legte mir seine Hände auf die Schultern und schaute mich mit einem Blick an, von dem ich wusste, dass er keinen Widerspruch duldete. Bis heute sind mir seine Worte in Erinnerung geblieben! Er sagte: ›Mein Junge, du bist von meinen drei Söhnen jener, der für die Landarbeit am wenigsten geschaffen ist. Du bist feingliedrig und sensibel wie ein Mädchen, bedächtig und duldsam in deinem Verhalten und von stiller zurückhaltender Art. Aber du bist auch der intelligenteste von euch drei Brüdern, und darum haben deine Mutter und ich beschlossen, so wie die alte Familientradition auf unserem Hof es vorsieht, dass du derjenige sein sollst, der sein Leben in den Dienst der Kirche stellen darf. Ab Herbst wirst du auf ein Gymnasium in der Stadt gehen und danach das Lyzeum besuchen, um die Ausbildung zum Priester zu absolvieren‹, schloss er mit feierlicher Miene.

Ich wusste in diesem Moment zwar noch nicht um die genaue Bedeutung und die ganze Tragweite seiner Worte, dennoch spürte ich, dass meinem jungen Leben eine gravierende Änderung bevorstand, die nicht mehr abzuwenden war. Die derben Hände meines Vaters, die immer noch auf meinen schmächtigen Schultern ruhten und mit deren hartem Griff er seinen Worten Nachdruck verlieh, lasteten wie eine schwere Bürde auf mir. Still und ehrfürchtig, weil ich Angst vor seiner strengen Hand hatte, bedankte ich mich für mein Geburtstagsgeschenk, im Glauben, dass alles, was unter dem Namen Gottes angeordnet wurde, richtig und erstrebenswert sein müsste.

Daran, dass mit diesem *Geschenk* aber auch verbunden war, dass ich mein Elternhaus, um ins Internat zu gehen, im Herbst verlassen musste und dass dadurch auch meine unbeschwerte Kindheit ein jähes Ende nehmen würde, dachte ich in diesem Augenblick noch nicht. Und als meine älteste Schwester mir mit gutem Beispiel voranging, indem auch sie dem Wunsch meiner Eltern entsprach und ihr Leben in einem Kloster mit großer Freude in den Dienst Gottes stellte, vertraute ich und nahm mein Schicksal ohne Murren hin.

Als meine Schwester den Hof verließ, drückte sie mich fest an sich und meinte, dass ich dankbar und glücklich über die Entscheidung unserer Eltern, mich für Höheres auserwählt zu haben, sein müsste, weil mir dadurch die schwere körperliche Arbeit auf dem Hof oder die eines Handwerkers erspart bleiben würde.

Im Spätsommer des gleichen Jahres war es dann so weit. Meine Mutter umarmte mich ein letztes Mal, malte mir ein Kreuz auf die Stirn und schob mich auf die Rückbank des alten, aber tadellos gepflegten Mercedes meines Vaters. Mit Wehmut und Tränen in den Augen nahm ich Abschied, um dem Ruf Gottes zu folgen.

Das Leben im Internat, das der katholischen Kirche unterstellt war, gestaltete sich in meiner Erinnerung alles andere als kindgerecht und übertraf die strengen Erziehungsmethoden meiner Eltern bei Weitem.« Rolf unterbrach für einen Moment seine Erzählung. Es bereitete ihm sichtlich Überwindung weiterzusprechen.

»Außer an schmerzhafte Züchtigungen, erzieherische Lieblosigkeiten, verachtende Bestrafungen und …« Der Priester räusperte sich und stockte erneut. Nach einer Weile fuhr er wieder fort. Der Tonfall in seiner Stimme war leise und gequält.

»An alles andere will ich mich nicht mehr erinnern. Damals dachte ich, dass Gott mir eine Prüfung auferlegt hätte, um festzustellen, ob ich für das Priesteramt geeignet wäre. Also ertrug ich in Demut und Tapferkeit meinen Schmerz und mein Heimweh und schwieg beharrlich gegenüber meinen Eltern, wenn sie mich bei ihren seltenen Besuchen nach meinem Befinden fragten, denn ich wusste, wenn den Erziehern nur die leiseste Kritik zu Ohren gekommen wäre, hätte ich mit noch schwereren Maßregelungen und Misshandlungen zu rechnen gehabt, als ich sie ohnehin schon zu ertragen hatte.

Mit der Zeit stellte sich eine eigenartige Apathie in mir ein, und ich ließ alle sogenannten erzieherischen Maßnahmen an mir abprallen und erlittene Demütigungen teilnahmslos über mich ergehen. Heute denke ich oft, ohne dieses betäubende Phlegma, das ich mir in meiner Internatszeit zugelegt hatte und das mir die Unterdrückung meines jugendlichen Aufbegehrens und Trotzes ermöglichte, hätte ich diese schwere Lebensphase nicht überstanden. Aber trotz meiner äußerlichen Gleichgültigkeit blieb mein Geist wach und machte mir eines unmissverständlich deutlich; je näher das Jahr der Abschlussprüfung rückte, desto klarer wurde mir: Ich wollte niemals Priester werden.

Doch wie im Leben so oft kam alles anders als gewollt. Es war Mitte Februar und ich in meinen Abiturvorbereitungen, als mein Vater schwer erkrankte. Kurz bevor es mit ihm zu Ende ging, rief man mich an sein Sterbebett. Als ich eintraf, führte man mich unverzüglich in das elterliche Schlafzimmer. Der Raum war abgedunkelt und nur durch Kerzenlicht schwach beleuchtet. Am Fußende des Bettes, in dem mein Vater lag, standen meine Geschwister und beteten, während der Dorfpfarrer die letzte Ölung vorbereitete. Meine Mutter kniete mit gefalteten Händen und Rosenkranz betend neben dem Kopfende und weinte.

Als der Geistliche seinen letzten Dienst an dem Sterbenden beendet hatte, rief mein Vater mich mit letzter Kraft und schwindender Stimme zu sich und sagte: ›Mein Sohn, du musst mir hier vor allen versprechen, dass du meinem Wunsch nachkommst und

Priester wirst.‹ Er blickte mich mit flehenden Augen an, so als hätte er geahnt, dass ich meine Meinung geändert hatte. ›Versprich es mir … meine Zeit geht bald zu Ende …‹, wiederholte er schwach seine Bitte. Alle Blicke waren erwartungsvoll und streng auf mich gerichtet und gaben mir unmissverständlich zu verstehen, was von mir erwartet wurde. Und so versprach ich ihm auf seinem Totenbett und vor den Augen meiner Familie und des Pfarrers, dass ich seinen Letzten Willen respektieren würde. Ich hörte hinter meinem Rücken das erleichterte Raunen der Anwesenden und sah, wie ein zufriedenes Lächeln über das vom Tod gezeichnete Antlitz meines Vaters huschte. Er nahm meine Hände in die seinen und drückte sie, um den erzwungenen Pakt zu besiegeln. Dann verließen die letzten Kräfte ihn, und er starb.

Vier Monate später, nachdem ich das Abitur mit Auszeichnung bestanden hatte, kehrte ich auf den elterlichen Hof zurück und war überzeugt davon, dass ich aufgrund meiner guten Leistungen mit Nachsicht in Bezug auf das unfreiwillig gegebene Versprechen rechnen konnte. Meine beiden Brüder hatten inzwischen den Hof übernommen und teilten sich die Arbeit auf der großen Landwirtschaft. Meiner zweitältesten Schwester fiel nun die Hausfrauenrolle zu. Sie kümmerte sich rührend um die beiden jüngsten Mädchen im Haus, die sich noch in der Ausbildung befanden, da meine Mutter seit dem Tod meines Vaters kränkelte und sich immer mehr zurückzog, um ihre Gebete zu verrichten. Manchmal war sie für Stunden nicht mehr auffindbar, und wenn wir nach ihr suchten, fanden wir sie am Grab meines Vaters oder in der Kirche.

Ich hoffte, dass meine Mutter mit der Zeit wieder in ihr altes Leben zurückfinden würde, und ich hoffte auch, dass ich ihr begreiflich machen könnte, dass ich für das Amt des Priesters nicht geschaffen war. Aber in dieser Hoffnung hatte ich mich gewaltig geirrt.

Als ich eines Morgens meiner Mutter beim Frühstück vorsichtig beizubringen versuchte, dass ich mich nicht zum Priester berufen fühlte und mich die Einlösung meines Versprechens in große Gewissenskonflikte stürzen und mich unglücklich machen würde, stieß ich auf eine Seite bei ihr, die mir gänzlich fremd war. Ich wusste zwar von meinen Geschwistern, dass sie sich verändert hatte, rechnete aber nicht damit, dass aus der einst so warmherzigen und verständnisvollen Frau eine verbitterte, engstirnige, bigotte Gottesanbeterin geworden war, die ihre Belange rücksichtslos durchsetzte.

So auch an diesem Morgen. Meine Mutter, von der ich noch nie ein lautes Wort gehört hatte, strafte mich mit einem strengen Blick und erhob die Stimme: ›Wage es nicht, dich den Anordnungen deines Vaters zu widersetzen, oder willst du, dass wir bei der Kirche in Ungnade fallen und deinen Geschwistern ihr Erbe verloren geht? Willst du, dass man uns verachtet und schmäht, weil du wortbrüchig geworden bist?‹

Ich fragte sie verwundert, warum denn in Ungnade fallen und was das Ganze mit dem Erbe zu tun hätte? Ihre Antwort war niederschmetternd. Mein Vater hatte in seinem Testament niedergeschrieben, dass, sollte ich seinem Wunsch, mein Leben in den Dienst der Kirche zu stellen, nicht nachkommen, meine Geschwister nur den gesetzlichen Pflichtteil erben würden und der Hof und die Ländereien der Kirche zufallen würden. – Heute bin ich mir nicht sicher, ob dieser Pakt nicht sittenwidrig war und einer amtlichen Überprüfung überhaupt standhalten würde.

Eine Zweitschrift dieser Urkunde befand sich in den Händen der Kirche, sodass diese mit strengem Auge über die Einhaltung wachte und insgeheim nur darauf wartete, in den Genuss der kostbaren Liegenschaft zu gelangen, auf der meiner Mutter bloß das lebenslange Wohnrecht verbleiben sollte.

Ich wollte nicht schuld sein am Elend meiner Familie, und so blieb mir nichts anderes übrig, als mich zu fügen und meiner heimlichen Liebe, die mir in diesem Sommer überraschend begegnet war, zu entsagen. Diese Zeit war die schrecklichste in meinem Leben, weil ich wusste, dass es sich dabei nicht um einen vorübergehenden Zustand handeln würde, sondern ich mich für den Rest meines Daseins damit abfinden musste, dass Verzicht, Entsagung und Unterwerfung meine ständigen Begleiter sein und zu meinem täglichen Leben gehören würden.

Den Rest des Sommers, vor Eintritt in das Lyzeum, habe ich mich in meinem Zimmer eingesperrt. Ich habe geweint und getobt, geflucht und schließlich resigniert. Mehrere Male habe ich versucht, mich von dieser Welt zu verabschieden, weil mir mein Dasein nicht mehr lebenswert erschien und ich den Trennungsschmerz von meinem Mädchen nicht mehr ertragen konnte, mit dem Ergebnis, dass man mich vor die Wahl stellte, endlich zur Vernunft zu kommen oder mich in eine Anstalt für geistig kranke Menschen, die der Kirche unterstellt war, einzuliefern.

Irgendwann, ich kann mich nicht mehr genau erinnern, wann das war, verfiel ich abermals in die gleiche Apathie, die mich schon die schwere Zeit im Internat ertragen ließ, und so erduldete ich schließlich auch diese neue Anforderung mit einer Gleichgültigkeit, die mich noch heute manchmal frösteln lässt.«

Paul lauschte der Lebensgeschichte seines Freundes. Er war zutiefst berührt und schockiert ob der Methoden, derer man sich in gewissen Einrichtungen, die sich für unfehlbar hielten, bediente, um Menschen zu brechen oder um sich schamlos zu bereichern. Paul verspürte tiefstes Mitleid mit seinem Freund und konnte nur schwer seine Bestürzung verbergen.

»Deine Geschichte berührt mich und macht mich gleichermaßen betroffen. Wie ging es danach weiter, und wie kommst du heute mit deinem Leben und dem Verzicht zurecht?« Paul war begierig, den Rest der Erzählung aus Rolfs Mund zu hören.

»Nun, in den Momenten, und diese kehren bis heute immer wieder, in denen meine Apathie mich nicht vor Gefühlsausbrüchen schützte, wurde mir jedes Mal schmerzhaft bewusst, dass man mich zu meiner *Berufung* genötigt und gezwungen hatte. Aber im Grunde war ich selbst an meinem Unglück schuld, denn ich hatte nicht den Mut zu widersprechen. Es war eben ein abgekartetes Spiel, eine abgemachte Sache, der es sich zu beugen galt, wollte ich nicht mein Gesicht verlieren und mein erzwungenes Versprechen brechen.

Es fiel mir nicht leicht, meinen Hass gegen die Personen zu unterdrücken, die mir das alles angetan hatten und die es zuließen, dass mein Leben oft eine einzige Qual war. Mit der Zeit arrangierte ich mich mit meinem Schicksal und fand meinen Beruf sogar interessant. So waren die Jahre vor meinem Antritt hier in der Haftanstalt, die ich als Religionslehrer in einer katholischen Mädchenschule zugebracht habe, meine glücklichsten. Es war wunderbar, so nah mit diesen jungen heranwachsenden und schönen Geschöpfen zu arbeiten und zu sehen, wie viel Lebensfreude und Lebenslust sie ausstrahlten. Natürlich himmelte mich das eine oder andere Mädchen an und machte mir schöne Augen. Aufreizende Erlebnisse, die mich an meine verlorene Liebe erinnerten und die mich dafür ein wenig entschädigten.

Doch bald gab es wegen meinen angeblich zu engen Naheverhältnissen zu meinen Schülerinnen Kritik von oben. Der Schulleiterin, einer Nonne mittleren Alters, die ihre Augen überall hatte, gefiel der private und vertrauliche Kontakt, den ich zu den Mädchen pflegte, ganz und gar nicht. Sie meldete mein für sie nicht akzeptables anstößiges Verhalten meinem Vorgesetzten und meinte, dass einige Mädchen sich von mir bedrängt und belästigt gefühlt hätten und ich ihnen zu nahe getreten wäre. Es wurde sogar behauptet, dass ich mich an einer Schülerin vergriffen hätte. Ich konnte nicht verstehen, dass man mir die Nähe zu meinen Schülerinnen so auslegte. Die Folge davon war, dass man mich hierher versetzte, ein Job, den niemand haben wollte, und ich in einer Männerstrafanstalt dieser Versuchung nicht ausgesetzt wäre und keinen Schaden anrichten könnte.

Für mich war, jetzt im Nachhinein gesehen, die Versetzung ein einziger Segen! Eine Erlösung! Sie brachte mir Freiheit und Schutz vor der täglichen Überwachung und Bevormundung der Kirche. Hier interessiert niemanden meine Vergangenheit. Hier kann ich tun und lassen, was ich will. Niemand kümmert sich darum, wie und wann ich meine Arbeit mache. Hier kann ich mein Leben so gestalten, dass es in jeder Hinsicht wenigstens erträglich für mich ist. Oh ja, hier habe ich Mittel und Wege gefunden, um mein Schicksal zu ertragen ...«

Rolf lag immer noch auf der Couch, den Blick abwesend zur Decke gerichtet, so als wäre er mit seinen Gedanken in weiter Ferne, die Hände auf dem Bauch gefaltet, mit ständig um die eigene Achse kreisenden Daumen. Er schien völlig abgetaucht zu sein in seine Erinnerungen.

»Was meinst du mit Mittel und Wege?«, fragte Paul, der froh war, dass sein Freund sich ihm anvertraute. In diesem Moment empfand er sein bisheriges Verhalten Rolf gegenüber als äußerst egoistisch. Ihm wurde bewusst, dass nicht nur er Probleme hatte und einen Freund zum Zuhören brauchte.

Rolf schien ihn nicht gehört zu haben, also wiederholte er seine Frage und rüttelte an seiner Schulter. Erschrocken zuckte der Priester zusammen, sein Blick schweifte verwirrt umher, bis er Paul bemerkte, der noch immer ganz dicht neben dem Sofa stand.

»Entschuldige, ich war so in meinen Gedanken versunken, dass ich alles um mich herum vergessen habe. Ich hoffe, ich habe nicht allzu dummes Zeug geredet. Was hast du noch mal gesagt?« Rolf erhob sich und setzte sich mit verschränkten Armen und aufgerichtetem Oberkörper hin.

»Ich habe dich gefragt, welche Mittel und Wege du gefunden hast, um deine Lebenssituation zu bewältigen.« Paul grinste seinen Freund an. »Ich denke, es war hoch an der Zeit, dass auch du dir deinen Kummer von der Seele gesprochen hast. Meine Couch scheint dir gutzutun.«

»Hm, Mittel und Wege ...«, antwortete Rolf gedehnt. »Ich glaube, ich habe den Faden verloren.«

»Vielleicht wolltest du mir ja gerade beichten, dass du eine heimliche Liebe hast, so wie dein Vorgänger, Simon Weidenfelder. Er hat mir vor einiger Zeit anvertraut, dass er unter dem Deckmantel der Verschwiegenheit schon seit Jahren mit seiner Haushälterin wie Mann und Frau zusammenlebt. Sogar zwei Kinder wären aus dieser Verbindung hervorgegangen, die bei Verwandten aufgewachsen und mittlerweile schon erwachsen wären. Er meinte, sonst hätte er die Einsamkeit nicht ertragen können und wäre verrückt geworden. Die Kirche mit ihrer bigotten Moral hätte von ihm verlangt, absolutes Stillschweigen in dieser Angelegenheit zu bewahren, ansonsten würde man ihn vom Kirchendienst suspendieren.«

Rolf kratzte sich am Kopf und setzte seine Nickelbrille ab. »Das kann ich nur allzu gut nachvollziehen. Nur, für mich kommt das nicht infrage. Ich hätte viel zu viel Angst, dass man ein andauerndes Verhältnis mit einer Frau aufdecken könnte und meine Familie noch nachträglich alles verliert. Dann wäre alles, was ich erduldet habe, umsonst gewesen«, vertraute Rolf seinem Freund mit leiser Stimme an. »Außerdem habe ich noch allzu gut in meinem Ohr, was man mir gepredigt hat: *Fleischeslust ist eine schwere Sünde*. Auf der anderen Seite leide ich natürlich wie ein Hund darunter, dass ich die Intimität mit einer Frau nicht leben darf.«

»Ich will dich auch keineswegs dazu verleiten, gegen den Zölibat zu verstoßen, ich habe allerdings größtes Verständnis dafür, wenn jemand es tut. Das ist doch völlig gegen die Natur und unsinnig. Bei den Evangelischen funktioniert es ja auch wunderbar, und sie können wenigstens mitreden, wenn es um solche Themen geht.«

»Da magst du schon recht haben, aber dafür ist es für mich zu spät ...«

»Zu spät?«, fragte Paul verwundert.

»Oh, entschuldige«, der Priester blickte auf seine Armbanduhr und fuhr hoch. »Ich habe total die Zeit vergessen.« Er stürmte zur Tür und stammelte, sich rechtfertigend: »Ich hätte zur Mittagszeit etwas Wichtiges erledigen müssen, und jetzt ist es fast fünfzehn Uhr ...«

13

André stieg aus dem Bus und schlenderte die Straße entlang, die zu seinem Elternhaus führte. Die Luft war lau und mild. Kaum ein Wölkchen trübte den blauen Himmel. Das Landschaftsbild entsprach eher einem schönen Herbsttag als der zweiten Novemberwoche. Nichts deutete darauf hin, dass vor wenigen Tagen bereits der erste Schnee gefallen war und Wiesen und Felder mit der weißen Pracht bedeckt hatte. Ein Rest des bunten Laubes hielt sich noch immer hartnäckig an den Ästen der umliegenden Bäume und raschelte sanft im Wind.

Er hatte seit dem frühen Morgen drei Vorstellungsgespräche hinter sich gebracht und zog nun Bilanz über die Möglichkeiten, die ihm noch blieben, sollten seine Bewerbungen abgelehnt werden. Große Chancen rechnete er sich trotz seiner hervorragenden Ausbildung ohnehin nicht aus. Auf eine offene Stelle kam mindestens ein Dutzend Bewerber, und auch sie hatten einiges vorzuweisen. Es gab kaum größere Landschaftsgärtnereien in dieser Gegend, die es sich leisten konnten oder wollten, einen Planer und Gartenbauarchitekten einzustellen. Aber dieser Umstand war ihm bereits vor seiner Entscheidung, diesen Beruf zu ergreifen, bewusst gewesen.

Im schlimmsten Fall müsste er eben in Kauf nehmen, sich auch in anderen Städten zu bewerben und seine Zelte in Salzburg wieder abzubrechen. Nur darüber wollte er im Moment nicht nachdenken. Noch war es nicht so weit, und in seinem Innersten vertraute er fest darauf, dass er einen Weg finden würde, seine Berufsziele hier in seiner Heimatstadt verwirklichen zu können. Auch der Gedanke, sich selbstständig zu machen, war ihm in letzter Zeit immer wieder in den Sinn gekommen. Es gab genug Platz und Möglichkeiten in seinem Elternhaus, um Büroräumlichkeiten einzurichten, vorausgesetzt, sein Bruder hatte nichts dagegen einzuwenden.

Er staunte nicht schlecht, als er beim Öffnen des Gartentores einen schmächtigen Jungen in grünem Arbeitsanzug vorfand, der sich an den Bäumen, Sträuchern und Blumenrabatten auf dem hinteren Teil des Grundstückes zu schaffen machte. Mit tief ins Gesicht gezogener Kappe und einer Gartenschere bewaffnet, entfernte der Eindringling überhängendes und morsches Geäst, welke Blüten und Blumenstängel. In der Mitte des Gartens türmte sich bereits ein mächtiger Haufen Schnittgut auf, ein Zeichen dafür, dass der junge Mann schon eine ganze Weile am Werk gewesen sein musste.

»Junger Mann! Ja, genau, Sie meine ich! Sie haben sich wohl im Garten geirrt«, rief André forsch, hielt aber sofort mit offenem Mund inne, als er seinen Irrtum bemerkte. »Oh, entschuldigen Sie, ich dachte …«, stotterte er betreten, konnte sich aber ein belustigendes Grinsen nicht verkneifen.

»Ja, was dachten Sie denn?«

Eine junge bildhübsche Frau stand vor ihm, nahm die Kappe vom Kopf und schüttelte die blond gelockte Haarfülle, die jetzt unter der Kopfbedeckung zum Vorschein kam. Sie stemmte ihre Hände in die Hüften und blickte ihn irritiert, aber auch herausfordernd an. Ihre Gesichtszüge waren alles andere als männlich, vielmehr fein gezeichnet, weich und feminin. Ihre anfängliche Verwirrung löste ein breites Lächeln ab, und sie amüsierte sich köstlich über seine Verlegenheit.

»Ähm … ich dachte …«, stammelte er überrascht, »… ich dachte, Sie wären ein Junge!« André blickte verzückt in das mit Erde verschmutzte Gesicht. Dieses zierliche Wesen schien ihm wie eine wundersame Erscheinung. Die Augen des Mädchens waren so leuchtend blau, dass er den Blick nicht mehr von ihr wenden konnte. Auf ihrem Nasenrücken und den oberen Wangen verteilten sich unzählige winzig kleine Sommersprossen, die ihrem Gesicht etwas Burschikoses verliehen. Es war diese Mischung aus frecher Vorwitzigkeit und mädchenhaftem Zauber, die ihm den Atem verschlug.

»Nun machen Sie den Mund wieder zu. Ich bin Iris Forster.« Sie lachte und streckte ihm die erdverschmutzte Hand entgegen.

»Iris Forster ... interessant! Und was machen Sie in meinem Garten, wenn ich fragen darf?«, wollte er neugierig wissen, ohne ihre Hand wieder loszulassen.

»Was ich hier mache? Das sehen Sie doch! Ich bringe Ihren Garten in Ordnung.«

»Meinen Garten? Wieso denn das? Ich kann mich nicht daran erinnern, Sie darum gebeten zu haben.«

»Sie haben meinem Vater doch den Auftrag dazu gegeben. Und in dem Zustand, wie ich das hier alles vorgefunden habe, war das auch dringend nötig.« Sie entzog ihm energisch ihre Hand und machte Anstalten, ihre Arbeit fortzusetzen.

»Nun aber mal langsam. Ich denke, Sie unterliegen da einem bedauerlichen Irrtum. Ich bin selbst Gartenbauarchitekt, warum also sollte ich einen Gärtner beauftragen?« Er hielt sie am Arm fest, um sie daran zu hindern, ihre Beschäftigung wieder aufzunehmen.

Iris Forster musterte den Störenfried kritisch und antwortete schnippisch: »Nun, so wie ich Sie einschätze, sitzen Sie wahrscheinlich lieber hinter dem Schreibtisch, als sich die Hände schmutzig zu machen!« Sie rümpfte die Nase und zog die Stirn herablassend in Falten. »Und nun lassen Sie mich endlich weitermachen. Schließlich bezahlen Sie mich pro Stunde, und mein Tarif ist nicht billig.« Sie funkelte ihn herausfordernd an, entzog ihm ihren Arm und setzte die Kappe wieder auf.

»Wie kommen Sie darauf, dass ich nur am Schreibtisch arbeite?«, fragte er verwundert.

»Nun, wenn ich Sie mir so ansehe ...« Sie nickte mehrmals mit dem Kopf, trat einen Schritt zurück und musterte ihn erneut mit einem unverschämten Grinsen im Gesicht von oben bis unten. »... dann fühle ich mich in meiner Annahme mehr als bestätigt.«

Als ihm bewusst wurde, dass er in seiner Aufmachung, einer edlen Markenjeans, weißem Hemd und dunkelblauem Blazer, wie ein feiner Pinkel auf sie wirken musste, verstand er, was sie damit meinte. Er grinste, sah aber keine Veranlassung, ihr den Grund für sein elegantes Äußeres zu erklären.

»Wusste ich es doch! Ich habe voll ins Schwarze getroffen.« Mit diesen Worten ließ sie ihn stehen.

Ihre Schlagfertigkeit ließ ihn etwas zögern. Er war überrascht, mit welcher Selbstsicherheit und Energie ihm dieses mutige kleine Persönchen die Stirn bot. Als sie Anstalten machte, sich wieder an den Ästen und Beeten zu schaffen zu machen, schritt er abermals ein. »Sie mögen das ja alles hier wunderbar machen, trotzdem muss ich Sie bitten, jetzt damit aufzuhören. Zum letzten Mal, ich habe keinen Gärtner bestellt!«, konterte er bestimmt, und der Tonfall seiner Stimme ließ keinen Zweifel zu, dass er das Gesagte nicht ernst meinen könnte.

»Aber das hier ist doch das Haus von Herrn Doktor Paul Coman, oder irre ich mich da?«, fragte sie, nun deutlich ihren Unmut zeigend.

»Ach, daher weht der Wind. Das ist mein Bruder ...« Noch bevor er den Satz beenden konnte, fuhr Paul die Einfahrt zur Garage herauf, sprang aus dem Wagen und eilte ihnen entgegen. Trotz seiner kraftvollen großen Statur wirkte sein Gang müde und abgekämpft. In der linken Hand hielt er seine Aktentasche und einen moosgrünen Wollpullover. Der Kragen an seinem Hemd, das er schlampig über der Hose trug, stand drei Knöpfe offen, sodass sein dunkles Brusthaar zum Vorschein kam. Sein volles dunkles Haar wirkte ungekämmt und fiel in kleinen gewellten Strähnen wirr in die Stirn.

»Entschuldige, André, ich habe ganz vergessen, dir zu sagen, dass ich kurz vor deiner Heimkehr einen Gärtner beauftragt habe. Ich wollte nicht, dass du den Garten in diesem vernachlässigten Zustand vorfindest. Wärst du, wie ursprünglich vereinbart, eine Woche später nach Hause gekommen, hättest du das alles gar nicht mitbekommen.« Paul kratzte sich verlegen am Kopf und zog sein Gesicht zu einer schuldbewussten Grimasse. »Ich bin einfach nicht dazu gekommen und hatte auch keine Nerven und keine Lust dazu, das alles hier in Schuss zu halten. Die Sache mit Esther hat mich so sehr in Anspruch genommen und ...«

»Tja, nun haben Sie es selbst gehört! Sind Sie nun endlich zufrieden?«, rief Iris Forster triumphierend dazwischen.

»Dann muss ich mich wohl oder übel bei Ihnen entschuldigen, aber das konnte ich ja schließlich nicht wissen. Natürlich verändert das die Sache grundlegend. Dann zeigen Sie mir doch, was Sie schon alles gemacht haben, damit ich beurteilen kann, ob Sie Ihr Geld überhaupt wert sind.« Während Paul erleichtert über den glimpflichen Ausgang im Haus verschwand, inspizierte André mit der jungen Gärtnerin das Grundstück. Natürlich hatte er bei seiner Ankunft die Unordnung im Garten bemerkt, sich aus Rücksicht auf die Geschehnisse der letzten Tage aber zurückgehalten und darüber hinweggesehen.

Vom Küchenfenster aus beobachtete Paul, wie sein Bruder sich angeregt unterhielt. Er lachte fortwährend, tänzelte wie ein stolzer Gockel um die junge Frau und half ihr trotz seiner feinen Bekleidung, das Schnittgut auf den Pritschenwagen, der vor dem Haus auf der Straße abgestellt war, zu verladen. Er hatte anscheinend jemanden zum Fachsimpeln gefunden. So war Paul auch nicht sonderlich verwundert, dass die beiden erst nach Anbruch der Dämmerung ins Haus kamen. Und wie ihm sofort auffiel, waren Iris und sein Bruder bereits beim vertrauten *du* angekommen.

Ohne die Unterhaltung mit Iris zu unterbrechen, setzte André den Teekessel auf, überbrühte Ingwer-Zitronen-Tee, steckte Kandisstangen hinein und servierte ihn in zwei hohen Porzellantassen. Sie schienen in ihrem Element zu sein und Pauls Anwesenheit nicht wirklich zu bemerken.

Paul, der absichtlich früher nach Hause gekommen war, um der Bitte des Kommissars nach einem dringlichen Gespräch nachzukommen, zog sich in das angrenzende Wohnzimmer mit der Tageszeitung zurück. Er grinste und dachte, dass die beiden eigentlich ein schönes Paar abgeben würden.

Als es an der Tür läutete und Kommissar Moser mit seinem jungen Kollegen eintrat, saßen André und Iris Forster noch immer in der Küche und blickten sich tief in die Augen. Iris neigte den Kopf leicht zur Seite und lächelte. Fasziniert erwiderte André ihr Lächeln und strahlte über das ganze Gesicht. Er hing an ihren Lippen und nahm jedes Wort von ihr begeistert auf. Zwischendurch griff er fortwährend nach ihren Händen und fragte, ob sie noch frieren würde.

Paul hatte die beiden Kriminalisten ins Wohnzimmer gebeten und war gespannt, was der Kommissar zu berichten hatte. Moser hatte schon am Telefon angekündigt, dass bereits alles, wie unter ihnen besprochen, in die Wege geleitet worden war, das Projekt aber an einem wesentlichen Punkt zu scheitern drohe.

»So, wie es im Moment aussieht, finden wir einfach keine geeignete Person, die die Rolle des Lockvogels übernehmen könnte. Wenn wir keine Lösung für unser Problem finden, befürchte ich, dass wir unsere Idee verwerfen müssen«, begann Moser seine Ausführungen.

»Es wird doch in eurem Polizeiapparat wenigstens eine junge Frau geben, die auf das Beuteschema des Täters passen könnte«, antwortete Paul.

»Bedauerlicherweise nein, wir haben alle Abteilungen nach einer geeigneten Person durchforstet, mit einem mehr oder weniger ernüchternden Ergebnis. Die, die sich freiwillig zur Verfügung gestellt hätten, entsprachen leider nicht den Anforderungen, und die beiden jungen Frauen, die dafür annähernd infrage gekommen wären, willigten nicht ein. Bei der einen war der Ehemann strikt dagegen, und die andere meinte, sie wäre keine gute Schauspielerin und viel zu ängstlich und nervös, sodass sie sich sicher sofort verraten würde.«

»Aber es muss doch irgendwo eine Frau aufzutreiben sein, die bereit und in der Lage ist, uns dabei zu helfen, den Mörder in die Falle zu locken.« Paul konnte einfach nicht glauben, dass es so schwierig sein sollte, eine geeignete Person aufzutreiben.

»Das habe ich auch gedacht. Aber wir können ja schwer jemanden auf der Straße für diesen Job anheuern.«

»Wir könnten eine Schauspielerin anwerben«, schlug Paul vor.

»Auch daran haben wir bereits gedacht und Auskünfte eingeholt. Bloß, das geht alles über diverse Agenturen und dauert mindestens eine Woche, wenn nicht länger. Das ist kostbare Zeit, die wir nicht haben! Der Täter kann jederzeit wieder zuschlagen. Wir müssen alles daran setzen, um doch noch eine geeignete junge Frau zu finden, die sich bereit erklärt, die Rolle des Lockvogels zu übernehmen, und vor allem, die auch mental stark genug ist, die Sache bis zur Ergreifung des Täters durchzuhalten, und nicht schon vorher die Nerven verliert.«

Baumann, der die Unterhaltung der beiden Männer still verfolgte, erblickte durch die halb geöffnete Tür, die zur Küche führte, die beiden Tee trinkenden jungen Leute. Er strich andächtig über sein Ziegenbärtchen, schnalzte mit der Zunge und sagte betont langsam: »Ich denke, es gibt eine Lösung für unser Problem.« Er nickte zufrieden, erhob sich von seinem Platz und deutete mit dem Zeigefinger in die Richtung, aus der das Lachen der beiden jungen Leute drang. »Warum denn in die Ferne schweifen, wenn das Gute liegt so nah«, zitierte er stolz den abgedroschenen Spruch.

»Verstehe ich nicht! Was meinst du damit?«, fragte Moser.

»Da drüben in der Küche sitzt genau die richtige junge Frau, die wir für unser Vorhaben brauchen. Sie ist jung, anmutig und schön wie ein Engel, hat langes blondes Haar und … jetzt kommt's, sie ist selbstsicher und tough.«

»Von welcher Frau sprichst du denn?«, wollte Moser wissen. Von seinem Platz aus hatte er zwar mitbekommen, dass Pauls Bruder sich im Nebenzimmer mit jemandem unterhielt, aber nicht, um wen es sich dabei handelte.

»Sie meinen doch nicht etwa unsere Gärtnerin?«, fragte Paul entrüstet.

»Wenn das die junge Frau ist, die sich in der Küche mit ihrem Bruder gerade so angeregt unterhält? Aber ja! Genau die meine ich! Ich beobachte sie schon eine ganze Weile, und ich meine, sie ist die Richtige!« Noch bevor Moser seinen jungen Kollegen davon abhalten konnte, war dieser bereits auf dem Weg in die Küche.

»Dieser Bengel kommt auf die dümmsten Ideen. Ich hab ihm schon hundertmal gesagt, er soll sich mit seinen Eigenmächtigkeiten gefälligst zurückhalten.« Moser schnaubte, verdrehte die Augen und raufte sich die grauen Haare. »Er kann doch nicht einfach eine wildfremde Frau fragen, ob sie der Köder für unseren Mörder sein will. Wenn das unser Oberster erfährt! Das gibt richtig Ärger!«

»Je länger ich darüber nachdenke, hm … so schlecht finde ich seine Idee gar nicht.« Paul versuchte, den wütenden Kommissar zu besänftigen. Sicher war die Sache auch ihm peinlich, dennoch war er davon überzeugt, dass die junge Frau genug Mumm in den Knochen hatte, um sich zur Wehr zu setzen und den Vorschlag abzulehnen, wenn sie es nicht wirklich wollte.

Nach einigen Minuten, die sie Baumann als Vorsprung eingeräumt hatten, um sein Anliegen vorzutragen, erhoben sich Moser und Paul, gingen ebenfalls in die Küche und setzten sich zu den anderen. Während Iris in Gedanken verloren zu sein schien und die ganze Zeit still dasaß, diskutierten Baumann und André heftig. André, der aufgebracht und verärgert schien, konterte immer wieder mit Bemerkungen, dass es dafür eine ausgebildete Person brauche und wie gefährlich die Sache doch wäre. Er wolle auf keinen Fall, dass Iris ihr Leben wegen diesem Irren aufs Spiel setze. Baumann wiegelte seine Bedenken ab, meinte, dass für Iris keine Gefahr bestünde, da die Aktion mit Dutzenden von Polizeibeamten abgesichert werden würde.

Mit den überraschenden Worten »Ich mach es!« durchbrach Iris schließlich den Disput. »Ich mach es für die Frauen, die bereits umgekommen sind, und ich mach es für die, die diesem Mörder noch zum Opfer fallen könnten. Ich vertraue darauf, dass Sie mich keiner Gefahr aussetzen und ich wieder heil aus der Sache herauskomme.«

Er war still im Raum geworden. Niemand wagte, gegen die gefasste Entscheidung etwas vorzubringen. Nur André ergriff ihre Hände und sah sie flehend an. »Bitte, tu es nicht! Ich möchte nicht, dass dir etwas zustößt«, bat er sie mit flehender Stimme.

Sie lächelte nur und erwiderte: »Ich habe keine Angst, und wenn ich helfen kann, dann helfe ich gerne.«

»Sie würden das wirklich für uns machen?«, fragte der Kommissar erstaunt und musterte Iris Forster ungläubig. »Sie wissen schon, dass wir keine Zeit verlieren dürfen und noch heute mit den

Vorbereitungen beginnen müssten. Ist Ihnen das bewusst? Sind Sie sich darüber im Klaren?«

»Natürlich! Also, wo fangen wir an?« Iris richtete ihren Oberkörper entschlossen auf und setzte sich kerzengerade an den Tisch, um damit die Ernsthaftigkeit ihrer Entscheidung zu unterstreichen. Sie strahlte zwar wegen ihrer zarten Erscheinung Schutzbedürftigkeit und Fragilität aus, doch ihre selbstsicheren Worte und ihr überzeugendes Handeln verkehrten dieses Bild.

Baumann holte sein Notebook aus der mitgeführten Umhängetasche, stellte es auf den Tisch und schaltete es an.

»Als Erstes müssen wir Sie bei der Online-Partnerbörse, bei der auch die Mordopfer aktiv waren, als Mitglied anmelden, was voraussetzt, dass Sie einen Persönlichkeitstest machen müssen. Wenn Sie damit durch sind, können wir ein Profil für Sie erstellen und Ihr Foto hochladen. Dann dauert es noch zirka einen Tag, bis die Partnerbörse Ihr Bild und Ihre Einträge freigegeben hat.

Um sicherzugehen, dass Ihr Profil unseren Mann auch tatsächlich anspricht und dass Ihre Einträge möglichst viele Übereinstimmungen mit denen der getöteten Frauen aufweisen, hat Herr Doktor Coman uns bereits vorab dabei unterstützt, die Profileinträge der Mordopfer zu analysieren, und sie dann so vorbereitet, das wir diese Unterlagen als Vorlage für Ihr Profil nützen können.

Über die Partnerbörse hat der Täter absolut keine Chance, auf Ihre persönlichen Daten zuzugreifen. Wir werden eine verschlüsselte Internetadresse verwenden, die von unserem kriminalpsychologischen Dienst und unseren Technikern betreut und überwacht wird. Infrage kommende Kontaktanfragen werden wir ausfiltern und beantworten und so versuchen, an unseren Mann heranzukommen.

Der Täter wird wahrscheinlich versuchen, aus Ihnen Ihre Telefonnummer herauszulocken und Sie zu einem Telefongespräch zu überreden. Ab diesem Zeitpunkt sind wir auf Ihre Mithilfe angewiesen. Sie können versichert sein, dass Sie bei all Ihren Handlungen unter unserem Schutz stehen und wir Sie nicht einen Augenblick allein lassen. Halten Sie sich bitte in den nächsten Tagen für uns bereit, und bewahren Sie absolutes Stillschweigen in dieser Angelegenheit. Kein Wort zu Freunden, Bekannten, Familie oder sonst irgendjemandem. Haben Sie das verstanden?«

»Ja, das habe ich verstanden«, antwortete Iris ruhig.

»Ach, und noch etwas …« Baumann räusperte sich verlegen. Es war ihm peinlich, eine derartige Bitte an diese ohnehin außergewöhnlich hübsche Person zu richten. »… dürfte ich Sie bitten, sich ein wenig herzurichten? Waschen, Haare kämmen und, wenn möglich, den Arbeitsanzug wenigstens oben herum auszuziehen, damit wir ein Foto von Ihnen machen können?«

»Aber natürlich.« Iris grinste. Sie wusste, dass sie mit ihrer Arbeitsmontur nicht gerade passend für das nötige Foto gekleidet war. »Ich habe meine Handtasche mit den nötigen Utensilien im Wagen und auch eine hübsche Jacke, die sich für ein Foto eignen müsste.« Iris erhob sich und machte sich in Begleitung von André auf den Weg zu ihrem Pritschenwagen.

»Bitte, Iris, überlege dir das Ganze noch einmal«, bat er sie inständig. »Gibt es denn keine Möglichkeit, um dich von diesem riskanten Unternehmen abzubringen?« André, der selbst den Kriminalisten die Idee mit dem Lockvogel vorgeschlagen hatte, wollte jetzt, da es Iris betraf, nichts mehr von alldem wissen. Er war der festen Überzeugung gewesen, dass eine erfahrene und für derartige Aufgaben geschulte Polizeibeamtin diesen Job übernehmen würde und nicht dieses kleine zierliche Persönchen, das bisher noch nie mit so abartigen und brutalen Triebtätern in Berührung gekommen war. Sicher, sie stellte sich für einen guten Zweck in den Dienst der Sache, was aber, wenn der Mörder beim nächsten Mal eine

Waffe oder ein Messer mitführen und blitzschnell zuschlagen oder die Polizei nicht rechtzeitig zur Stelle sein würde? Wie sollte sich Iris schützen, die keine Ausbildung zu ihrer Selbstverteidigung, geschweige denn im Kampfsport besaß? Ihm wurde übel bei dem Gedanken, dass der Täter ihr etwas antun könnte.

Iris legte André beruhigend die Hand auf den Arm und antwortete: »Ich schätze deine Fürsorge, aber du brauchst dir wirklich keine Gedanken um mich zu machen.«

»Ich mach mir aber Sorgen ...«, sagte er leise. André konnte nicht länger verbergen, dass sein Interesse an ihr weit über eine bloße Freundschaft hinausging.

»Es wird schon alles gut gehen. Außerdem – bis vor ein paar Stunden hast du nicht einmal gewusst, dass es mich gibt.« Iris neigte den Kopf zur Seite und lächelte spitzbübisch. Auch sie spürte, dass er gerade dabei war, sich über beide Ohren in sie zu verlieben. Sie fühlte sich geschmeichelt und musste sich eingestehen, dass auch ihr Herz in seiner Gegenwart mächtig klopfte.

Iris öffnete die Tür des Pritschenwagens und nahm ihre Handtasche, die auf dem Beifahrersitz lag, und eine himbeerfarbene Strickjacke mit kleinen kugelförmigen Glasknöpfen an sich. Schweigend gingen sie nebeneinander zurück ins Haus, wo man sie schon ungeduldig erwartete.

»Alles ist vorbereitet, Frau Forster, wir benötigen nur noch den Persönlichkeitstest, den Sie lieber doch selbst aus der Sicht einer Frau ausfüllen sollten, und, wie schon gesagt, ein Foto von Ihnen.« Baumann erhob sich von seinem Platz und bot Iris seinen Stuhl an. Sie setzte sich und machte sich daran, die Fragen zu beantworten.

Eine halbe Stunde später erschien bereits eine große Anzahl an Partnervorschlägen auf ihrer Seite. Baumann schränkte die Suchkriterien für die infrage kommenden Partner in Bezug auf Größe,

Alter, Region und diverser anderer Wahlmöglichkeiten exakt auf die gleichen Angaben ein, die auch die beiden Opfer bei ihrer Partnersuche angegeben hatten. Übrig blieben knappe hundert Profile, die es nun zu durchforsten galt.

Iris, die sich inzwischen in Andrés Badezimmer gewaschen, frisiert, geschminkt und ihren Overall von den Schultern gestreift und um die Hüften festgebunden hatte, erschien nun oben herum adrett gekleidet in weißem T-Shirt und femininer Strickjacke. Als sie die Küche betrat, zückte Baumann augenblicklich sein iPhone und schoss eine Reihe von Fotos. Anschließend lud er sie auf seinen Laptop, und gemeinsam diskutierten sie darüber, welche Aufnahme sich am besten für ihr Vorhaben eignen würde. Nach langem Hin und Her wählten sie ein Bild zum Hochladen aus, auf dem Iris Forster besonders weich und mädchenhaft wirkte. Ein Bild, dessen Grundstrukturen sich im Wesentlichen mit denen der ersten beiden Opfer deckten.

14

»Ich glaube, jetzt wird es ernst. Das könnte unser Mann sein! Wie bei den vorangegangenen Morden stimmen die wesentlichen Angaben mit diesem Mitglied überein. Zwar ist die Chiffrenummer wieder eine andere und der Text an manchen Stellen abgewandelt, aber sieh selbst, wenn du die Profile aufmerksam vergleichst, könnte es sich um die gleiche Person handeln.« Kommissar Moser setzte seine neue Brille auf, ein zeitloses Modell mit schmaler rechteckiger Form und Schildpatt-Umrahmung. Gebannt studierte er den Partnervorschlag auf Iris Forsters Seite, der ihm bisher noch nicht aufgefallen war und der ihr jetzt als *neues Mitglied* vorgestellt wurde.

»Wenn er sich jedes Mal neu anmeldet, kostet ihn das aber eine Stange Geld. Arm kann der Bursche auf keinen Fall sein. So viel ich weiß, verfügt Luca Giovanni über kein Einkommen«, gab Baumann zu bedenken.

»Wer weiß, vielleicht hat er ja aus seinen Einbrüchen etwas zur Seite gelegt. Interessant, was dieser Bursche so schreibt. Hier, sieh mal. Diese Einträge decken sich exakt mit dem Internetkontakt des letzten Opfers, dieser Judith Weber. Hier steht: Psychologe, 34 Jahre, aus der Region 83... sucht zärtlichen blonden Engel für eine gemeinsame Zukunft, bla bla bla ...« Mosers rechtes Auge zuckte heftig, und er hatte Mühe, die Beherrschung zu wahren. Seine ihn sonst ständig begleitende Müdigkeit schien plötzlich wie weggeblasen. »Das klingt doch vielversprechend. Was meinst du?«

»Dann lass uns den Reigen eröffnen. Der Typ scheint sich in seiner Anonymität auf dieser Plattform ziemlich sicher zu fühlen. Wahrscheinlich denkt er, dass kein Verdacht auf ihn fällt, wenn er nur mit jenen Frauen Kontakt aufnimmt, die von sich aus auf ihn zukommen. Wenn eine Kontaktanfrage ihm dann zusagt, umgarnt er seine Auserwählte so gekonnt mit seinem Charme, dass sie ihm gleich vertrauensselig ihre Telefonnummer überlässt. Dadurch hat er ein leichtes Spiel, das Ganze von der Anonymität auf die private Ebene zu verlegen, und wer sollte ihm dann nachweisen, dass er sich tatsächlich mit einer dieser Frauen getroffen hat? Noch dazu, wenn er einen falschen Namen verwendet?« Baumann hockte sich auf die Schreibtischkante seines Vorgesetzten, sodass er dessen Aktivitäten übersehen konnte.

»Genau, und aus diesem Grund schicken wir diesem Burschen jetzt gleich eine derart verlockende Kontaktanfrage, dass ihm schon beim Lesen der Sabber aus dem Mund läuft.« Fast schon routiniert klickte Kommissar Moser die betreffenden Felder an. »Vor allem muss er das Gefühl haben, dass seine Auserwählte ein wenig unbedarft, alleinstehend und voller Sehnsucht nach der großen Liebe ist. Dennoch müssen wir sehr vorsichtig agieren und alles vermeiden, was ihn irgendwie misstrauisch machen könnte.«

»Du kennst dich ja mittlerweile erstaunlich gut aus auf diesem Portal. Du hast wohl heimlich geübt.« Baumann grinste belustigt. Er war überrascht, wie sicher sein Chef sich auf dieser Internetseite bewegte.

»Diesen Kommentar kannst du dir sparen. Meine Recherchen dienen einzig und allein beruflichen Zwecken, während das bei dir ganz andere Gründe haben dürfte.«

»Ja, Gott sei Dank, denn so einen hübschen Grund versuche ich gerade, näher kennenzulernen, wenn du mir nicht wieder einen Strich durch die Rechnung machst und mit deinen nächtlichen Sonderschichten dazwischenfunkst«, konterte Baumann nun vorwurfsvoll.

»Ich vertrete dich sehr gerne bei deiner Herzensdame, wenn du wieder einmal beruflich nicht abkömmlich sein solltest. Sie zieht einen erfahrenen und noch dazu gut aussehenden Mann wie mich einem Grünschnabel wie dich sicher vor.« Moser grunzte vor Lachen und streckte seinen Brustkorb stolz nach vorne.

»Darauf lasse ich es gerne ankommen. Dann werden wir ja sehen, wer von uns beiden den Kürzeren zieht.« Baumann stellte sich in Gedanken das kuriose Bild vor, das sein Chef abgeben würde, wenn dieser statt ihm bei der nächsten Verabredung um die Gunst der jungen Dame, deren Vater er locker hätte sein können, buhlen würde. Das Mädchen, das er im Internet kennengelernt hatte, war gerade mal Mitte zwanzig, während sein Chef bereits auf die sechzig zusteuerte. Dieser Umstand machte ihn sicher, und er war absolut davon überzeugt, als Sieger aus diesem Duell hervorzugehen.

»Ich nehme dich beim Wort, wenngleich ich zugeben muss, dass ich eigentlich auf Frauen meines Alters stehe. Diese jungen Dinger sind mir auf Dauer einfach zu anstrengend und zu oberflächlich. Außer Klamotten und Disco haben die doch nichts im Kopf. Ich hingegen bevorzuge eine niveauvolle Partnerin, die mit beiden Beinen fest am Boden steht und weiß, was sie will. Sie sollte klug, eine gute Köchin und eine wunderbare Geliebte sein und auch vor hochgeistigem Gedankenaustausch nicht kapitulieren …«

»Ja, ja, träum schön weiter! Du kneifst doch nur deshalb schon wieder, weil du genau weißt, dass deine Chancen bei der jungen Dame neben meiner Person gleich null sind.«

»Abwarten, wir werden sehen …« Moser nahm eine herausfordernde Haltung ein, als wollte er deutlich klarmachen, wer in diesem Raum der Platzhirsch war, und fuhr dann mit ernster Miene fort: »Es wäre schön, wenn du dich jetzt wieder auf unseren Fall konzentrieren würdest. Also, wir sollten bei unserer Kontaktaufnahme darauf achten, dass wir sie in Anlehnung an die verwendete Wortwahl der getöteten Frauen verfassen.«

»Trotz aller Ähnlichkeiten und Übereinstimmungen sollten wir dennoch auch in Betracht ziehen, dass diese Person nicht zwingend unser Täter sein muss. Es könnte sich genauso gut um ein ganz normales Mitglied handeln, dessen Profil zufällig einige Übereinstimmungen aufweist, aber mit unserer Sache absolut nichts zu tun hat.« Baumann glitt von der Tischkante, zog seinen Schreibtischstuhl heran und nahm neben Moser Platz.

»Das mag schon sein, aber ich kann mir nicht vorstellen, dass es mehrere Psychologen gleichen Alters und mit gleicher Wohnortangabe gibt, die einen zärtlichen blonden Engel suchen. Mein Bauchgefühl sagt mir, dass wir auf der richtigen Fährte sind. Schon allein der Umstand, dass alle drei Opfer bei der gleichen Partneragentur Mitglied waren, spricht dafür, dass wir diese Person überprüfen sollten «, erwiderte der Kommissar, an seiner Meinung festhaltend, und klickte auf *Neue Nachricht*, worauf sich eine Seite öffnete mit dem Betreff: *Wollen wir Kontakt aufnehmen?*

»Und wenn du falsch liegst, erfreut Iris Forster sich mit diesem Herrn eines aufregenden *Dates*, eskortiert von enormem Polizeieinsatz. Kann man nur hoffen, dass unser Täter sich inzwischen nicht an das nächste Opfer heranmacht.«

»Hast du etwa einen besseren Vorschlag? Dieses Risiko müssen wir eingehen! Irgendwo müssen wir ja anfangen. Du wirst sehen, dass wir nicht im Trüben fischen. Lass uns endlich aufhören zu diskutieren! Und da du ja hinreichend Erfahrung mit Texten dieser Art haben dürftest, überlasse ich es gerne dir, die Nachricht so zu formulieren, dass unser Mann mächtigen Appetit bekommt.« Moser schob Baumann das Notebook zu, griff sich die Tageszeitung und lehnte sich gemütlich in seinem Stuhl zurück. In diesem Moment war er froh, Chef zu sein und gewisse Aufgaben delegieren zu können. Schließlich wollte er sich keine Blamage einhandeln.

Baumann rümpfte die Nase, weil auch er nicht gerade darüber erbaut war, einen schwülstigen Text zu verfassen, der aus der Hand einer schwer interessierten Frau stammen sollte. Trotzdem nahm er diese Herausforderung an, schob die Ärmel seines schwarzen Poloshirts hoch und machte sich daran, die ihm gestellte Aufgabe, so gut es eben ging, zu erfüllen.

Er versetzte sich in die Rolle dieser einsamen liebeshungrigen Frau und war überrascht, wie flüssig die Kontaktanfrage ihm schon nach kurzer Zeit von der Hand ging.

»Ich bin fertig, willst du hören, was ich geschrieben habe?«, fragte er den noch immer in den Sportteil vertieften Kommissar.

Dieser blickte auf, nahm wortlos die Brille ab, legte sie auf den Schreibtisch und nickte.

»Da bin ich aber gespannt, was du dir da so zusammengereimt hast. Dann leg schon los …«

Baumann räusperte sich ein wenig betreten. »Möchtest du nicht lieber selber lesen?«, schlug er vor, in der Hoffnung, dieser unangenehmen Aufgabe doch noch zu entkommen.

»Nun zier dich doch nicht so, und fang endlich an.« Moser hatte Mühe, ernst zu bleiben und sein Grinsen vor Baumann zu verbergen.

Sich dem Willen seines Vorgesetzten beugend, begann Baumann endlich zu lesen:

»Mein lieber Unbekannter,

die Angaben in deinem Profil lassen mich wieder hoffen und mein Herz höher schlagen, da ich der festen Überzeugung bin, nach Langem endlich einem seelenverwandten, einem wunderbaren, einem warmherzigen und liebevollen Mann begegnet zu sein, dem Treue, Aufrichtigkeit und Liebe noch wichtig sind. Alles, was du geschrieben hast, berührt meine Seele zutiefst und könnte auch aus meiner Hand stammen. So viele Gemeinsamkeiten, so viele Übereinstimmungen in unserem Testergebnis können einfach nur Gutes bedeuten. Ich fühle mich schon jetzt zu dir hingezogen und spüre eine tiefe innige Verbundenheit.

Obwohl du noch kein Bild von dir in deinem Profil hochgeladen hast, möchte ich unbedingt deine Bekanntschaft machen, da ich mir sicher bin, dass ein Mann, der sich einer so schönen, respektvollen Wortwahl bedient, ein besonders gütiger, ehrbarer und gefühlvoller Mensch sein muss.

Wenn auch du eine zärtliche, warmherzige und ungebundene Frau ohne Altlasten kennenlernen möchtest, die ihrer Einsamkeit müde geworden und bereit ist, alles hinter sich zu lassen, wenn sie der großen, wahren Liebe begegnet, dann antworte bitte.

Gerne schalte ich mein Bild für dich frei, und es würde mich glücklich machen, wenn ich deinen Vorstellungen entspräche.

In hoffnungsvoller Erwartung, Iris«

Bedächtig schloss Baumann seine Lesung und wartete auf die Reaktion seines Chefs, die der Text in ihm hervorrufen würde.

»Mein Gott, hast du dick aufgetragen. Du scheinst ja darin wahrhaftig Übung zu haben. Meinst du wirklich, dass unser Mann auf so viel Gesülze hereinfällt? Ich für meine Person würde es mit der Angst zu tun bekommen und schlagartig die Flucht ergreifen. Das war ja schon fast ein Heiratsantrag!« Moser war einerseits sichtlich erschlagen von so viel Kitsch und rührseligem Geschwafel, andererseits aber überwältigt von den verborgenen Talenten seines jungen Kollegen.

Mit dieser Kritik konnte Baumann leben. Er war heilfroh, dass sein Vorgesetzter nicht in schallendes Gelächter ausgebrochen war.

Seine Fassung langsam wiedergewinnend, antwortete er: »Wenn er unser Mann ist, dann wird er darauf eingehen. Er erspart sich jede Anstrengung und hat von vorneherein leichtes Spiel. Außerdem, wer würde bei einer so bildhübschen Frau schon *nein* sagen?«

»Das meine ich auch. Dann lass uns die Mail losschicken und abwarten, ob er reagiert.«

Baumann klickte auf *Senden* und schob das Notebook von sich, ohne die Seite zu schließen. Warten war nicht gerade seine Stärke, so wusste er schon jetzt, dass er alle paar Minuten Nachschau halten würde, ob die abgesendete Nachricht vom Empfänger gelesen worden war.

»Wenn dieser Mann sich auf unsere Anfrage melden sollte, müssen wir umgehend die Kollegen in Bayern informieren. Es ist schließlich auch ihr Fall, und unsere Idee mit dem Lockvogel ist ihnen ohnehin schon sauer aufgestoßen. Wenn das Treffen wider Erwarten nicht auf österreichischem Boden stattfindet, wären sie für den Einsatz zuständig«, unterbrach Kommissar Moser seinen jungen Kollegen bei dessen konzentrierter Betrachtung der Vorgänge auf der Seite der Postausgänge. Der symbolische Briefumschlag war jedoch noch immer verschlossen, was so viel bedeutete, dass der Empfänger seine Nachricht noch nicht geöffnet hatte.

Baumann blickte auf. Er schien ein wenig neben der Spur zu sein. »Was hast du gesagt?«, fragte er abwesend nach.

»Wir müssen umgehend unsere Kollegen in Bayern informieren …«, wiederholte der Kommissar seine Worte.

»Ja, ja, ich weiß, aber wir sollten vorerst noch abwarten, ob überhaupt ein Kontakt zustande kommt, und wenn ja, welchen Ort unser Mann für das Treffen vorschlägt. Die Kollegen sind derzeit ohnehin intensiv mit der Fahndung nach Luca Giovanni beschäftigt. Ich bin wirklich gespannt, ob Luca unser Mann aus dem Internet ist.« Baumann konnte seinen Blick nicht vom Bildschirm wenden und zappte nervös zwischen *Postausgang* und *Posteingang* hin und her.

»Trotzdem ist es besser, die Bayern so rasch wie möglich in die Sache mit einzubeziehen. Sag mal, hörst du mir überhaupt zu?«

Moser wurde langsam ungeduldig, da das Interesse seines jungen Kollegen ausschließlich den Bewegungen auf dem Notebook zu gelten schien.

»Aber sicher!«, antwortete Baumann geistesabwesend. »Mich beschäftigt allerdings noch etwas anderes. Die Verbrechen wurden ja jeweils an einem Donnerstag verübt, also immer dann, wenn Luca Giovanni Ausgang hatte. Das würde bedeuten, sollte er als Täter wirklich infrage kommen, könnte er jetzt jeden x-beliebigen Tag für seine Morde wählen.«

»Das könnte er, aber ...«

»Schau doch, jetzt ist er online ...«, unterbrach Baumann unsanft, ja, fast hysterisch seinen Vorgesetzten in dessen Überlegungen und tippte mit dem Zeigefinger auf den grünen Punkt, neben dem gerade *online* stand. Er starrte gebannt auf das ungeöffnete Briefkuvert und konnte vor Aufregung kaum atmen. Seine Nasenflügel bebten. »Der scheint es aber verdammt eilig zu haben.«

»Ja!« Moser schlug sich mit der flachen Hand auf den Schenkel. »Und jetzt hat er die Nachricht geöffnet ...«

»Ich bin gespannt, ob er auf unsere Kontaktanfrage reagiert.«

»Und wenn ja, welchen Namen er daruntersetzt.«

Es dauerte knappe fünfzehn Minuten, bis die Antwort auf ihre Anfrage eintraf. Baumanns Hände waren schweißnass und zittrig, als er die Nachricht öffnete und zu lesen begann:

»Iris, welch wunderschöner Name für eine wunderschöne Frau. Das Gesicht so lieb, das Haar wie ein Engel. Noch nie ist mir ein so wunderbares Geschöpf begegnet.

Iris, ich habe dein Bild gesehen, deine Anfrage gelesen und sofort gespürt, dass du die Frau bist, nach der ich mich schon mein ganzes Leben sehne. Du bist es, die mein Herz berührt und mich wieder hoffen lässt.

Iris, mein Juwel, meine Prinzessin. Du bist die Frau, mit der ich mir vorstellen kann, den Rest meines Lebens zu verbringen. Niemals hätte ich zu träumen gewagt, dass mir die große Liebe noch einmal begegnen wird. Jetzt, meine liebe Iris, weiß ich, dass mein Traum Wirklichkeit geworden ist.

Mein größter Wunsch ist es, dich so schnell wie möglich zu treffen.

Ich will deine liebe Stimme hören und mit dir einen Ort auswählen, an dem wir uns in die Arme schließen können.

Iris, mein Engel, ich zähle die Stunden, die Minuten, die Sekunden, bis es endlich so weit ist ...

Bitte teile mir deine Telefonnummer mit, damit wir uns verabreden können.

Iris, meine Liebe, ich bin über alle Maßen glücklich und sehne mich unsagbar nach dir.

Dein Paul«

»Ich bin sprachlos!«, sprudelte es aus Baumann hervor. »Hast du jemals schon einen derartigen Briefwechsel mit einer Frau geführt? Sind Frauen wirklich für so etwas empfänglich?«

»Anscheinend, von dem können wir noch allerhand lernen«, antwortete der Kommissar bewegt und schnalzte mit der Zunge. »Aber hast du auf den Namen geachtet, den er unter seine Nachricht gesetzt hat? Er nennt sich wie auch bei dem letzten Opfer Paul! Baumann, wir haben ihn! So viele Zufälle kann es gar nicht geben.«

»Jetzt müssen wir unser Spiel nur noch zu Ende spielen und Iris Forster bitten, dass sie ihre Rolle übernimmt und mit diesem *Paul* ein Treffen vereinbart.«

»Benachrichtigst du sie?«, fragte Moser.

»Ja, das übernehme ich.« Baumann suchte im Akt nach Iris Forsters Kontaktdaten und notierte sie auf seinem Notizblock.

»Und unserem Mann müssen wir noch die von der Kriminaltechnik zur Verfügung gestellte Telefonnummer zukommen lassen.

Du bist also noch einmal gefordert mit deinen *literarischen Ergüssen*. Also, trag ordentlich auf!«

»Kein Problem, jetzt habe ich ja bereits Übung in dieser Disziplin.« Obwohl die Sache einer gewissen Komik nicht entbehrte, war Baumann nicht nach Geplänkel zumute. Ihm wurde bewusst, wie ernst die Lage war.

»Jetzt können wir nur noch darauf hoffen, dass er uns genügend Zeit lässt, um alle nötigen Schritte mit den bayerischen Kollegen vorzubereiten.«

»Dem brennt es unter den Nägeln! Ich bezweifle, dass er noch lange zuwarten wird. Was willst du machen, wenn er gleich den kommenden Donnerstag vorschlägt? Das wäre bereits in zwei Tagen. Soll Frau Forster ihn etwa überreden, sich einen Tag länger Zeit zu lassen?« Baumann tippte Iris Forsters Nummer in sein Handy und begann nebenbei, die Antwort an *Paul* zu verfassen, während er darauf wartete, dass sie sich meldete.

»Es wird ihm nichts anderes übrig bleiben, als auf ihre Wünsche einzugehen, wenn er sein *Engelchen*, das ja wirklich verdammt hübsch und reizvoll ist, für sein Vorhaben gewinnen möchte«, erwiderte Moser. »Andererseits ist mir jeder Tag recht, an dem wir diesem Burschen endlich das Handwerk legen.«

»Frau Forster, es ist so weit! Wir konnten den Kontakt zu der verdächtigen Person herstellen. Sind Sie bereit? Können wir noch auf Sie zählen?« Baumann war alles andere als gelassen, als er seine Fragen an Iris richtete. »Ich danke Ihnen«, antwortete er erleichtert, aber innerlich angespannt auf ihre Zusage. »Wir verständigen Sie, sobald wir Näheres wissen. Danach werden wir alles Nötige veranlassen. Wir rechnen Ihnen Ihre Hilfe sehr hoch an. Nochmals vielen, vielen Dank, Frau Forster!«

Mit diesen Worten beendete er das Gespräch und wandte sich an seinen Vorgesetzten.

»So schwer ist mir noch nie ein Telefonat gefallen. Auf der einen Seite bin ich erleichtert, dass diese Frau sich so selbstlos für diese Sache zur Verfügung stellt, auf der anderen Seite ist mir überhaupt nicht wohl bei dem Gedanken, welcher Gefahr wir sie aussetzen. Was ist, wenn irgendetwas schiefgeht? Wenn er eine Schusswaffe oder ein Messer mitführt und sie als Geisel nimmt? Was, wenn er sich so in die Enge getrieben fühlt, dass ihm alles egal ist und er im Affekt zusticht? Ich könnte es mir niemals verzeihen, wenn ihr etwas zustoßen würde.« Baumann rang mit seiner Fassung. »Und jetzt soll ich diesem Wahnsinnigen noch Honig ums Maul schmieren, dass er in Stimmung kommt ... das ist doch pervers!«

»Was haben wir für eine Alternative? Wollen wir weiter zusehen, wie eine Frau nach der anderen grauenvoll vergewaltigt und bestialisch erstickt wird? Der Typ ist krank, den kannst du nicht aufhalten!«

»Mir ist trotzdem nicht wohl bei der Sache.«

»Meinst du vielleicht mir? Wir können nur beten und hoffen, dass dieser *Paul* der gesuchte Täter ist und wir ihn rechtzeitig aus dem Verkehr ziehen können, damit er keinen weiteren Schaden anrichten kann. Ich verspreche dir, ich werde zusammen mit den Kollegen in Bayern alle zur Verfügung stehenden Männer inklusive das EKO-Cobra anfordern, um die Sicherheit von Iris Forster zu gewährleisten. Gemeinsam schaffen wir das! Das sind wir den getöteten Frauen schuldig!«

Moser nickte seinem Kollegen aufmunternd zu und klopfte ihm auf die Schulter. Er konnte die Ängste des jungen Mannes nur zu gut verstehen. In seiner langen Berufslaufbahn war er des Öfteren vor Entscheidungen gestellt worden, die ihm alles abverlangt hatten.

Nicht nur einmal hätte er seinen Job am liebsten an den Nagel gehängt. Auch er musste lernen, dass manche Situationen ein gewisses Maß an Risikobereitschaft und uneingeschränktem Einsatz verlangten, um ein noch größeres Übel abzuwenden.

Zornig und immer noch zweifelnd hämmerte Baumann das Antwortschreiben in die Tastatur und gab die vorbereitete Handynummer preis, die allein dafür eingerichtet worden war, um den Anruf des Mannes von einer geschulten Kriminalpsychologin in Empfang zu nehmen. Baumann war froh, dass man Iris Forster wenigstens diesen Teil der riskanten Aufgabe abnahm. Ihr Einsatz sollte sich auf das Nötigste beschränken.

15

»Willst du es dir nicht doch noch einmal überlegen?«, fragte André und sah dabei so unglücklich aus, dass Iris nicht anders konnte, als ihm mitleidig über die Wange zu streicheln.

Seit sie einander am Montag zum ersten Mal in Andrés Garten begegnet waren, verbrachten sie jede freie Minute miteinander und genossen ihr junges Glück. Zwischen ihnen hatte sich eine Zuneigung entwickelt, die sie beide selbst erstaunte und mit der sie noch gar nicht so recht umzugehen vermochten. Eine Zuneigung, geprägt von einer ungewöhnlichen Tiefe und Intensität, die sie beide magisch anzog, einander in die Arme trieb und von der ein Ablassen unmöglich geworden war.

Ihre anfänglichen Querelen, eine Quintessenz zwischen schnippischen Neckereien und rechthaberischem Machtgerangel, waren rasch einem einträglichen, ja, innigen und äußerst liebevollen Miteinander gewichen. Nachträglich entlockte ihnen ihr kindisches Verhalten ein peinlich berührtes Grinsen, und sie versicherten sich gegenseitig entschuldigend, dass dieses Verhalten eigentlich überhaupt nicht ihre übliche Art wäre.

André ergriff ihre Hand, schloss die Augen und führte sie an seine Lippen. Er drückte ihr kleine, zarte Küsse auf die Innenfläche und verharrte darin, bis sie sie ihm wieder entzog und fortfuhr, über sein Gesicht zu streicheln.

»Du musst keine Angst um mich haben. Sie werden mich keine Sekunde lang aus den Augen lassen«, antwortete sie ruhig. »Das haben sie mir versprochen. Es werden Sondereinheiten hinzugezogen. Diese Leute sind speziell für solche Anlässe geschult.«

»Aber er wird versuchen, dich zu küssen, dich zu berühren, und du musst dieses Spiel mitmachen. Du musst es so lange über dich ergehen lassen, bis er die Fassung verliert und man ihm eindeutig beweisen kann, dass er derjenige ist, der die Frauen umgebracht hat. Das ist doch blanker Wahnsinn!«, erwiderte André verbittert. Er fühlte sich ohnmächtig und machtlos und sah keine Möglichkeit mehr, Iris von ihrem Vorhaben abzubringen. Sie schien fest entschlossen, an ihrer Zusage festzuhalten und sich als Köder in den Dienst der Polizei zu stellen.

»Es ist nur eine Rolle wie in einem Film, und ich habe diese Rolle so gut wie möglich zu spielen. Es gibt keine andere Möglichkeit, ihn zu überführen. Willst du, dass er noch weitere Frauen vergewaltigt und tötet? Willst du, dass er weiter unsägliches Leid über die hinterbliebenen Familien bringt?« Iris blickte ihn mit großen Augen fragend an.

»Natürlich nicht! Was aber, wenn die Polizei nicht schnell genug eingreifen kann? Was, wenn er sich in die Enge getrieben fühlt und Amok läuft? Eine unbedachte Äußerung, eine auffällige Gestik, und du begibst dich in größte Lebensgefahr! Es genügt schon der kleinste Fehler, und du könntest sein nächstes Opfer sein!« André raufte sich die Haare und senkte den Kopf. Er mochte sich nicht vorstellen, dass dieses perverse Individuum Iris berühren oder gar etwas antun könnte. Es schauderte ihn bei dem Gedanken, dass er sie nicht beschützen konnte, dass er zu Hause abwarten musste, so lange, bis die Aktion abgeschlossen war und man ihn vom Ausgang verständigte. Wie sollte er diese Zeit des Wartens überstehen? Mit der Angst im Nacken, dass sie sich einer Gefahr, einem Risiko aussetzte, das seiner Meinung nach nicht kalkulierbar, nicht vorauszusehen war und schon an tödlichen Leichtsinn grenzte. Iris verfügte über keinerlei Erfahrung im Umgang mit derartigen Situationen. Man ließ sie eiskalt ins offene Messer laufen.

Niemals könnte er es sich verzeihen, wenn ihr etwas zustoßen würde, und zu allem Übel war die Idee mit dem Lockvogel auch noch aus seinem Mund gekommen. Aber wie sollte er auch ahnen, dass das Los ausgerechnet auf Iris fallen würde, dass dieser junge Kriminalbeamte gerade ihr den Vorschlag unterbreiten und sie prompt darauf eingehen würde?

André hob den Kopf und blickte geradewegs in Iris' Augen, die ihn wach und entschlossen, aber mit so viel Wärme und Zärtlichkeit ansahen, dass er sie am liebsten in seine Arme genommen und nie mehr losgelassen hätte. Er wollte sie endlich spüren, ihr ganz nahe sein.

In ihrer appetitlich weißen, leicht transparenten Bluse, die ihre Figur zart umspielte, dem himbeerfarbenen Kaschmirstrickjäckchen und der schmal geschnittenen Jeans wirkte sie so anmutig wie eine Elfe. Er konnte nicht verstehen, wie um alles in der Welt dieses fragile, aber doch mental so starke Persönchen so viel Mut und Ruhe aufbringen und einem kaltblütigen Mörder die Stirn bieten konnte. Sein Wunsch, sie augenblicklich zärtlich zu berühren, stieg ins Unermessliche.

Als hätte sie soeben seine Gedanken erraten, fragte sie leise: »Warum tust du es nicht?«

Ohne seinen Blick von ihr zu lassen, lächelte er sie an. Sein Herz hämmerte und seinen Körper durchfuhr ein wohliger Schmerz, der seine trüben Gedanken ein wenig vertrieb. Auf halbem Weg kamen sie sich entgegen, umklammerten und küssten sich wie in Sehnsucht Ertrinkende. Behutsam, aber von Ungeduld getrieben, trug er sie von der weinroten, in Paisleymuster gehaltenen Couch, die vor dem offenen Kamin in seinem Wohnzimmer ihren Platz hatte, in den nebenan liegenden Schlafraum auf sein breites, bequemes Bett. Sanft ließ er sie in die weichen Kissen gleiten und fuhr fort, sie zu liebkosen. Er streichelte ihre weiche, warme Haut und bedeckte ihren Mund mit sanften Küssen, die sie leidenschaftlich erwiderte. Ihre erhitzten Körper drängten sich aneinander. Sie wollten sich spüren, Haut an Haut, eintauchen in das Reich der Sinne, bis ihr Verlangen sich erfüllte. Ohne ihr Liebesspiel zu unterbrechen, entledigten sie sich ihrer Kleidung, begierig, den anderen endlich zu erkunden und sich hinzugeben. Berauscht und überwältigt von ihren Gefühlen und von der Verschmelzung ihrer Körper, ließen sie sich fallen in einen Ozean der Lust.

Stunden später und als es draußen schon zu dämmern begann, lagen sie immer noch eng aneinandergeschmiegt im Bett. Zufrieden und glücklich darüber, dass sie auch in diesem letzten, aber doch wesentlichen Punkt harmonierten, stand für sie beide fest, dass sie ab jetzt als Paar durchs Leben gehen würden. Seite an Seite wollten sie diesen Schritt wagen und ihrer Zweisamkeit in ihrer Beziehung einen wichtigen Platz einräumen und daran wachsen.

Wäre da nicht Iris' Zusage an die Kriminalisten gewesen, sich als Lockvogel zur Verfügung zu stellen, wären die Welt und sein Leben für André jetzt rund und schön gewesen. Für wenige kurze Momente, während er seine ganze Aufmerksamkeit Iris widmete, gelang es ihm, seine Ängste um sie auszublenden, dann wieder nahm eine Beklemmung von ihm Besitz, die ihm den kalten Schweiß aus den Poren trieb. Vor seinen Augen zogen die schrecklichsten Bilder vorüber, Bilder, die er nicht mehr auszublenden vermochte.

Iris hingegen lag ruhig und entspannt in seinen Armen und genoss dieses unbeschreiblich schöne Gefühl seiner Nähe und seiner Zärtlichkeiten. Sie fühlte sich geborgen und glücklich. Die innige Berührung ihrer warmen nackten Körper entlockte ihr einen tiefen Seufzer, und wenn sie an die ersten Momente ihres Kennenlernens dachte, musste sie insgeheim lächeln. Ihr Aufeinandertreffen war alles andere als harmonisch oder gar verheißungsvoll gewesen, eher waren sie aufeinandergeprallt wie zwei Streithähne, die sich nicht ganz koscher waren. Nicht im Traum hätte sie damals daran gedacht, dass sie für diesen Mann so tief empfinden könnte, der ihr, wie sie damals fühlte, anfänglich fast ein wenig arrogant und hochnäsig entgegentrat. Ja, beinahe gekränkt schien er darüber gewesen zu sein, dass sie in sein Reich, dessen alleinige Betreuung nur ihm vorbehalten zu sein schien, eingedrungen war. Dieses rivalisierende Gegeneinander war nun einem liebevollen Miteinander gewichen.

Das beharrliche Surren eines Handys, das aus dem Wohnzimmer zu ihnen herüber drang, holte beide aus ihren unterschiedlichen Gedanken in die Realität zurück.

»Willst du nicht doch an dein Handy gehen?«, fragte André, nachdem er den Klingelton eindeutig dem Gerät von Iris zuordnen konnte und das Surren sich zum dritten Mal wiederholte. Zögerlich machte er Anstalten, sie aus seiner Umarmung freizugeben.

Iris rekelte sich wohlig und lächelte. »Eigentlich nicht! Was um alles in der Welt könnte so wichtig sein, dass es rechtfertigen würde, diesen himmlischen Zustand zu beenden?«

»Nichts!«, raunte André und zog Iris wieder fest an seine Brust, so als wollte er sie nie wieder loslassen.

Sanft ließ er seine Finger über ihren Rücken gleiten, hinunter bis zu den beiden festen Rundungen. Er spürte, wie sie unter seinen Liebkosungen erschauerte und wie ihre Erregung auf ihn überging. Alles Geschehen rings um sie versank erneut ins Bedeutungslose. Nichts stand zwischen ihnen. Ihre Körper verschmolzen zu einem opulenten Quell der Lust, aus dem sie beide gierig tranken. Auch das sich immer noch wiederholende, ja, fast schon penetrante Läuten von Iris' Handy vermochte nicht, sie aus ihrer Versunkenheit zu reißen.

Erst das heftige Hämmern an die Wohnzimmertür, das bis zu ihnen in den Schlafraum drang, und Pauls lauter Ruf: »André, bist du da? André?«, holte sie langsam in die Realität zurück.

André stieg aus dem Bett, schlüpfte in seine Boxershorts und öffnete etwas unwirsch. »Was gibt es denn so Wichtiges, dass du so einen Radau schlagen musst?«

»Warum machst du nicht auf? Ich klopfe schon eine ganze Weile wie ein Verrückter an deine Tür!«, antwortete Paul vorwurfsvoll.

»Entschuldige, aber ich habe dich wirklich nicht gehört ...«, stotterte André.

»Darum musste ich ja ein wenig energischer vorgehen.«

»Schon gut, aber nun sag endlich, was du willst. Es ist bereits nach zwanzig Uhr, und Iris ist bei mir.« André grinste verlegen. Ihm war die Sache etwas peinlich, obwohl es eigentlich keinen Grund dafür gab. Als Esther noch im Haus ein und aus ging, war das für ihn selbstverständlich gewesen. Aber jetzt, da es ihn selbst betraf und ihre Beziehung noch so frisch war, fehlte ihm die Gelassenheit.

»Oh, sorry, ich wollte euch wirklich nicht stören, aber unten in der Küche warten die beiden Kriminalbeamten und wollen unbedingt mit Iris sprechen.« Paul spähte neugierig in den Raum und konnte sich ein süffisantes Grinsen nicht verkneifen, als er Iris aufgeschreckt im Bett sitzend, die Bettdecke bis zum Hals hochgezogen, erblickte.

»Was, jetzt? Hat das nicht Zeit bis morgen?«, fragte André entrüstet.

»Ich befürchte nicht. Sie sagten, es wäre wirklich von größter Wichtigkeit und ihr Anliegen dulde keinen Aufschub«, antwortete Paul, ohne seine Augen von der hübschen jungen Frau zu wenden, die ihn unweigerlich an die schöne Zeit mit Esther erinnerte. Fast verspürte er so etwas wie Neid, begleitet von Verbitterung und Wehmut.

André befürchtete Schlimmes. Die Beharrlichkeit der beiden Herren ließ nichts Gutes erwarten. Augenblicklich begann sein Puls zu steigen und seine Stimme versagte beinahe, als er sich Iris zuwandte und sagte: »Liebes, ich glaube, du solltest dich jetzt besser anziehen ...«

Als Iris und André kurze Zeit später Hand in Hand in der Küche erschienen, saßen Paul und die beiden Kriminalisten bereits leise diskutierend am Tisch.

»Entschuldigen Sie bitte vielmals die späte Störung.« Moser erhob sich höflich, streckte den beiden die Hand entgegen und fuhr dann fort: »Aber wir konnten, auch für uns überraschend schnell, bereits telefonischen Kontakt mit der verdächtigen Person aufnehmen. Wie wir schon bei unserem letzten Telefonat angedeutet haben, lässt alles darauf schließen, dass es sich tatsächlich um den Gesuchten handelt. Die Angaben in seinem Profil und der mit ihm geführte Mailverkehr erhärten unseren Verdacht. Er nennt sich auch dieses Mal wieder *Paul* und hat unwissend, mit wem er eigentlich spricht, mit unserer Kriminalpsychologin bereits Zeit und Ort für das bevorstehende Treffen telefonisch vereinbart. Da es sich bei diesem abgesprochenen Termin um den kommenden Freitag handelt, dürfen wir keine Zeit verlieren, um unseren Einsatz und Sie perfekt vorzubereiten.«

»Freitag?«, fragte Paul überrascht. »Das würde ja bedeuten, dass Luca Giovanni, jetzt da er flüchtig und an keinen bestimmten Tag gebunden ist, wirklich der Täter sein könnte.«

»So, wie es im Moment aussieht, spricht alles dafür.« Baumann nickte bejahend mit dem Kopf.

In Pauls Gesicht spiegelten sich Ungläubigkeit und Enttäuschung.

»Wo und wann soll ich ihn denn treffen?«, meldete Iris Forster sich nun erstmals zu Wort.

»Er schlug die neue Bahnhofshalle am Salzburger Hauptbahnhof als Treffpunkt vor. Um dreizehn Uhr! Also exakt die gleiche Zeit

218

und der gleiche Ort wie schon bei der letzten getöteten Frau. Die Übereinstimmung dieser Angaben belegt die Zeugenaussage der Freundin des Opfers. Judith Weber hat noch am Tag ihrer Ermordung mit ihrer Freundin darüber gesprochen«, antwortete Moser und unterzog Iris einem prüfenden Blick. In ihren Augen entdeckte er aufkommende Zweifel.

»Es ist wohl nicht anzunehmen, dass er bereits am Bahnhof einen Übergriff auf mich plant. Wie aber wollen Sie mir Schutz bieten, wenn Sie nicht einmal wissen, was dieser Mann vorhat?«, fragte Iris, nun doch etwas verunsichert.

»Von dem Moment an, an dem Sie auf ihn treffen, werden wir Sie keine Sekunde unbeobachtet lassen, egal, wohin Sie mit ihm gehen oder fahren. Unsere eigens für diesen Fall hinzugezogene Kriminalpsychologin, die große Erfahrung auf diesem Gebiet vorweisen kann, und unsere Spezialeinheiten werden Sie auf das Sorgfältigste auf Ihre Aufgabe vorbereiten.«

»Das klingt ja beruhigend. Aber heute ist Mittwochabend! Und Sie meinen, ein einziger Tag reicht aus, um mich mit meinem Einsatz vertraut zu machen?«, hakte Iris zögerlich nach, in Anbetracht der kurzen Zeit, die ihr noch bis Freitag verblieb.

»Ihre Aufgabe besteht im Wesentlichen vorerst einmal darin, sich die bisher mit dem Verdächtigen stattgefundene E-Mail-Kommunikation und das anschließend von ihm geführte und aufgezeichnete Telefongespräch mit der Psychologin so gut wie möglich einzuprägen, um richtig auf ihn eingehen und reagieren zu können. Unsere Psychologin wird Sie genauestens instruieren, wie Sie sich gegenüber dem Verdächtigen verhalten sollten. Für das besagte Treffen werden wir Sie mit einem Mikro-Sender versehen, der kleiner als eine Ein-Euro-Münze ist und den wir problemlos in Ihrer Bekleidung installieren können, ohne dass der Verdächtige etwas davon bemerkt. So können wir ständig mit Ihnen in Verbindung bleiben,

Ihre Kommunikation überwachen und Ihren Standort feststellen. Den Rest erledigen unsere Spezialeinheiten.« Moser sprach in einem bedächtigen und ruhigen Ton mit Iris Forster.

»Ist das für Sie in Ordnung, Frau Forster?«, fragte nun Baumann, nachdem er Iris' sorgenvollen und auch ängstlichen Gesichtsausdruck bemerkte. Jetzt, da ihr Einsatz so unmittelbar bevorstand, schien die Sache ihr doch nicht mehr so ganz geheuer zu sein. »Sie werden es sich doch in letzter Sekunde nicht noch anders überlegen?«

»Oh, nein, nein.« Iris zuckte zusammen und fuhr aus ihren Gedanken hoch. »Ich hoffe nur, dass ich Ihnen den Einsatz nicht vermassle.«

»Keine Sorge, ich bin sicher, Sie machen alles richtig. Könnten Sie vielleicht gleich morgen um acht Uhr aufs Kommissariat kommen?« Kommissar Moser zog seine Visitenkarte aus der Jackentasche, legte sie auf den Tisch und schob sie Iris Forster zu.

»Ich werde pünktlich da sein«, antwortete sie leise, nickte und nahm die Visitenkarte an sich. »Sie können sich auf mich verlassen. Ich werde Sie nicht enttäuschen«, schloss sie nun fest.

Eine Weile herrschte eine betretene Stille in der Runde um den großen Küchentisch. In allen fünf Gesichtern war deutlich eine enorme Anspannung zu erkennen, gepaart mit den unterschiedlichsten Beweggründen.

Andrés Anspannung gründete darin, zur Passivität verurteilt zu sein und seine Furcht vor einem bösen Ausgang so gut wie möglich vor Iris zu verbergen.

Moser und Baumann schienen zwar erleichtert, dass Iris Forster sich für diesen undankbaren Job tatsächlich zur Verfügung stellte, wussten aber nur zu genau, dass schon die kleinste Unachtsamkeit, ein unbedachter Fehler, ein menschliches Versagen die Sache fatal ausgehen lassen könnte.

Paul war hin- und hergerissen zwischen seinem Gefühl, das ihm zum wiederholten Mal sagte, Luca Giovanni könne zu diesen Taten niemals fähig sein, und den nun auf dem Tisch liegenden Fakten, die offensichtlich das Gegenteil bestätigten und ihm bewusst machten, dass er sich wohl doch in seiner Einschätzung gewaltig geirrt hatte. Auch fürchtete er, dass Triebtäter dieses Kalibers, sollten sie sich in die Enge getrieben fühlen, unberechenbar werden könnten.

Iris Forsters Unruhe fand ihren Ursprung hingegen darin, ihrer Aufgabe nicht gewachsen zu sein und sie nicht anweisungsgetreu ausführen zu können. Sie hatte Angst zu versagen. Angst um ihr Leben verspürte sie nicht! Vielleicht deshalb, weil ihr keine Zeit blieb, um sich dem Ernst der Lage bewusst zu werden.

16

Den ganzen Vormittag über herrschte eine aufgeladene hektische Stimmung auf dem Kommissariat. Die Nervosität schien förmlich greifbar zu sein, obwohl alle sich bemühten, Ruhe zu bewahren und Normalität an den Tag zu legen.

Letztmögliche Eventualitäten wurden immer wieder bis ins kleinste Detail durchgespielt, die Mannschaftseinsätze koordiniert. Scharfschützen, Zivilbeamte und Sondereinheiten standen für ihren Einsatz bereit. Bereit dafür, einen besonders grausamen Triebverbrecher zu entlarven und dingfest zu machen, ohne das Leben von Iris Forster zu gefährden.

Iris, die sich mit der Kriminalpsychologin in ein ruhiges Hinterzimmer zurückgezogen hatte, versuchte seit Minuten, sich krampfhaft den Mann vor Augen zu führen, auf den sie heute um dreizehn Uhr auf dem Salzburger Hauptbahnhof treffen und dem sie eine verliebte, naive Frau vorspielen sollte.

Im Gegensatz zu dem Verdächtigen, der ihr Foto bereits aus ihrem Profil in der Partnerbörse kannte, folglich auch in etwa wusste, was auf ihn zukam, hatte Iris keinerlei Kenntnisse über das Äußere dieses Mannes, die ihr ihre Aufgabe ein wenig erleichtert hätten. Sie hatte keine Vorstellung davon, ob sein Erscheinungsbild vielleicht furchterregend und derb oder vielleicht sogar unscheinbar, vertrauenswürdig und sympathisch auf sie wirken würde. Die Gewissheit, in Kürze einem Mann gegenüberstehen zu müssen, dessen Persönlichkeit sie nicht kannte, dessen Äußeres weit über ihre Vorstellungskraft hinausging, trug nicht gerade dazu bei, ihre bereits auf das Äußerste strapazierten Nerven zu beruhigen. Für Iris war dieser Mann ein Phantom, dem sie nicht in der Lage war, ein Gesicht zu geben, oder wahrscheinlich auch gar nicht geben wollte. Sie hatte absolut keine Ahnung, woran und ob überhaupt man einen Frauenmörder erkennen könnte. So blieb ihr nichts anderes übrig, als abzuwarten, was auf sie zukam, und den Tatsachen ins Auge zu blicken.

Das wechselhafte Wetter glich der Stimmung der Menschen, die versuchten, ihr Bestes zu geben. Leichtes Nieseln löste das morgendliche dichte Schneegestöber ab und versiegte schließlich gänzlich, um für kurze Zeit ein paar schwache Sonnenstrahlen durch die graue Wolkendecke dringen zu lassen. Dieses Spiel wiederholte sich einige Male aufs Neue, bis ein leichter Westwind aufkam und die nun spärlich vom Himmel fallenden Schneeflöckchen durch die Luft wirbelte. Die federleichten Flöckchen tanzten auf und ab, stoben in alle Himmelsrichtungen auseinander, und noch ehe sie ihr Ziel erreichen konnten, schmolzen sie zu winzigen Tröpfchen, die den Boden benetzten. Die Temperaturen lagen leicht über null Grad. Es war ein typischer Novembertag, dem, wusste man nicht um seine Besonderheit, keine sonderliche Bedeutung beigemessen wurde.

Obwohl Iris keinerlei Hunger oder Durst verspürte, riet man ihr, vor dem kurz bevorstehenden Einsatz noch eine kleine Mahlzeit und genügend Flüssigkeit zu sich zu nehmen, um den körperlichen und nervlichen Anspannungen besser gewachsen zu sein. Folgsam, aber widerwillig aß sie eine halbe Portion Reis mit Hühnchen und Gemüse, die man ihr aus der Kantine herbeiholte, trank reichlich Wasser und zog sich dann wieder mit der Psychologin in einen ruhigen Bereich zurück, um den Zeitpunkt für ihren Einsatz abzuwarten.

Kurz nach zwölf Uhr betraten Moser und Baumann mit drei Kollegen aus der Technik den Raum, um zwei Mikro-Sender in Iris' Kleidung zu installieren und auf ihre Funktionsfähigkeit zu prüfen. Für den zweiten Sender hatte man sich kurzfristig aus Sicherheitsgründen und wegen des doch extrem hohen Risikos, dem man Iris Forster aussetzte, entschieden. Man wollte auf *Nummer sicher* gehen, falls ein Gerät aus irgendeinem unvorhersehbaren Grund ausfallen sollte.

Iris Forsters Nerven waren bis auf das Äußerste angespannt. Ihr Gesicht war blass, und sie hatte Mühe, das unkontrollierte Zittern, das ihren Körper immer wieder von Zeit zu Zeit heftig durchfuhr, unter Kontrolle zu halten. Unzählige Gedanken gingen ihr durch den Kopf. Sie dachte an André, den Mann, der so unerwartet in ihr Leben getreten war und der ihr Dasein ordentlich durcheinandergewirbelt und verändert hatte. Sie dachte an ihre vielversprechende junge Beziehung und die vagen Zukunftspläne, die sie bereits geschmiedet hatten. Sie dachte an die schönen Augenblicke und Momente, die sie in dieser kurzen Zeit gemeinsam erlebt und genossen hatten, ohne dass ein einziges Wölkchen ihren Himmel getrübt hatte.

Aber je näher ihr Einsatz rückte, desto mehr dachte sie daran, wie sehr ihr Leben doch am seidenen Faden hing. Sie selbst hatte sich diesem Risiko ausgesetzt. Einem Risiko, dessen Sinnhaftigkeit sie nun ernstlich hinterfragte. Plötzlich überkamen sie Zweifel, ob sich ihr Einsatz für diese Sache und die damit verbundene Gefahr wirklich lohnten. Sicher war damals ihr erster Gedanke gewesen, zu helfen und den Täter zu fassen, doch in diesem Moment reute sie ihre Zusage. Was, wenn dieser Mann ihr Vorhaben durchschaute? Was, wenn er bemerkte, dass er beobachtet und verfolgt wurde? Was, wenn die Einsatzkräfte nicht schnell genug zur Stelle waren? Was, was, was … Unzählige Fragen rotierten in ihrem Kopf.

»Trinken Sie, Kindchen, das wird Sie etwas beruhigen.« Die Psychologin, eine mütterliche Frau mittleren Alters mit üppigen Kurven und tizianrotem Haar, legte Iris den Arm um die Schultern und reichte ihr ein Glas.

»Was ist das?«, fragte Iris und blickte die Frau mit großen Augen an.

»Das sind lediglich ein paar pflanzliche Tropfen, die Ihre Aufregung ein wenig dämpfen. Es ist sehr wichtig, dass Sie im entscheidenden Moment nicht die Nerven verlieren.«

Iris nahm das Glas entgegen und roch vorsichtig an der etwas trüben bräunlichen Flüssigkeit. Das Mienenspiel ihres leicht geschminkten Gesichts wirkte wie das eines unschuldigen Kindes, das sich voller Neugier, aber auch voller Argwohn und Angst an etwas Neuem erprobte.

»Nun trinken Sie schon.« Die Psychologin nickte aufmunternd und lächelte, als sie das Misstrauen im Gesicht der jungen Frau bemerkte. »Die Tropfen sind wirklich harmlos, Sie können sie bedenkenlos trinken. Es ist nur ein Auszug aus dem Kraut der Passionsblume und völlig ohne Nebenwirkungen, aber sie wirken spannungslösend, beruhigend und nehmen Ihnen ein wenig die Angst.«

Iris führte das Glas zaghaft an ihre Lippen, nippte kurz daran und trank es schließlich leer. »Oh ja, das kann ich jetzt wirklich gut gebrauchen«, antwortete sie leise und stieß einen tiefen Seufzer der Erleichterung aus.

»Wenn Sie zu große Bedenken haben, können Sie immer noch Ihre Zusage zurückziehen. Niemand zwingt Sie dazu! Hören Sie?« Die Psychologin nahm Iris das Glas aus der Hand und führte sie zu dem Stuhl, der gleich hinter ihr stand. »Setzen Sie sich bitte, Frau Forster. Haben Sie verstanden, was ich Ihnen gesagt habe?«

»Aber ja! Natürlich! Ich weiß! Es geht mir auch schon wieder viel besser. Ich hatte wohl einen schwachen Augenblick«, stotterte Iris, fühlte sich aber tatsächlich wieder bestärkt in ihrem Vorhaben.

»Nun gut, dann lassen Sie uns die Sache in Angriff nehmen. Sie sind eine starke Frau, Sie werden das schaffen! Und das Wichtigste,

Sie können sich absolut auf uns verlassen.« Die Psychologin, die Iris mindestens einen Kopf an Größe überragte, beugte sich nun zu ihr hinunter, drückte sie an ihren üppigen Busen und wiegte sie wie ein Kind, dem man Geborgenheit und Zuversicht auf den Weg geben wollte.

»Es wird langsam Zeit, Frau Forster. Wir sollten aufbrechen«, drang es von der Tür her. Kommissar Moser trat auf die beiden Frauen zu. »Sind Sie bereit?«

»Ich denke schon«, antwortete Iris kaum hörbar und erhob sich mechanisch aus ihrem Stuhl. Sie schwankte kurz und hatte Mühe, das Nachgeben ihrer Beine zu verhindern.

»Der Fahrer wartet unten auf Sie. Er wird Sie zum Bahnhof bringen. Unsere Leute sind schon vor Ort. Alles ist bis ins kleinste Detail vorbereitet.« Kommissar Moser redete langsam und beruhigend auf sie ein, als er bemerkte, wie sie um Fassung rang.

Wenig später führten Moser und Baumann, geleitet und umringt von Mitarbeitern, Iris Forster zum Ausgang des Kommissariats, wo bereits ein Taxi auf sie wartete.

Von so vielen Menschen umgeben, fühlte Iris sich, als würde sie dem Scharfrichter vorgeführt, und im Geiste sah sie ihren Grabstein vor sich, auf dem stand: Geopfert und gestorben für eine gute Sache …

»Wir haben ein Taxi gewählt, um kein Aufsehen zu erregen, im Falle, dass der Verdächtige sich bereits auf dem Bahnhofsgelände aufhält. Der Fahrer ist natürlich ein Mann von uns«, erklärte und versicherte Baumann. »Er wird Ihnen noch letzte Anweisungen erteilen. In der Bahnhofshalle werden Sie umgeben von unseren Leuten sein. Sie haben sich bereits unter die Passanten gemischt und Position bezogen. Man wird Sie keine Minute aus den Augen lassen. Sie brauchen also keine Angst zu haben.« Mit diesen Worten schob man sie auf die Rückbank des Taxis.

Nun gibt es kein Zurück mehr, dachte Iris und war froh, dass André und Paul nicht Zeuge dieser Szene geworden waren. Wahrscheinlich wäre Andrés Gesicht in diesem Moment angstverzehrt und er der Fassungslosigkeit nahe gewesen, und sie hätte vielleicht die Beherrschung verloren und ihre Tränen nicht länger zurückhalten können. Vermutlich wäre sie wieder aus dem Taxi gestiegen, zu ihm gelaufen und hätte sich in seine Arme geworfen.

Den beiden Brüdern hatte man unmissverständlich und wiederholt zu verstehen gegeben, dass sie zu Hause abwarten sollten. Letztendlich hatten sie resignierend und wenig erfreut eingewilligt, unter der Bedingung, dass man sie über den Hergang ständig auf dem Laufenden halten würde.

So schloss sich die Wagentür endgültig hinter Iris Forster, und der Fahrer chauffierte das Auto langsam in Richtung Innenstadt, die er durchqueren musste, um zum Bahnhof zu gelangen. Es war kurz vor dreizehn Uhr, und wie jeden Freitag um diese Zeit herrschte ein erhöhtes Verkehrsaufkommen, da viele Büros schlossen und die Menschen sich auf den Heimweg begaben.

Das Wetter hatte sich zwischenzeitlich beruhigt, der Himmel seine Pforten geschlossen und einem fast azurblauen Firmament mit vereinzelten winzigen Wölkchen Platz gemacht. Die Sonne stand zu dieser Jahreszeit so tief, dass ihre Strahlen nun ungehindert durch die Rückscheibe ins Wageninnere vordringen konnten. Iris spürte, wie sich ihr Haar erwärmte, wie ihr Körper das Licht und die Wärme aufsog. Und endlich fühlte sie wieder die Kraft und die Zuversicht in sich aufsteigen, die sie die letzten Stunden schon verloren glaubte. Entschlossen, die Sache gut zu machen, richtete sie ihren Oberkörper gerade und hörte auf, sich zu ängstigen und ihren Einsatz zu hinterfragen.

Aufmerksam lauschte sie den Ratschlägen des Fahrers, der sich als besonnener und erfahrener Kollege der beiden Kriminalisten

Moser und Baumann herausstellte und zu dem Iris Forster schnell Vertrauen fasste.

17

In der Bahnhofshalle herrschte großes Gedränge. Reisegruppen scharten sich in Grüppchen zusammen, folgten den Worten ihrer Führer, die ungeduldig auf die Uhr blickten und mit der Unpünktlichkeit einiger ihrer Teilnehmer konfrontiert wurden. Nicht enden wollende Ströme von angekommenen Fahrgästen durchquerten und verließen eilig die Halle. Einige blieben stehen, blickten suchend umher, um dann erfreut auf die Menschen zuzueilen, von denen sie schon sehnsüchtig erwartet wurden.

Mitten im Getümmel und neben dem lauten Geschrei eines im Buggy sitzenden Kleinkindes, das trotzig auf das Aussteigen aus seinem Gefährt beharrte, versuchte Iris Forster, sich einen Überblick zu verschaffen. Da sie von kleiner zarter Statur war, hatte sie Mühe, über die sie umringenden Menschenmassen hinwegzublicken oder sich so zu präsentieren, um von ihrer Verabredung gesehen zu werden.

Auf Veranlassung der Kriminalisten trug sie ihr langes blondes Haar offen wie auf dem Foto, das sie auf ihrer Seite der Partnerbörse in ihrem Profil hochgeladen hatte, in der Hoffnung, ihrem Date die Wiedererkennbarkeit etwas zu erleichtern. Vorerst aber blieb ihr nichts anderes übrig, als sich zu zeigen und abzuwarten, wer auf sie zukommen würde.

Iris knotete den bunten Schal, den sie zu ihrem kobaltblauen Daunenmantel trug, ein wenig enger. Die kräftigen Farben schmeichelten ihrem Teint und ließen sie noch mädchenhafter erscheinen. Sie schlenderte langsam durch die Halle und suchte den Blickkontakt allein stehender Herren, von denen sie annahm, dass sie auf jemanden warten würden. Doch es schien keiner dabei zu sein, dessen Interesse ihrer Person galt. Sicher lächelte der eine oder andere sie freundlich an, um dann aber gleich wieder weiter anderweitig Ausschau zu halten.

Es war bereits fünfzehn Minuten über der verabredeten Zeit, doch nichts geschah. Iris drehte weiter ihre Runden und wusste nicht so recht, wie sie sich nun verhalten sollte. Niemand hatte sie auf diese Situation vorbereitet und ihr gesagt, wie lange sie auf ihre Verabredung warten sollte. Sie hoffte im Stillen, dass ein Kriminalbeamter auf sie zukommen und ihr weitere Anweisungen erteilen würde.

Nur wenig später, so als könnten ihre unter der Kleidung angebrachten Mikro-Sender auch Gedanken übertragen, steuerte eine Passantin mit einem mit bunten Bildern beklebten Trolley geradewegs auf Iris zu. Sie berührte ihren Arm und fragte: »Können Sie mir bitte sagen, wo ich den Abgang zur Lokalbahn finde?«

Noch während Iris bereitwillig der Dame den Weg beschrieb, trat diese ganz nahe an sie heran und flüsterte: »Wir warten noch fünfzehn Minuten.« Dann fuhr sie laut fort: »Oh, vielen herzlichen Dank!« Sie nickte freundlich lächelnd, entfernte sich so rasch und zielstrebig, wie sie gekommen war, und verschwand in der Menge.

Minute um Minute verstrich, und wieder wartete Iris vergeblich. Insgeheim rechnete sie nicht mehr mit dem Erscheinen ihrer Verabredung, vielmehr, dass ihr Einsatz hiermit zu Ende war. Sie blickte auf die Uhr und sah sich noch einmal suchend in der Halle um. Im Falle, dass die Zielperson nicht erscheinen sollte, hatte Iris mit den Kriminalisten vereinbart, dass sie wieder zu dem Taxi, das sie gebracht hatte, zurückkehren sollte.

Nachdem weitere fünfzehn Minuten verstrichen waren, machte sie sich auf den Weg, um das Bahnhofsgebäude zu verlassen. Doch gerade in dem Moment, als sie sich dem Ausgang näherte, hörte sie eine Stimme ihren Namen fragend rufen:

»Iris? Iris, so warte doch!«

Sie spürte eine Hand auf ihrer Schulter und zuckte heftig zusammen. Erschrocken fuhr sie herum und blickte geradewegs in die dunklen warmen Augen eines gut aussehenden Mannes, der etwas außer Atem zu sein schien.

»Iris! Ich bin es! Paul!«, sprach er beruhigend auf sie ein und lächelte, als er ihr erschrockenes Gesicht sah.

»Oh ... Paul! Ich dachte schon, du kommst nicht mehr. Ich wollte gerade gehen ...«, presste Iris außer sich hervor. Ihr Herz schlug wie verrückt und schnürte ihr die Kehle zu. Als sie ihn so dicht vor sich stehen sah, schoss ihr ein einziger Gedanke durch den Kopf. Hoffentlich sind die Männer der Einsatztruppen nicht schon alle abgerückt ...

»Mein Engelchen, es tut mir unendlich leid, aber mein Zug hatte Verspätung. Als ich vor meiner Abfahrt davon erfuhr, habe ich versucht, dich vom Bahnhof aus auf deinem Handy zu erreichen, aber du hast nicht abgehoben.« Er musterte sie von oben bis unten, und eine unglaubliche Woge der Erregung erfasste ihn bei ihrem Anblick. Noch nie hatte er ein begehrenswerteres Geschöpf gesehen. Sie war so anmutig, so zart, so kindlich, genau, wie er es sich erhofft und ersehnt hatte. »Wie wunderschön du bist. Ich hoffe, du verzeihst mir«, flüsterte er ihr liebevoll lächelnd zu, nahm ihr Gesicht in die Hände und küsste sie auf den Mund.

»Aber natürlich verzeihe ich dir«, antwortete Iris irritiert. Sie zitterte am ganzen Leib und konnte nicht glauben, dass dieser Mann ein Frauenmörder sein sollte. Er war so sanft, so überaus gefühlvoll und zärtlich. Sie schätzte ihn auf Mitte dreißig. Er war groß gewachsen und schlank. Sein Äußeres wirkte auf sie vertrauenerweckend und gepflegt. Er besaß wunderschöne melancholische Augen und dunkles Haar, das unter einer schwarzen Mütze, die er tief ins Gesicht gezogen hatte, etwas hervorschaute, und zu ihrer Überraschung musste sie sich eingestehen, wäre sie nicht in einer glücklichen Beziehung gewesen, sie hätte sogar Gefallen an ihm gefunden.

»Iris, mein Engel, du übertriffst alle meine Erwartungen. Ich bin so glücklich, dass du hier bist.« Er drückte sie fest an sich und umarmte sie. Sanft streichelte er über ihre Wangen, bedeckte ihr Gesicht mit unzähligen Küssen, und für einen Moment trieb es ihm die Tränen in die Augen.

Iris war seine Rührung nicht verborgen geblieben. Sein hübsches Gesicht wirkte plötzlich traurig, schmal und blass. Unter seinen Augen lagen dunkle Schatten, als hätte er eine schlaflose Nacht hinter sich gebracht. Ein melancholisches Lächeln umspielte seinen Mund. Je länger sie ihn beobachtete, desto unvorstellbarer wurde der Gedanke für sie, dass dieser Mann beabsichtigte, sie umzubringen. Vielmehr glaubte sie, dass es sich um eine Verwechslung handeln musste. Sie sah in ihm einen liebenswerten warmherzigen Mann, der, wie viele andere auch, einfach nur auf der Suche nach einer passenden Partnerin war. So viel Menschenkenntnis traute sie sich zu. Bald schon würde sich alles aufklären. Im Moment tat ihr nur leid, dass sie ihm diese falsche Komödie vorspielen musste, da er wirklich Gefühle für sie zu entwickeln schien.

Iris drückte ihre Nase in den dunklen Stoff seines Mantels. Er roch angenehm männlich. Ein wenig harzig nach Sandelholz, aber auch pudrig nach Gewürzen, oder waren es doch Amber und Moschus, die da so angenehm ihre Riechknospen berührten? Sie liebte diese weichen Duftnoten, die trotz ihrer Intensität nicht aufdringlich auf sie wirkten, sondern sie eher dazu verleiteten, den Träger dieses Duftes zu beschnuppern.

»Aber jetzt erzähl erst mal. Ich weiß ja so gut wie nichts von dir. Wie und wo lebst du?«, sprudelte es aus ihr hervor. »Ach, ich bin so neugierig! Ich möchte alles von dir wissen!« Mit ihren Fragen versuchte sie, die Anweisungen der Kriminalisten zu befolgen, bemerkte aber sofort, dass sie aufgrund ihrer Nervosität etwas über das Ziel hinausgeschossen hatte.

»Später, mein Engelchen! Später!« Er lachte laut auf. »Dafür haben wir noch jede Menge Zeit. Unser ganzes Leben ...« Wieder blickte er ihr tief in die Augen und bemerkte, wie ihr die Röte in die Wangen stieg. »Heute, mein Liebes, meine wunderschöne Frau, will ich dich nur anschauen, dir nahe sein, mein Glück genießen, und ich wünsche mir, dass sich alles nur um dich dreht und um unsere Zukunft ...«

Iris wagte nicht, ihm weitere Fragen zu stellen und noch tiefer in ihn zu dringen. Sie wusste, er würde sie nicht beantworten.

»Komm, Iris, lass uns gehen. Draußen scheint die Sonne. Lass uns die letzten warmen Strahlen genießen und einen schönen Spaziergang machen.« Langsam löste er seine Umarmung, nahm sie zärtlich an der Hand und führte sie zum Ausgang.

»Einen Spaziergang? Wohin denn?«, fragte Iris zögerlich. Sie bemühte sich, ihre innere Unruhe vor ihm zu verbergen.

»Vielleicht einen kleinen Stadtbummel?«, schlug er spontan vor.

»Oh ja, das wäre schön. Eine gute Idee.«

»Schließlich möchte ich allen Menschen zeigen, wie glücklich ich bin und was für eine wunderschöne und bezaubernde Frau nun an meiner Seite ist.«

Iris lächelte geschmeichelt und fühlte sich in ihrer Annahme weiter bestätigt. Ein Mörder würde sich doch niemals mit seinem Opfer in aller Öffentlichkeit zeigen. Das wäre zu dreist!

»Anschließend könnten wir uns in einem Café aufwärmen, und wenn es dunkel wird, spazieren wir auf den Kapuzinerberg und blicken auf die wunderschöne beleuchtete Stadt und den silbern glänzenden Fluss. Wir zählen die Sterne, suchen den Mann im Mond, halten uns fest und lassen uns nie wieder los.« Er blieb stehen, drehte Iris zu sich herum und blickte sie an. In seinen Augen lag ein warmer Glanz. »Möchtest du das gerne mit mir gemeinsam machen?«, fragte er sie leise.

»Natürlich möchte ich das«, antwortete Iris.

Sie erinnerte sich an die Anweisungen der Psychologin, die ihr geraten hatte, so gut sie es vermochte, auf ihn einzugehen, und im Moment fiel es ihr ohnehin nicht allzu schwer, ihm freundlich zu begegnen, gab er ihr doch absolut keinen Grund, in Panik zu verfallen, wie sie anfänglich noch befürchtet hatte. Seine zuvorkommende, liebevolle und in gewisser Weise auch zurückhaltende Art bestärkten sie zunehmend, dass dieser Mann nicht der Gesuchte sein konnte.

Er strahlte zufrieden, nahm sie wieder an der Hand und schlenderte mit ihr über den vor dem Bahnhofsgebäude befindlichen Südtiroler Platz. Ihr Weg führte sie über die stark frequentierte Rainerstraße, quer durch den Mirabellgarten, hinunter zum Elisabethkai, an die Uferpromenade am rechten Salzachufer.

Eine Sitzbank, die noch voll im Sonnenlicht stand, lud sie ein, sich darauf niederzulassen. Er zog Iris an sich und legte den Arm um ihre Schultern. Sie ließ es geschehen und blickte sich zaghaft um. Nirgends konnte sie Personen erkennen, die ihrem Schutz dienen sollten. Nur vereinzelt spazierten Menschen an ihnen vorbei. Nichts deutete darauf hin, dass es sich dabei um die Männer der Spezialeinheiten handeln könnte, die sie observierten. Mit einem Mal wurde ihr doch ein wenig flau im Magen. Hatte man sie vielleicht aus den Augen verloren?

Bis auf seine Nähe, die sie gerne abgewehrt hätte, aber wohl oder übel ertragen musste, um den Plan der Fahnder nicht zu gefährden, bestand für sie im Moment allerdings kein Grund, sich zu sorgen. Iris vertraute auf die Arbeit der Kriminalisten und darauf, dass sie wussten, was sie taten.

Gemächlich zog der Fluss an ihnen vorbei, lautlos, träge, die Wassermassen vor sich herschiebend. Scharen von Möwen besiedelten den Fluss. Sie schwangen sich hoch, ließen sich ein Stückchen flussabwärts gleiten, um kurze Zeit später mit lautem Geschrei eine jähe Wendung stromaufwärts zu vollziehen. Ein anderes Grüppchen dieser schönen großen Vögel zankte sich zeternd am Uferrand um das Futter, das eine alte Frau vor ihnen ausstreute.

Eine gefühlte Ewigkeit saßen sie so auf dem Bänkchen in der warmen Sonne wie ein liebendes Paar, das rings um sich alles vergessen hatte. Friedlich und glücklich wirkte dieser Mann an ihrer Seite. Sie konnte keine Spur von Nervosität oder Unbeherrschtheit in seinem Gesicht erkennen. Stattdessen spürte Iris seine verliebten Blicke auf sich ruhen. Glückselig vor sich hin lächelnd, schien er zu träumen und ihre Nähe zu genießen. Fast hätte Iris vergessen, weshalb sie hier war und worin ihre Aufgabe bestand.

Erst als ein paar Wölkchen sich vor die Sonne schoben und Iris zu frösteln begann, brachen sie auf und setzten ihren Spaziergang in Richtung Altstadt fort. Hand in Hand überquerten sie den Makartsteg, dessen Geländer auf beiden Seiten Hunderte von Liebesschlössern zierten. Iris fragte sich, welche von den Paaren, die sich hier ewige Liebe und Treue geschworen hatten, wohl noch zusammen waren. Der Mann an ihrer Seite grinste. Er schien ihre Gedanken zu erraten.

»Ein schönes Ritual, das dieser italienische Schriftsteller Federico Moccia mit seinem Roman *Ich steh auf dich* da ausgelöst hat. Wie viele Schlüssel wohl schon dort unten im Wasser liegen oder einfach fortgespült wurden?« Er sah Iris fragend an.

Sie antwortete nicht, sondern wunderte sich nur, wieso er so genau über diesen neuartigen Brauch Bescheid wusste. Selbst sie, die in dieser Stadt lebte, wusste zwar um die Bedeutung der Liebesschlösser, aber nichts um die Entstehung dieser Sitte.

Langsam brach die Dämmerung herein. Der vorher noch tiefblaue Himmel war der Dunkelheit der beginnenden Nacht gewichen, und es sah so aus, als ob sie sternenklar werden würde.

Mittlerweile waren sie in der Getreidegasse angelangt. Immer wieder stießen sie auf verharrende Touristengruppen, die den Weg blockierten und gebannt den Ausführungen ihrer Reiseleiter lauschten. Sie scherten sich wenig um das Weiterkommen der Leute um sie herum.

Galant führte er Iris durch die Menschenmassen. Seine Blicke und seine Aufmerksamkeit galten jedoch nicht den Schönheiten und Sehenswürdigkeiten der Stadt, sondern ausschließlich seiner Begleiterin. Er konnte seine Augen nicht von ihr lassen. Versonnen betrachtete er ihr schönes Gesicht und jede Regung darin. Er wünschte sich, dass die Zeit hier und jetzt stehen bleiben würde, dass dieses Glück, das er in diesem Augenblick empfand, niemals enden würde.

Doch er wusste nur zu gut, dass seine Wünsche sich niemals erfüllen würden und dieser beseelte Zustand nur von kurzer Dauer war. Aus diesem Bewusstsein heraus spürte er sie plötzlich wieder, diese aufkeimende Unruhe, die ihm Angst einjagte und seinen Herzschlag rasen ließ, diesen Drang, der seinen Verstand begrub und ihm den Schweiß aus den Poren trieb, diese Ohnmacht, die seine menschliche Seite lähmte und Eigenschaften in ihm zutage förderte, die er nicht mehr fähig war zu steuern. Die zwei Seelen in seiner Brust forderten ihr Duell, dessen Ausgang zu steuern, nicht mehr in seiner Macht lag.

»Du bist so schweigsam. Über was grübelst du?«, fragte Iris, nachdem sie bemerkt hatte, dass das glückliche Lächeln aus seinem Gesicht gewichen war.

»Es ist nichts«, antwortete er gequält, wissend, dass er sich nicht mehr im Griff hatte und langsam die Kontrolle über sich verlor. Jedes Mal, wenn ihre Körper sich zufällig berührten, schrie etwas in ihm auf. Er litt Höllenqualen! Machtlos, diesen Drang zu stoppen, hätte er am liebsten die Flucht ergriffen, die Flucht vor seiner dunklen Seite. Doch er war schwach! Nicht stark genug, um sich zu erheben und dagegen anzukämpfen. Wie gerne hätte er jetzt zu ihr gesagt: *Geh weg von mir, lauf um dein Leben!* Doch kein Wort kam über seine Lippen. Seine Kehle schien wie zugeschnürt, und er hatte große Mühe, den Rest seiner Beherrschung nicht zu verlieren.

Iris blieb sein jäher Stimmungswandel nicht verborgen. Überrascht über seine plötzliche Unruhe musterte sie ihn misstrauisch, und allmählich schwand auch ihre Gelassenheit. Sie sah in seiner äußeren Fassade zwar noch immer einen liebenswerten freundlichen Mann, doch sie bemerkte auch, dass ihn etwas quälte. »Mir ist kalt, lass uns einen Kaffee trinken«, sagte sie, in der Hoffnung, dass sein Unmut so schnell wieder verfliegen würde, wie er gekommen war. Überhaupt fragte sie sich, wie lange die Sache noch gehen sollte …

18

»Jetzt läuft er schon seit Stunden mit ihr durch die Gegend, und nichts passiert. Er ist höflich, nett, bedrängt sie nicht. Schön langsam bezweifle ich, ob dieser Mann überhaupt der ist, den wir suchen.« Kommissar Moser raufte sich die Haare und stieß einen Seufzer der Resignation aus.

Den ganzen Nachmittag über beobachteten und überwachten sie nun schon die Aktivitäten der beiden. Bis jetzt war es ihnen nicht einmal gelungen, die Identität dieses Mannes in Erfahrung zu bringen, da er seine dunkle Mütze so tief ins Gesicht gezogen und den Kragen seines Mantels hochgestellt hatte, dass kaum etwas von ihm auszumachen war. Sicher erkennen konnten sie nur, dass er etwa einen Meter achtzig groß, schlank, dunkelhaarig und schwarz gekleidet war. Auch der Vergleich mit den Fahndungsfotos von Luca Giovanni brachte sie nicht wirklich weiter. Eine gewisse Ähnlichkeit war schon vorhanden, aber diese Einschätzung war eher spekulativ als fundiert.

»Vielleicht sollten wir die Sache langsam abbrechen. Wir können die arme Frau doch nicht ewig für unsere Zwecke benutzen. Die Coman-Brüder werden auch schon langsam ungeduldig und fragen ständig nach, wie lange Iris Forsters Einsatz noch andauern soll.«

In Baumanns Gesicht spiegelte sich Enttäuschung. Er hatte sich von dieser Aktion eigentlich die Klärung der Fälle erhofft.

»Das ist mehr als verständlich! Ich hätte auch kein gutes Gefühl, wenn ich meine Freundin in der Gesellschaft eines potenziellen Mörders wüsste.«

»Diese Frau ist ohnehin zu bewundern«, entgegnete Baumann und starrte ausdruckslos durch das Bürofenster hinaus in die Dämmerung der hereinbrechenden Nacht. Die Konturen seines Gesichts spiegelten sich in der Glasscheibe.

»Was ich allerdings nicht begreife; bei dem letzten Opfer, dieser Judith Weber, schlug der Täter bereits nach knapp eineinhalb Stunden zu, dieser Mann aber macht nach mehr als drei Stunden nicht den geringsten Versuch, dieser Frau etwas anzutun. Was hat er bloß vor?« Eigentlich erwartete Kommissar Moser keine Antwort auf seine Frage, vielmehr studierte er in seinem Kopf gedanklich alle Möglichkeiten durch, die das Vorgehen der Zielperson erklären könnten.

»Vielleicht wartet er die Dunkelheit ab.« Baumann kehrte zu seinem Schreibtisch zurück und lümmelte sich in seinen Stuhl.

»Mag sein, junger Kollege, dennoch begreife ich einfach nicht, warum er sich für seine Absichten ausgerechnet die stark frequentierte Innenstadt ausgesucht hat. Da nützt ihm auch die Dunkelheit wenig.«

»Vor ein paar Minuten haben sie sich einen *Coffee to go* geholt, und nun stehen sie schon eine Ewigkeit vor der Auslage eines Juweliers in der Getreidegasse und sehen sich *Eheringe* an. Vielleicht macht er ihr ja einen Heiratsantrag.« So ernst, wie die Angelegenheit auch war, entfuhr Baumann jetzt doch ein breites Grinsen.

»Du machst wohl Scherze!« Moser schüttelte den Kopf. »Die Geschichte wird immer suspekter. Entweder hat er die Sache durchschaut, was ich mir allerdings nicht vorstellen kann, oder er ist wirklich ein hoffnungslos verliebter Mann, der schon die Hochzeitsglocken läuten hört.«

»Mit einem Wort, du meinst, wir haben den Falschen im Visier?«, fragte Baumann skeptisch und überlegte, ob sie sich bei ihren Ermittlungen wirklich so verrannt hatten.

»Wir warten noch eine halbe Stunde, und dann brechen wir ab.« Der Kommissar blickte auf seine Armbanduhr und sprach dann ruhig weiter: »Ich werde unsere Männer da draußen von unserer Entscheidung verständigen.«

Doch gerade in dem Moment, als Moser Anstalten machte, den Einsatzkräften den bevorstehenden Abbruch mitzuteilen, stürzte ein Techniker aus dem Nebenzimmer, in dem die Verbindung zu Iris Forster überwacht und gehalten wurde, in den Raum.

»Leute, ich glaube, jetzt wird es ernst. Er hat ihr gerade einen romantischen Nachtspaziergang auf den Mönchsberg vorgeschlagen, und allgemein benimmt er sich mittlerweile zunehmend eigenartig. Sie sind schon auf dem Weg zum Aufzug.« Der Beamte, ein untersetzter Mann mittleren Alters mit schütterem Haar, schloss hinter sich die Tür und lehnte sich mit dem Rücken dagegen. »Die Einsatzkräfte müssen umgehend ihre neue Position auf dem Mönchsberg einnehmen. Ein Teil ist ja auf dem Kapuzinerberg, da er ursprünglich einen Spaziergang dorthin angekündigt hat«, fügte der Beamte hinzu.

»Na, dann los!« Baumann sprang so schnell von seinem Stuhl auf, dass dieser nach hinten kippte und mit lautem Krach zu Boden fiel. Eilig raffte er seine und Mosers Jacke von der Garderobe und lief seinem Vorgesetzten nach, der das Büro bereits verlassen hatte.

»Wo bleibst du denn? Wir dürfen keine Zeit verlieren. Und verständige die Coman-Brüder. Ich möchte, dass sie zum Einsatzort kommen. Frau Forster wird den Beistand ihrer Freunde dringend brauchen«, rief Moser seinem Kollegen zu und stieß eine Tür zu einem Raum auf, in dem sich weitere Einsatzkräfte befanden, die auf Anweisungen warteten. »Ihr habt es gehört! Wir müssen umdisponieren! Bringt die Männer in Stellung! Beeilt euch! Los! Los! Jetzt zählt jede Minute!« Plötzlich entstand eine unglaubliche Hektik unter den Männern. Moser und Baumann rannten zu ihrem Fahrzeug und verließen mit Blaulicht den Hof.

19

Zur gleichen Zeit machten Iris und ihr Begleiter sich auf den Weg zum Mönchsberg-Aufzug. Wieso hatte er plötzlich sein Ziel geändert? Zögerlich und mit weichen Knien ging sie an seiner Seite. Sie wusste, dort oben würden um diese Zeit kaum noch Menschen sein, und es gab viele verschlungene und abgelegene Pfade durch den Wald. Würden die Menschen, die sie beschützen sollten, es schaffen, so schnell auf dem Mönchsberg ihre Stellung zu beziehen? Ihr Herz flatterte. Sie hatte Angst! Große Angst!

»Warst du denn schon einmal auf dem Mönchsberg«, fragte Iris ihn laut und deutlich, den Mund ganz nahe an ihrem Mikro-Sender, in der Hoffnung, dass man sie hören würde, dass alle Einsatzkräfte mitbekamen, wohin er mit ihr wollte.

»Aber ja, schon mehrmals! Mit Freunden von mir sind wir alle Wege da oben abgelaufen und haben die schöne Aussicht genossen. Und du?« Er blickte sie von der Seite an, und ohne ihre Antwort abzuwarten, blieb er stehen, drehte sie an den Schultern zu sich und sagte mit hohler Stimme, in der auch Angst mitschwang: »Ich möchte für immer mit dir zusammen sein ... Niemand kann uns jetzt noch trennen ... Ich will dich küssen, Iris! Darf ich?«

Iris spürte, wie ihr Körper sich anspannte und in Abwehrhaltung ging. Sie machte gute Miene zum bösen Spiel, lächelte und schloss die Augen. Sie dachte an André und sprach ohne Worte: *Bitte verzeih mir.* Dann bot sie ihm ihren Mund zum Kuss, den er ihr hart und unsanft abforderte. Nichts erinnerte sie in diesem Moment an seine weichen zärtlichen Worte, an seine liebevollen Gesten. Vielmehr spürte sie, wie er zwischen Beherrschung und Machtausübung schwankte, wie sein Mienenspiel von Melancholie in kalte Starre überwechselte. Dicht vor ihr stand ein getriebener

Mann, der in sich zwei Seelen trug, die er abwechselnd und unverblümt zur Schau stellte.

Iris versuchte, stark zu sein und ihre Fassung zu bewahren, was ihr angesichts seiner immer dominanter werdenden Haltung nicht wirklich gelang. Tapfer lief sie neben ihm her, während er den rechten Arm um ihre Schultern legte und sie raschen Schrittes und schweigend durch die Menschenmenge dirigierte.

Kurz bevor sie den Aufzug erreichten, zog er einen Zehn-Euro-Schein aus der Tasche und reichte ihn Iris mit den Worten: »Mein Engelchen, kannst du bitte die Karten lösen? Ich glaube, ich habe einen Stein im Schuh.«

Wortlos nahm sie den Geldschein entgegen und bezahlte bei dem freundlichen Mann hinter der Glasscheibe die Tickets, während er zielstrebig nach rechts auf die Einlassschranken zusteuerte und sich an seinem Schuhwerk zu schaffen machte. Iris kam ihm nach, reichte ihm das Wechselgeld und führte die Tickets in den Laser ein.

Sie waren die einzigen Fahrgäste. Weit und breit war niemand zu sehen.

Im Aufzug stellte er sich hinter sie, sodass sie sich im Spiegel sehen konnten. Ohne sie aus den Augen zu lassen, schob er ihren Schal ein wenig zur Seite und küsste sie auf den Nacken.

»Du bist so wunderschön, mein Engel«, raunte er in ihr Ohr. »Ich will, dass du mir gehörst. Für immer …« Sein Blick wurde ernst. Er atmete heftig, und über seinen glänzenden Augen hing ein feuchter Schleier. Sein Mund begann, weinerlich zu zucken, als wollte jemand dem Kind in ihm jeden Moment das Liebste wegnehmen, das er besaß.

Sie zwang sich zu einem Lächeln und streichelte seine Wange, um ihm zu zeigen, dass sie ihm wohlgesonnen war. Mühsam und mit kaum hörbarer Stimme antwortete sie: »Oh ja, das wäre schön.

Du und ich, wir beide für immer zusammen.« Iris wusste instinktiv, dass sie ihm in diesem Augenblick nicht widersprechen durfte.

Sie ist so lieb, so wunderbar, dachte er, und seine Seele weinte. Mit einem Räuspern überspielte er ein aufkommendes Schluchzen.

Die Fahrt nach oben dauerte dreißig Sekunden. »Hast du keine Handschuhe dabei?«, fragte er, als sie den Aufzug verließen. »Hier oben ist es kalt.«

»Doch, doch.« Iris holte ihre Handschuhe aus der Manteltasche hervor und streifte sie über. Auch er trug plötzlich Handschuhe, schwarze, aus feinstem Leder. Iris' Herz hämmerte wie wild in ihrer Brust. Am liebsten wäre sie jetzt vor ihm davongelaufen. Vor dem Mann, der, warum auch immer, vorgab, sie zu lieben und von dem sie nun sicher war zu wissen, dass er der Gesuchte war.

Er nahm sie wieder an der Hand und führte sie über einige Stufen hinauf auf eine Aussichtsplattform, die einen herrlichen Ausblick bot. Ein Lichtermeer tauchte die verträumte Stadt in ein glitzerndes Kunstwerk, dessen Schönheit seinesgleichen suchte und ein Gefühl von Stolz und Liebe zu dieser wunderbaren Stadt entfachte. Einzig hinter ihnen störte der abgrundtief hässliche Betonklotz, dem man auch nach eingehender und längerer Betrachtung nichts Ansehnliches abgewinnen konnte. Ein Zweckbau, ein Schandmal, das auf diesem schönen Flecken seine Berechtigung verfehlte.

Das Restaurant im unteren Bereich des Betonklotzes schien geschlossen zu sein. Überhaupt glich hier oben alles einem verlassenen Ort. Nichts regte oder bewegte sich.

Sie stiegen weiter ein paar Treppen empor und querten einen Platz, auf dem ein eigenartiger Stahlkegel zehn Meter in den Himmel ragte.

Er blieb davor stehen und starrte auf die Aufschrift auf dem quadratischen Täfelchen, das im Boden vor dem von der Korrosion bereits stark in Mitleidenschaft gezogenen Kunstwerks eingelassen war. *Schlafendes Haus*, las er laut. »Was hat dieser rostige Kegel mit dem Begriff *schlafendes Haus* zu tun?«, fragte er irritiert.

»Sei vorsichtig mit deinen Äußerungen.« Iris lachte laut auf und vergaß für einen Moment, wer ihr Gegenüber war. »Wenn du diese eigenartigen Werke kritisierst, die jedes Jahr in einer anderen Art und Weise unsere schöne Stadt verunzieren, wirst du schnell als fantasieloser, intoleranter, ungebildeter, rückständiger Kunstbanause hingestellt.«

»Dann bin ich lieber ein *Kunstbanause*, als so etwas als Kunst zu sehen.« Er schüttelte den Kopf und betrachtete das Werk eingehend. »Wie sagt doch eine Redensart? Kunst leitet sich von Können ab, und Können wiederum bedeutet, über eine besondere Fähigkeit oder Begabung zu verfügen, etwas Außergewöhnliches zu schaffen, dessen schöpferische Kraft nur wenigen vorbehalten ist. Diese Stahlkonstruktion aber traue ich jedem Schlosserbuben im zweiten Lehrjahr zu.«

»Mit dieser Meinung bist du nicht allein. Halb Salzburg belächelt oder ärgert sich mittlerweile über diese Auswüchse. Es gab schon jede Menge dieser Verrücktheiten, die in den Medien ordentlich verrissen wurden. Einmal war es ein auf den Rotorblättern liegender Hubschrauber, ein anderes Mal aufeinandergestapelte Einkaufswagen und mannshohe Gurken und als absoluter Höhepunkt der Geschmacklosigkeit eine meterhohe Phallusstatue vor dem Festspielhaus. Diese Aufzählung ließe sich beliebig fortführen. Leider besteht auch wenig Hoffnung, dass Salzburg in den kommenden Jahren von Zwangsbeglückungen dieser Art verschont bleibt«, erwiderte Iris. »Es hat den Anschein, je übergeschnappter die Idee, desto lauter rufen die selbst ernannten Kunstkenner nach Anerkennung und Beifall, egal, wie viel Steuergelder für diese aberwitzigen Einfälle verprasst werden. Das Geld wäre bei den Bedürftigen unserer Stadt sicher sinnvoller aufgehoben.«

»Ich frage mich ohnehin, wo sind die wahren Meister, deren Fertigkeiten so einzigartig sind, dass sie ihresgleichen suchen? Gibt es für sie in unserer Gesellschaft keinen Platz mehr? Frei nach dem Motto: je einfältiger, desto interessanter!«

»Da magst du wohl recht haben. Vor einigen Jahren mussten wunderschöne musizierende Bronzefiguren, die auf der Staatsbrücke kurze Zeit ausgestellt waren, wieder entfernt werden, weil sie angeblich nicht ins Stadtbild passten, und dieser Kegel malträtiert nun schon seit mehr als vier Jahren unser Auge. Ist das nicht verrückt?«

»Wir beide werden es nicht ändern können, mein Liebes. Komm, lass uns weitergehen!« Durch die angeregte Diskussion war die Anspannung vorübergehend von ihm abgefallen.

Nicht so bei Iris! Sie hatte die Debatte nur vom Zaun gebrochen und ordentlich Öl ins Feuer gegossen, in der Hoffnung, den Einsatzkräften Zeit zu verschaffen, um Stellung zu beziehen. Letztendlich aber blieb ihr nichts anderes übrig, als mit ihm weiterzugehen und auf ihren Personenschutz zu vertrauen.

Er schlug den Weg nach rechts ein, der zum Schloss Mönchstein führte. Als ein junger Mann mit Hund zügig auf sie zukam, wandte er sein Gesicht ab und zog den Mantelkragen etwas höher, bis dieser in der Finsternis verschwand. Mächtige Buchen säumten den belaubten Weg, beleuchtet vom fahlen Licht der schwarzen schmiedeeisernen Laternen. Hin und wieder drang ein eigenartiges Klirren aus der Dunkelheit des Waldes zu ihnen, so als würden Dinge aus Metall aneinanderreiben.

Immer wieder verlangsamte er seinen Schritt und blickte ausdruckslos in die Nacht. Als er sich allein wähnte, blieb er hinter ihr stehen, zog sie an sich und umarmte sie. Seine Wange war der ihren so nahe, dass er ihren heißen Atem und den Puls an ihrem Hals spürte. Ihre feuchte warme Haut verströmte den Duft eines betörenden Potpourris, weich und zart und von einer Fraulichkeit, die ihm jede Hemmung nahm und sein Gehirn vernebelte. Oh ja, er konnte sie riechen wie keine je zuvor …

Begehrlich leckte er an ihrem Ohr, ließ seine Zungenspitze in die Öffnung gleiten. Iris erschauderte unter seinen Übergriffen. Am liebsten hätte sie laut aufgeschrien. Er aber schrieb ihr Verhalten ihrer Erregung zu. Sein Griff wurde fester. Er war verrückt nach ihr, so verrückt, dass sein Verstand aussetzte und er darüber hinaus für einen kurzen Augenblick vergaß, dass seine Spuren vielleicht an ihr zurückbleiben könnten. Er war nur noch besessen von einem einzigen Gedanken, er wollte ihr ganz nahe sein, in sie dringen und seinen Trieb an ihr ausleben. Er musste sie besitzen. Kein anderer hatte ein Anrecht auf sie. Sie gehörte nur ihm, ihm allein … für immer …

»Paul! Bitte, lass uns weitergehen, wir sind nicht die Einzigen hier …«, flüsterte sie unglaublich erleichtert, wenn ihr auch im selben Augenblick bewusst war, dass diese Unterbrechung ihr nur einen unwesentlichen Aufschub verschaffte.

Ihre bebende Stimme und das Gelächter eines jungen Paares, das ihnen entgegenkam, rissen ihn aus seinem zügellosen Handeln. Widerwillig ließ er von ihr ab, und ohne den Arm von ihrer Schulter zu nehmen, setzte er den Spaziergang fort. Wieder vermied er es, mit den beiden jungen Leuten, die nun an ihnen vorbeigingen, Blickkontakt aufzunehmen oder gar zu grüßen, stattdessen verschanzte er sich hinter Iris, bis sie außer Sichtweite waren.

Er kannte diesen Weg und wusste, dass es gleich zur ihrer linken Seite hinter einem mit Sträuchern bewachsenen nach Süden abfallenden Erdwall in einer Mulde einen Fußballplatz auf einer versteckten Lichtung gab. Am Tage zwar einsehbar, jetzt aber, da die Dämmerung der Dunkelheit der Nacht gewichen war, bot er Schutz vor neugierigen Blicken. Seine unbändige Gier, seine unbeherrschte Lust auf dieses Geschöpf ließen ihn alle Vorsichtsmaßnahmen vergessen.

Da er noch immer Stimmen zu hören glaubte, führte er sie an
der Waldlichtung vorbei bis zu einem Trinkbrunnen, der am linken
Wegrand an einer Steinmauer angebracht war. Von dort aus gabelte
sich der Weg.

»Willst du noch weitergehen?«, fragte er Iris und drückte sie
wieder fest an sich.

»Wie du möchtest«, antwortete sie, in der Hoffnung, dass er
umkehren würde. Je weiter sie sich vom Aufzug entfernten, desto
ängstlicher wurde sie. Von ihren Beschützern war weit und breit
nichts zu bemerken.

»Ich denke, wir sollten umkehren«, antwortete er zu ihrer
Überraschung und lächelte.

Hatte er seinen Plan verworfen, oder hatte dieser Mann überhaupt jemals böse Absichten gehabt? Iris atmete auf. Erleichterung
macht sich in ihr breit. Sichtlich erlöst trat sie an seiner Seite den
Rückweg an, in der festen Überzeugung, dass dieser Spuk nun endlich vorbei war.

Er machte sich indessen an den Knöpfen seines schwarzen
Trenchcoats zu schaffen, öffnete sie und überprüfte den Inhalt seiner Anzugtaschen. Alles war noch an seinem Platz und griffbereit.

»Ist dir zu warm?«, fragte sie verwundert, fröstelte sie doch
selbst, seit sie aus dem Aufzug gestiegen waren. Hier oben pfiff ein
zunehmend rauer Wind durch das Wäldchen und ließ die Äste der
Bäume tanzen.

»Du, mein Engelchen, machst mich heiß«, raunte er ihr ins Ohr.
Wieder drückte er sie fest an sich und küsste ihre kalten Wangen.
»Aber du scheinst zu frieren«, fügte er, sie bemitleidend, hinzu.

Sie mochte seine plumpen Annäherungsversuche und seine
Küsse nicht! Sie waren hart und fordernd, und sein Gehabe hatte

etwas Linkisches an sich, wie ihr erst jetzt auffiel. »Ein Weilchen halte ich schon noch durch …« Sie stockte, als sie seine Hand auf ihrem Nacken spürte.

»Sieh doch, mein Liebes, von der Lichtung dort kannst du den Sternenhimmel sehen.« Er schob sie vor sich her, hinauf auf den Erdwall, hinter dem der Fußballplatz lag.

Obwohl Iris sein Gesicht nicht sehen konnte, spürte sie seine Unruhe und hörte seinen schweren Atem. Seine Bewegungen wirkten fahrig und nervös. Sie zitterte am ganzen Leib. Panische Angst erfasste sie.

»Ich bin müde! Lass uns bitte zurückgehen! Bitte!«, bat sie ihn und hoffte, dass er ihr ihre Furcht nicht anmerken würde. Besorgt spähte sie um sich. Wo waren die Männer, die sie beschützen sollten? Was, wenn man sie aus den Augen verloren hatte? Wenn die Mikro-Sender aus irgendeinem Grund nicht funktionierten? Übelkeit stieg in ihr auf. Ihr Kreislauf machte nicht mehr mit und ließ sie für einen kurzen Moment taumeln.

»Gleich, mein Engelchen, gehen wir zurück. Gleich …« Und während er sprach, schob er sie über den Erdwall hinunter auf die Waldlichtung. Von hier aus war der Weg hinter ihnen nicht mehr einsehbar. »Sieh nur, was für ein wunderbarer Ausblick auf den sternenklaren Himmel«, säuselte er mit belegter Stimme und bebenden Lippen. Er stand jetzt ganz dicht hinter ihr, den Mantel geöffnet, presste er sich an sie, bis er ihren Herzschlag spüren konnte. Er legte seine Wange an die ihre und umschlang sie derart, dass seine Hände auf ihrer Brust zu liegen kamen. Langsam wiegte er sie wie ein Kind, leckte und knabberte an ihrem Ohrläppchen, während seine rechte Hand versuchte, sich Eintritt unter ihre Bluse zu verschaffen.

Iris zuckte heftig unter seiner Berührung zusammen. »Lass das bitte«, stieß sie hervor und versuchte, sich aus seiner Umarmung zu befreien. Allen Anweisungen und Ratschlägen der Psychologin und Kriminalisten zum Trotz vergaß sie, Ruhe zu bewahren. Sie bangte nur noch um ihr nacktes Leben.

Aber anstatt seinen Griff zu lockern, packte er noch fester zu. »Ich will dich«, stöhnte er. »Jetzt und hier.« Und während sie versuchte, sich aus seinem harten Griff zu befreien, und ihn anflehte, von ihr abzulassen, was seine Lust jedoch noch mehr anstachelte, griff er in seine linke Anzugtasche und holte eine der sorgsam gefalteten Plastiktüten hervor.

Klein und zierlich, wie sie war, hatte sie nicht die geringste Chance, ihm zu entkommen. Ohne zu bemerken, wie ihr geschah, stülpte er ihr blitzschnell die Tüte über den Kopf und zog die Bänder zu. Und als sie die Hände nach oben reißen wollte, um sich zu wehren, stieß er sie hart zu Boden.

»Ich muss es tun«, sprudelte es weinerlich aus ihm hervor. »Du würdest mich verraten und allen sagen, was ich mit dir gemacht habe. Mein Engelchen, ich verspreche dir, du wirst nicht lange leiden, dafür liebe ich dich viel zu sehr ...«

»Lassen Sie sofort die Frau los«, brüllte eine Stimme hinter ihm so laut und kraftvoll, dass er erschrocken zusammenzuckte. Jemand packte ihn am Kragen und riss ihn hoch.

Taumelnd und geblendet vom grellen Scheinwerferlicht, sah er sich umringt von Männern mit Waffen, deren Mündungen auf ihn gerichtet waren. Noch bevor er reagieren konnte, wurden seine Hände auf dem Rücken gesichert. Zwei weitere Personen, gefolgt von Sanitätern, stürmten auf die auf der Erde liegende Frau zu. In letzter Sekunde befreiten sie Iris Forster von der übergestülpten Plastiktüte auf ihrem Kopf. Vor ihnen lag ein Häufchen Elend mit panisch aufgerissenen Augen. Iris wimmerte und zitterte am ganzen Leib. Kalter Schweiß stand auf ihrer Stirn. Ihre Haut war fahl und blass.

»Sie steht unter Schock«, schrie jemand. »Los, hebt ihre Beine hoch, bevor sie uns noch kollabiert.«

»Das war knapp«, sagte ein anderer.

Kommissar Moser und Baumann, gefolgt von den beiden Coman-Brüdern, rannten zum Tatort. Energisch verschafften sie sich Platz, um die dichte Schutzmauer, gebildet von den bewaffneten Männern, zu durchbrechen.

Als André seine Freundin auf dem Boden kauern sah, kniete er sich zu ihr und zog ihren Oberkörper auf seinen Schoß. Er tätschelte ihre Wange und sprach fortwährend auf sie ein: »Iris, mein Liebes, hörst du? Ich bin es, André! Es ist vorbei! Sie haben ihn! Jetzt kann dir nichts mehr passieren!« Tränen der Erleichterung flossen über seine Wangen. Er weinte halb vor Angst, die er in den letzten Stunden um sie ausgestanden hatte, halb vor Freude, dass sie noch am Leben war und sie ihm schon wieder ein schwaches Lächeln schenkte.

»Nehmt dem Schwein die Mütze ab«, schrie der Kommissar, als er sich mit Paul Coman der Gruppe Männer näherte, die sich um den Täter scharten. Ein junger Mann führte aus, was ihm befohlen wurde.

Als Paul die in sich zusammengesunkene Gestalt vor ihm erkannte, deren versteinertes Gesicht ausdruckslos zu Boden starrte, schlug er die Hände vor dem Kopf zusammen. Er wankte, und sein Herz schien für einen Augenblick still zu stehen. »Oh mein Gott! Du?«, brach es fassungslos aus ihm heraus. Bestürzt blieb er dicht vor dem Mann stehen, packte ihn an den Schultern und rüttelte ihn heftig. Knapp und kaum hörbar formulierte er seine Frage: »Warum nur, warum ...?«

20

Auf dem Polizeipräsidium spielten sich unglaubliche Szenen ab. Stück für Stück wurde das wahre Ausmaß der Tragödie um den Täter bekannt. Das Verhör dauerte nun schon seit mehreren Stunden an. Verstockt und mit vor der Brust verschränkten Händen gab er, von den Kriminalisten immer weiter in die Enge getrieben, mit knappen Worten widerwillig die Morde an den drei Frauen zu.

»Ihr habt doch keine Ahnung, was sie mit mir gemacht haben. Ich hatte doch keine andere Wahl«, schluchzte er mit hasserfüllter Stimme, stützte die Ellbogen auf und verbarg das Gesicht in seinen Händen.

»*Wer* hat *was* mit Ihnen gemacht?«, fragte Kommissar Moser ruhig. Ihm gegenüber saß ein menschliches Wrack. Mehr war von diesem Mann, der jetzt wie ein Häufchen Elend in sich zusammenbrach, nicht übrig geblieben.

»Sie haben mir alles genommen! Alles! Meine Kindheit, meine Jugend und mein Mädchen! Sie haben mich missbraucht und geschlagen, erniedrigt und gedemütigt …«, sprudelte es rau aus ihm hervor.

Endlich hatte er sein Schweigen gebrochen und ließ seinen Worten freien Lauf …

Draußen vor dem Spiegelglas verfolgten Baumann und Doktor Paul Coman die Vernehmung des Tatverdächtigen.

»Was hast du bloß gemacht, mein Freund? Jetzt erst wird mir vieles klar«, murmelte Paul niedergeschlagen vor sich hin und schüttelte immer wieder den Kopf. Tief betroffen über das, was er bis jetzt gehört hatte, setzte er das Puzzle zusammen. Plötzlich ergab alles einen Sinn. Wie blind musste er doch all die letzten Monate gewesen sein?

Rolf Arnstett, *sein Freund*, der Anstaltspriester, war der ominöse Anrufer gewesen, der den Verdacht auf Luca Giovanni gelenkt und ihm die Plastiktüten untergeschoben hatte. Wie Schuppen fiel es Paul nun von den Augen. Für Rolf, der überall ungehindert Zugang hatte, war es ein Leichtes gewesen, die Weichen so zu stellen, dass niemand ihn verdächtigte. Er, der untadelige Kirchendiener, hatte bewusst die Ausgangstage des Häftlings für seine Verbrechen genutzt, um ihm die grausigen Morde anzuhängen, und mit seinem Auftreten in der Partnerbörse als *Paul und Anstaltspsychologe* hatte er wohl gehofft, bei seinen Opfern Vertrauen erwecken und Eindruck schinden zu können und obendrein noch eine falsche, wenn auch absurde Spur zu legen.

Rolf hatte seine Freundschaft schamlos ausgenutzt. Er hatte ihn von Anfang an belogen, um Luca in ein schlechtes Licht zu rücken, und der arme Teufel konnte sich nicht wehren. Man konnte Luca bei Gott nicht verübeln, dass er nach seinem letzten Freigang nicht mehr in die Haftanstalt zurückgekehrt war. Niemand glaubte seinen Worten. Selbst er hatte manchmal an seiner Unschuld gezweifelt, und auch für die Kriminalbeamten war er bis zuletzt der Hauptverdächtige gewesen.

Paul lachte verbittert auf. Er spürte Baumanns Blick, der mitfühlend auf ihn gerichtet war.

»Ich befürchte, das ist erst der Anfang seiner Geschichte«, sagte Paul, einen lauten Seufzer von sich gebend, und dachte dabei an das, was Rolf Arnstett ihm erst kürzlich auf dem grünen Sofa in seinem Arbeitszimmer anvertraut hatte.

»Von einem Freund so hintergangen zu werden, ist sicher eine große Enttäuschung, die erst verkraftet werden muss«, erwiderte Baumann und klopfte Paul anteilnehmend auf die Schulter.

Indessen fuhr Rolf Arnstett im Verhörraum fort, sich seine ertragenen Erniedrigungen von der Seele zu reden. Sein Mienenspiel wechselte von blankem Hass zu verstörtem Schluchzen. Dann wieder unterbrach er sein Geständnis für eine Weile und starrte ausdruckslos ins Leere, so als wäre er in einer anderen Zeit, in einem anderen Leben.

»Ich möchte gerne die ganze Geschichte hören«, unterbrach Kommissar Moser die Stille und lehnte sich abwartend in seinem Stuhl zurück.

»Die ganze Geschichte?«, fragte Rolf verbittert. »Die könnt ihr gerne hören. Jetzt ist ohnehin alles vorbei. Ich habe lange genug aus Angst, man würde mir nicht glauben und meiner Familie schaden, geschwiegen.« Rolf schloss für einen Moment die Augen. Er schien sich zu sammeln, dann fuhr er zögernd fort: »Jeden Abend ist Bruder Bernhard zu später Stunde leise in den Schlafsaal geschlichen und hat einen Knaben seiner Wahl aufgefordert, mit ihm zu gehen, unter dem Vorwand, dass er für irgendein schweres Vergehen Abbitte zu leisten habe.

Ich war einer von diesen Jungen, die er häufig holte. Zitternd vor Furcht und Ekel, was mir bevorstand, musste ich ihm in sein Arbeitszimmer folgen, in dessen Mitte ein monströser stoffbezogener Stuhl stand, auf dem er sich breitbeinig niederließ.

Bruder Bernhard war ein kleiner, aber kräftiger, höchstens ein Meter sechzig großer Mann, der übel roch und dessen Alter ich nur schwer zu schätzen vermochte, da sein Schädel kahl und sein Gebiss lückenhaft war. Gegen ihn hatten wir Knaben keine Chance.

Er befahl mir, meine Pyjamahose auszuziehen, die meistens nass war, da ich auf meinem Canossagang vor lauter Angst meine Blase nicht mehr kontrollieren konnte. Dann zog er mich, mit dem Kopf voran, zwischen seine Beine und schlug mit der einen Hand auf mein entblößtes Hinterteil oder steckte seinen Finger in meinen Anus, während die andere mein Gesicht auf seinen steifen Schwanz drückte und ich ihn oral befriedigen musste. Bei dem geringsten

Aufbegehren festigte er seinen Griff und gab den Rhythmus vor, indem er mich an meinem Haarschopf auf und nieder riss. Anfangs habe ich noch nicht begriffen, was er mit mir machte. Eingeschüchtert gehorchte und erduldete ich und führte aus, was er von mir verlangte, unter der Drohung, dass, wenn ich nicht eisern über das Geschehene schweigen würde, ich noch mit einer viel schlimmeren Bestrafung zu rechnen hätte. Tausend Tode bin ich jedes Mal gestorben, vor Angst und Ekel vor neuerlichen Schlägen und weiteren sexuellen Übergriffen, die mit der Zeit immer härter und abartiger wurden, sodass ich sie hier gar nicht wiedergeben möchte.

Nachdem ich das Martyrium im Internat überstanden glaubte, zwang mein Vater mir auf seinem Sterbebett das Versprechen ab, die Priesterlaufbahn auf dem Lyzeum einzuschlagen. Ohne auf meine eigenen Bedürfnisse Rücksicht zu nehmen, untersagte man mir jeglichen weiteren Kontakt zu meinem Mädchen, das ich kurz vorher kennengelernt hatte. Sie war so wunderschön … so zart und lieb … ein blonder Engel … der meinem Dasein wieder Hoffnung gab. Sie haben ihn mir weggenommen! Fleischliches Verlangen nach dem anderen Geschlecht wäre für einen Priester niederträchtig und eine Todsünde, sagten sie, und ich hätte diesem abzuschwören!

Für mich brach eine Welt zusammen. Mit dem Testament meines Vaters, in dem er seinen Letzten Willen niederschrieb, dass Hof und Land nur in der Familie bleiben sollten, wenn ich der Kirche dienen würde, war mein Schicksal besiegelt. Unter dem Druck der restlichen Familie resignierte und fügte ich mich schließlich.

Ich fühlte mich um mein Leben betrogen! Doch als ich dann meinen Beruf in diesem Mädcheninternat ausübte, spürte ich, dass ich diesen wunderbaren Geschöpfen nicht länger widerstehen konnte. Unbändige Lust, sie zu berühren und ihnen nahe zu sein, plagte mich bei ihrem Anblick, im Nacken die Drohungen meiner

Familie und die Verbote der Kirche. Es fiel mir immer schwerer, den Versuchungen zu widerstehen, und auch die Mädchen machten es mir nicht gerade leicht. Sie spürten wohl meine Sehnsucht, mein Verlangen und lachten, scherzten und umschwärmten mich. Ich konnte gar nicht anders! Ich musste sie berühren!«

Mit weinerlicher Stimme schilderte Rolf Arnstett den Hergang seiner Versetzung in die Justizvollzugsanstalt und dass er selbst es gewesen war, der diesen Ort gewählt hatte, in der Hoffnung, dort nicht den weiblichen Reizen und Versuchungen ausgesetzt zu sein. Doch sein Drang nach Befriedigung wäre immer unerträglicher geworden, so sei er schließlich auf die Idee gekommen, sich einer Online-Partnervermittlung zu bedienen, um an die Objekte seiner Begierde zu gelangen. Plötzlich aber war alles aus dem Ruder gelaufen, hatte sich alles verselbstständigt, sein unbändiger Trieb war immer mächtiger und unkontrollierbarer geworden, bis er ihn schließlich nicht mehr unterdrücken konnte.

»Und jetzt lasst mich endlich in Frieden. Ich möchte dazu nichts mehr sagen«, schloss Rolf mürrisch, sichtlich in Apathie verfallend.

»Schafft ihn weg«, sagte Moser rau. Die Bestürzung stand ihm ins Gesicht geschrieben. Er winkte die beiden Polizisten herbei, die vor dem Verhörraum Stellung bezogen hatten.

Er war zutiefst betroffen über dieses Geständnis, wusste er doch, dass die Ursache für dieses abscheuliche Verbrechen nicht nur beim Täter zu suchen war, sondern sich auch, wie in diesem Fall, niederträchtige Personen mitschuldig gemacht hatten, über die die Kirche schützend ihre Hände hielt. Ein Vergehen, das mindestens genau so schwer wog wie die Taten des Mörders.

Ein Trost für Kommissar Moser war, dass es sich hierbei um Einzelfälle handelte, unter denen die, die ihren Dienst in der Kirche untadelig und korrekt versahen, leiden mussten.

Statt der beiden erwarteten Beamten drang lautes Wortgefecht durch die Tür zum Verhörraum. Moser sprang auf, und noch bevor er den Ausgang erreichen konnte, betraten zwei Männer, gefolgt von Baumann, Paul Coman und weiteren Polizisten das Zimmer.

»*Va a morire ammazzato!*«, was so viel bedeutet wie *fahr zum Teufel, auf dass du getötet wirst* schrie der jüngere der beiden Männer Rolf Arnstett wütend ins Gesicht.

»Bleiben Sie ruhig, Luca, jetzt wird sich alles aufklären«, redete der ältere Herr neben ihm besänftigend auf den Italiener ein.

»Was ist denn das für ein Lärm?«, fragte Moser und stellte sich vor die Männer.

»Eigentlich habe ich mir geschworen, nichts zu sagen, weil ihr mich wie den letzten Dreck behandelt habt, aber was kann denn die arme Frau dafür?«, tobte Luca und gestikulierte wild mit den Armen.

»Wer sind Sie überhaupt, und von welcher Frau sprechen Sie?« Der Kommissar, der Luca nur von den Fahndungsfotos kannte und nicht gleich wusste, wen er vor sich hatte, versuchte, Ruhe in den Tumult zu bringen. »So, und jetzt alles der Reihe nach. Um was geht es hier eigentlich?«

»Ich bin Pfarrer Weidenfelder, der pensionierte Seelsorger der JVA und Vorgänger des Tatverdächtigen«, drängte der ältere Herr sich dazwischen. »Dieser junge Mann hier, den ich mehr als zwei Jahre in der Anstalt betreute, ist zu mir gekommen und hat mir in seiner Verzweiflung etwas Wichtiges anvertraut.« Der Pfarrer, ein weißhaariger Mann mit Brille und freundlichem Gesicht, wandte sich Luca zu und ermutigte ihn zu reden. »Bitte, Herr Giovanni, berichten Sie den Herren, was Sie mir erzählt haben.«

»Ich bin Luca Giovanni! Der, den ihr verdächtigt habt, *seine* Morde begangen zu haben!« Luca zeigte hasserfüllt und erzürnt mit dem Finger auf Rolf Arnstett. »Seinetwegen bin ich nicht mehr in die Haftanstalt zurückgekehrt, weil ich genau wusste, dass er alles versuchen würde, um mir die Morde anzuhängen. Ist ja auch ganz bequem! Wer glaubt schon einem Häftling?

Zuerst habe ich mir noch nichts dabei gedacht. Es muss so Anfang September gewesen sein, da habe ich rein zufällig beobachtet, wie dieser *feine Herr* aus seiner alten Schrottkarre, mit der er bis zur Kirche vorgefahren ist, eine junge blonde Frau, in der Dunkelheit in die Kirche geschafft hat. Er hatte sie getragen, und sie gab keinen Laut von sich, so als hätte sie geschlafen. Ich konnte mir absolut keinen Reim darauf machen, was es mit dieser Frau auf sich hatte. Erst als ich bei einem Spaziergang in dem Wäldchen hinter der JVA an dem Tag, als der Mord an der zweiten jungen Frau passiert ist, gesehen habe, wie dieser Pfaffe einen leblosen Körper unter einem Reisighaufen verscharrt hatte und dann wegrannte, wurde mir plötzlich klar, dass da etwas nicht mit rechten Dingen zugehen konnte.

Bald wusste ich auch, dass nur *er* es gewesen sein konnte, der die Plastiktüten in meiner Zelle versteckt hatte, um den Verdacht auf mich zu lenken. Wartete er doch einen Tag zuvor in der Zelle auf mich, als ich von meiner Arbeit aus der Gärtnerei zurückkehrte, um sich fadenscheinig nach meinem Befinden zu erkundigen. Er hatte absichtlich *mich* für seine Zwecke ausgewählt, da er genau wusste, dass ich der Einzige war, der an den besagten Tagen Ausgang hatte. Auch für die Polizei stand schon bald fest, dass nur ich als Täter infrage kommen könnte. Niemand glaubte mir, als ich meine Unschuld beteuerte, so wagte ich auch nicht zu erzählen, was ich gesehen hatte. Gegen das Wort eines Priesters hatte ich keine Chance, also hielt ich mich bedeckt.

Als ich dann eines Tages in die Kirche gehen wollte, um zu beten, hörte ich eigenartige Geräusche aus der Sakristei. Es hörte sich an wie eine nach Hilfe rufende Frauenstimme. Doch als ich

Nachschau halten wollte, ist er erbost auf mich zugekommen und hat mich angeschnauzt, was ich hier zu suchen hätte.

Ab diesem Zeitpunkt blieb ich ihm ständig auf den Fersen, um ihn aufzudecken und meine Unschuld zu beweisen. So folgte ich ihm auch an dem Tag, als er den Zug nach Salzburg bestieg und mit dieser Frau nach Hellbrunn in den Wald fuhr. Aber dann ging alles viel zu schnell. Noch bevor ich die Polizei rufen konnte, hatte er die Frau schon umgebracht und sich aus dem Staub gemacht. Ich hatte Angst, man könnte mir nicht glauben, und war geschockt von dem, was ich mit ansehen musste. Also bin auch ich davongelaufen und bei einem Freund untergetaucht, bis ich aus den Nachrichten gehört habe, dass der gesuchte Frauenmörder endlich in Salzburg gefasst worden sei.

In Sorge um die arme Frau, die sich vielleicht noch immer in einem Versteck in der Kirche befinden könnte, habe ich mich schließlich Pfarrer Weidenfelder anvertraut. Ich hatte Angst, dass sie verrecken könnte, wenn er jetzt hier sitzt und sich nicht mehr um sie kümmert.«

Moser, der wie die anderen im Raum Stehenden gebannt den Ausführungen des Häftlings lauschte, kochte vor Wut. Er stürmte auf Arnstett zu und riss ihn vom Stuhl. »Los, rede! Gibt es da noch ein weiteres Opfer? Was haben Sie mit dieser Frau gemacht? Oder haben Sie auch sie schon umgebracht und irgendwo verscharrt?«, schrie er ihn an.

Verstockt und mit hämischem Grinsen blickte Rolf in die auf Antwort wartende Runde. »Ihr werdet sie nicht finden. Sie ist *mein* Schatz, und der gehört *nur mir* ...«

»Also lebt sie noch! Ich warne Sie! Sagen Sie uns augenblicklich, wo Sie diese Frau hingeschafft haben.« Baumann hatte sich zur Verstärkung seines Vorgesetzten drohend vor Arnstett aufgebaut.

»Wer hat *mir* geholfen, als ich diesen *bigotten Brüdern* hilflos ausgeliefert war?«, antwortete Arnstett mit versteinerter Miene und zuckte mit den Schultern.

»Was Sie erdulden mussten, ist unverzeihlich, rechtfertigt aber in keiner Weise, was Sie diesen armen Frauen angetan haben«, mischte Pfarrer Weidenfelder sich ein.

»Wie heißt es doch so schön im Alten Testament: Auge um Auge, Zahn um Zahn ...«

»Es reicht! Los, mitkommen!«, schrie Moser Arnstett an und übergab ihn den beiden Polizeibeamten. »Wenn Sie uns nicht augenblicklich zu dieser Frau führen, werde ich dafür sorgen, dass Sie so schnell nicht wieder aus dem Knast kommen! Das schwöre ich!«

»Schnell, ruft unsere Leute zusammen, und verständigt die Kollegen in Bayern. Wir schaffen ihn in die Haftanstalt und *gnade ihm Gott*, wenn er uns nicht sagt, wo er sie versteckt hält.« In diesem Moment, in dem er mit seinem jungen Kollegen, Paul Coman und Simon Weidenfelder auf dem Weg zu den Einsatzfahrzeugen war, dachte Moser keine Sekunde daran, dass es bereits wieder heller Morgen war und er und seine Leute seit fast fünfundzwanzig Stunden ohne Schlaf.

Paul Coman hatte alles mit steigender Beklemmung angehört. Er war froh, dass sein Bruder nicht auch noch Zeuge dieser Vernehmung geworden war, sondern Iris auf den Weg ins Krankenhaus, wohin man sie nach ihrem schrecklichen Erlebnis brachte, begleitete. Paul verspürte ein eigenartiges beklemmendes Gefühl in seiner Brust, und ein Kloß, der ihm den Hals zuschnürte, verschlug ihm die Sprache. Hatte Rolf Arnstett noch eine weitere Frau auf dem Gewissen? Gab es noch ein viertes Opfer, das er, aus welchem Grund auch immer, irgendwo versteckt hielt? Plötzlich fielen ihm die üppig gefüllten Einkaufstaschen ein, die Rolf vor längerer Zeit in seine Wohnung geschleppt hatte. Und mit einem Mal wurde ihm auch klar, warum der Geistliche sich so übereilt von seinem Wagen getrennt hatte. Wenn Rolf, wie Luca vorher erzählt hatte, die Frau in dem alten Wagen transportiert hatte, musste er ihn loswerden, um die Spuren zu verwischen. Paul erschauderte bei dem Gedanken an das, was noch alles ans Licht kommen könnte.

Mit sechs Einsatzfahrzeugen trafen sie nach knapp einer halben Stunde in der Justizvollzugsanstalt ein. Die Kollegen aus Bayern waren schon vor Ort und hatten die Räumlichkeiten bereits auf den Kopf gestellt. Jeden Winkel der Pfarrwohnung, der Sakristei und des Gotteshauses hatten sie durchsucht, aber nirgends konnten sie etwas Verdächtiges, geschweige denn ein Versteck oder eine Frau finden.

»Wo ist sie?«, herrschte Moser Arnstett gereizt an.

»Los, mach endlich deinen Mund auf, bevor ich mich vergesse«, zischte Baumann und packte Rolf am Kragen.

»Von mir erfahrt ihr gar nichts.« Arnstetts hämischer Blick streifte Paul.

»Mit Ihrem Schweigen machen Sie alles nur noch schlimmer«, stimmte der alte Pfarrer Weidenfelder in den Chor mit ein.

Trotzig wie ein ertapptes Kind, das man eines Vergehens überführt hat, hüllte Arnstett sich in beharrliches Schweigen. Er weidete sich sichtlich an der Hilflosigkeit der ihn umringenden Personen.

»Da fällt mir etwas ein.« Weidenfelder trat aus dem Kreis, der sich vor der Kirche gebildet hatte, und ging zurück ins Gotteshaus. Gefolgt von Moser, Baumann und Paul Coman, öffnete er die Tür zur Sakristei.

»Hier drunter gibt es eine Falltüre, die ich längst vergessen habe«, sagte der alte Mann und deutete auf einen dicken roten Teppich, der auf dem Boden lag. »Soviel ich weiß, befindet sich darunter eine Art Kellerraum, in dem früher der Messwein und nicht benötigtes Mobiliar aus der Pfarrwohnung gelagert wurden. Ich habe von diesem Raum nie Gebrauch gemacht.«

Der Kommissar und Paul Coman rollten den schweren Teppich zusammen und stießen auf die Falltüre, an deren Schmalseite sich ein eingelassener Griff befand. Ungläubig starrten sie auf die verborgene Klappe, die man sonst vereinzelt nur noch in alten Häusern vorfand. Diese Art Abgang führte in der Regel zu einem Kellergewölbe, das als Vorratsraum zur kühlen Lagerung von Lebensmitteln oder als Weinkeller genutzt wurde.

»Hallo! Ist da jemand?«, riefen die Männer, doch nicht ein einziger Laut drang zu ihnen.

»Lasst uns endlich die Tür öffnen!«, forderte Baumann.

»Sie ist abgeschlossen. Wir brauchen eine Brechstange«, hielt Moser ihm entgegen.

»Schnell, holt jemanden aus der Anstaltsschlosserei und die Leute von der Spurensicherung«, ordnete Baumann an. Er hatte sich vergeblich mit aller Kraft an dem versperrten Riegel der Falltüre versucht.

Bereits kurze Zeit später machte sich ein großer stämmiger Bursche mit einer Brechstange am Schloss der Tür zu schaffen. Es dauerte nicht lange, und der Widerstand des Eisenriegels gab unter der Hebelwirkung nach. Zwei Männer in weißen Schutzanzügen, die nun hinzugekommen waren, öffneten die Klappe. Ein dünner Lichtstrahl drang ihnen entgegen. Sie stiegen die steilen Stufen hinab in ein unübersichtliches Kellergewölbe, und einer der beiden rief: »Hallo, ist hier unten jemand?«

Nur einen Augenblick später schrie der andere: »Wir brauchen sofort Hilfe! Holt einen Arzt! Holt die Sanitäter!«

Paul, der sich angesprochen fühlte, Beistand zu leisten, kletterte die schmale Treppe hinunter. Vor ihm lag ein düsterer, mit Gerümpel voll gestellter Raum, den er durchquerte. Doch, was er dann erblickte, brach ihm fast das Herz und ließ ihn vor Schmerz erstarren.

Auf einer alten schäbigen Matratze kauerte eine geknebelte und an Händen und Füßen gefesselte Frau, in sich zusammengesunken, gekleidet in eine schwarze Priestersoutane.

Von den Männern der Spurensicherung von Fesseln und Knebel befreit, blickte sie auf und murmelte ungläubig mit schwacher und immer wieder versagender Stimme: »Paul, du bist hier?« Über ihre Wangen rollten dicke stumme Tränen.

»Esther …!! Esther …!!«, brüllte er so laut, dass man seine Schreie bis nach oben hören konnte. »Mein Gott, was hat er dir bloß angetan!« Tränen schossen aus seinen Augen, als er die jämmerliche, nur mit einer Wolldecke dürftig bedeckte Gestalt so hilflos vor sich sah.

Schluchzend warf er sich zu ihren Füßen, bettete seinen Kopf in ihren Schoß und umklammerte ihre kraftlosen Beine. »Verzeih mir, Liebes, bitte verzeih mir, dass ich an dir gezweifelt habe. Ich hätte auf meine innere Stimme hören sollen, die mir die ganze Zeit über sagte, dass da etwas nicht stimmt.« Esthers unverkennbarer Duft stieg ihm in die Nase. Er sog ihn ein, und plötzlich fügte sich ein Puzzlestein an den anderen. Es war exakt der gleiche Geruch, den er zuletzt wahrgenommen hatte, als er in der Gegenwart von Rolf Arnstett das Kuvert mit dem Schlüssel geöffnet hatte. Jetzt, da er Esther in dessen Soutane hier vor sich sah, fiel es ihm wie Schuppen von den Augen. Er hatte damals in Rolfs Büro an dessen Soutane *ihren* Duft gerochen und nicht den eines neuen Waschpulvers oder des braunen Kuverts. Und den Haustürschlüssel hatte er ihm wohl zugespielt, um ihn glauben zu lassen, dass Esther mit ihm endgültig gebrochen hatte. Was für ein perfides abgekartetes Spiel!

Paul umarmte sie und drückte ihren zarten zerbrechlichen Körper an sich, fuhr jedoch gleich darauf erschrocken hoch. Erst jetzt bemerkte er, dass sich ihr Leib nach außen wölbte. Vorsichtig legte er seine Hand auf ihren runden Bauch und sah sie fragend an.

»Das war es, was ich dir an diesem Abend sagen wollte … und dann kam alles anders …« Ihre Stimme war so schwach und kraftlos, dass ihr jedes Wort nur schwer über die Lippen kam.

Währenddessen waren auch Moser, Baumann und Pfarrer Weidenfelder in den Keller hinabgestiegen, und das, was sie in diesem Keller vorfanden, schockierte auch sie zutiefst. Einer der Männer reichte Esther ein Glas Orangensaft und ein Schälchen heiße Suppe. Beides hatte man eiligst aus der Anstaltsküche herbeigeschafft, da man davon ausging, dass sie schon seit Stunden ohne Nahrung war.

»Mein Liebes, und ich dachte, ich sehe dich nie wieder. Jetzt wird alles gut. Du lebst, das ist alles, was zählt.« Behutsam reichte Paul ihr abwechselnd die Suppe und den Saft. »Ich habe mir die ganze Zeit den Kopf zermartert und versucht, für dein plötzliches Verschwinden eine Erklärung zu finden.« Paul konnte nicht mehr länger an sich halten und weinte hemmungslos. Viel zu lange schon lebte er mit diesem Schmerz.

»Rolf ist am späteren Nachmittag noch vorbeigekommen wie schon so oft zuvor, wenn er in Salzburg etwas zu erledigen hatte. Er schien mir eigenartig aufgedreht, aber gleichzeitig auch in sich gekehrt und niedergedrückt«, begann sie langsam zu erzählen und nippte an ihrem Saft. »Sein Verhalten erklärte er damit, dass er eine schlaflose Nacht mit Grübeleien hinter sich gebracht hätte, jedoch nicht darüber sprechen möchte.

Ich war an diesem Tag so überglücklich, da ich erst am Tag zuvor erfahren hatte, dass ich bereits im dritten Monat schwanger war. Rolf sah mir meine Freude wohl an und fragte mich, was der Grund für mein Strahlen wäre. Da ich wollte, dass du der Erste bist, der es erfahren sollte, habe ich geantwortet, dass ich eine wunderschöne Überraschung für dich hätte und ich es nicht mehr erwarten könne, sie dir zu erzählen. Ab diesem Zeitpunkt saß er nur noch versonnen lächelnd da und meinte, wie sehr er uns doch um unser Glück beneiden würde.

Dann plötzlich machte er mir einen Vorschlag und sagte: ›Was hältst du davon, wenn ich dich in meinem Wagen mit in die Haftanstalt nehme? Du könntest Paul bei einem schönen Abendessen mit deiner Neuigkeit überraschen und danach wieder mit ihm zurückfahren.‹

Ich fand diese Idee wunderbar und willigte ein!

Als wir bereits im Wagen saßen, bat er mich, noch einmal ins Haus zurückkehren zu dürfen, da er glaubte, seinen Schal und seine Lederhandschuhe in der Garderobe vergessen zu haben, und außerdem kurz noch die Toilette aufsuchen müsste. Ich habe mir nichts dabei gedacht und händigte ihm den Haustürschlüssel aus.

Ein Weilchen später hörte ich, wie er den Kofferraumdeckel öffnete und wieder schloss.«

»In dieser Zeit muss er wohl die Nachricht auf die Pinnwand geschrieben und deine Reisetasche und die Dokumente im Kofferraum versteckt haben …«

»Welche Nachricht?«, unterbrach Esther ihn mit fragendem Blick und zog die Augenbrauen hoch.

»Als ich an diesem Abend nach Hause kam, fand ich auf der Pinnwand einen Zettel vor, auf dem gekritzelt stand, dass du mich nicht mehr lieben würdest. Auch solle ich nicht nach dir suchen, da du nicht mehr zurückkommen würdest«, antwortete Paul mit brüchiger Stimme. Alles, was er schon vergessen glaubte, kam plötzlich wieder hoch. »Gleich darauf entdeckte ich, dass auch dein Schlüssel, deine Dokumente, deine Reisetasche und Kleidung verschwunden waren. Ich musste doch glauben, dass du mich verlassen hattest!«

Esther deutete auf einen schäbigen Schrank neben sich. »Bis auf den Schlüssel ist alles da. Er muss die Sachen schnell zusammengerafft haben, um mein Verschwinden glaubhaft zu machen.« Sie hatte ihre Suppe fertig gelöffelt und ihren Saft getrunken. Ihre Wangen nahmen wieder etwas Farbe an, und sie schien sich ein wenig erholt zu haben.

»Den Schlüssel hat er mir in deinem Namen zurückgeschickt, damit ich denken sollte, dass du endgültig mit mir gebrochen hast«, fügte Paul hinzu. »Aber wie bist du hierhergekommen, und warum hat er dich am Leben gelassen?«

»Wir hatten die Strecke zu dir fast zurückgelegt, als Rolf plötzlich meinte, er fühle sich nicht wohl und würde gerne kurz stehen bleiben, um sich die Beine zu vertreten. Ich bot ihm an, die Fahrt zu übernehmen, doch er lehnte ab. Daraufhin lenkte er den Wagen auf eine abgelegene Seitenstraße, stieg aus, machte sich am Kofferraum zu schaffen und bat mich auszusteigen, da er mir gerne etwas zeigen würde. Ich folgte seiner Bitte, und als ich ausgestiegen war, stand er plötzlich hinter mir, umarmte mich und meinte: ›Sieh mal, was für wunderschöne Aussicht!‹ Nicht einen Augenblick habe ich daran verschwendet, zu glauben, dass ein Priester mir etwas antun könnte. Ich sah seine Nähe rein freundschaftlich, bis er seine Wange an meine schmiegte und in mein Ohr flüsterte: ›Du bist so wunderschön, so lieb, wie mein Mädchen damals ... Ich möchte, dass du mir gehörst.‹

Ich sagte energisch, dass er das sofort lassen sollte, und fragte ihn, was in ihn gefahren wäre. Er aber reagierte nicht, sondern murmelte immer nur vor sich hin, dass es zu spät wäre und er nicht mehr zurückkönne. Im selben Moment riss er mein Kleid hoch und warf mich auf die Erde. Ich hatte Todesangst, wehrte mich und schrie. Aus den Augenwinkeln sah ich, wie er ein Plastiksäckchen aus seiner Jackentasche holte und entfaltete. Ich ahnte, was er damit vorhatte. Panisch und mit letzter Kraft drehte ich meinen Kopf zu ihm und flehte ihn an: ›Bitte, Rolf, tu uns nichts an! Willst du mein Kind und mich umbringen?‹

Er erschrak heftig, fuhr hoch, ließ augenblicklich von mir ab und fragte hysterisch: ›Du bist schwanger?‹ Ich nickte stumm. Er starrte mich entgeistert an und begann, am ganzen Leib zu zittern. Er schien zu überlegen, doch als ich ihn abermals anflehte aufzugeben, herrschte er mich an: ›Sei still!‹ Er nahm seinen Schal, knebelte mich und befahl mir, in den Kofferraum zu steigen. Dann fesselte er meine Hände und Füße. Mir war so übel, und alles drehte sich um mich. Als ich meinen Oberkörper noch einmal aufrichten wollte, spürte ich einen dumpfen Schlag am Kopf. Rolf hatte wohl den Kofferraumdeckel zugeschlagen. Ab diesem Zeitpunkt weiß ich nichts mehr.

Ich kann mich erst wieder erinnern, als ich hier unten aufgewacht bin. Gefesselt und geknebelt. Er hat mich mit Essen und Trinken versorgt und sich um mich gekümmert, und als ich nicht mehr in meine Kleidung passte, gab er mir seine Soutane. Jeden Abend hat er sich Stunden zu mir auf den Boden gehockt, mich mit glasigem leeren Blick angestarrt und wirres Zeug geredet: ›Mein wunderschöner Engel! Du und das Kind, ihr gehört nur mir! Niemand wird euch mir wegnehmen!‹«

Betroffen hatten die Männer geschwiegen und zugehört. Es war so still im Raum, dass man eine Stecknadel hätte fallen hören können.

»Ich hatte panische Angst, nie wieder hier herauszukommen und unser Baby zu verlieren.« Esther lehnte den Kopf an Pauls Schulter und fing heftig an zu schluchzen. Das ganze Martyrium der letzten zweieinhalb Monate fiel nun von ihr ab.

»Es ist vorbei! Jetzt wird alles gut, mein Liebes«, flüsterte Paul. Er bemühte sich vergeblich, stark zu sein. Hemmungslos flossen auch seine Tränen. Der Anblick der beiden Liebenden, die sich nun völlig aufgelöst in den Armen lagen, ineinander versanken und die Welt um sich herum vergaßen, versetzte auch die umstehenden Männer in Rührung und Verlegenheit.

Eine Weile noch herrschte betretene Stille, bis Kommissar Moser das Schweigen brach: »Mich würde wirklich interessieren, warum er ausgerechnet diese Frau am Leben gelassen hat.«

»Ich glaube, diese Frage kann ich Ihnen beantworten«, antwortete Pfarrer Weidenfelder. »Bei einem persönlichen Gespräch mit Rolf Arnstett, das ich im Zuge seines Dienstantrittes mit ihm geführt habe, vertraute er mir an, dass er sich ehrenamtlich bei verschiedenen Institutionen für das Wohl und den Schutz von Kindern engagiert. Sein Engagement galt im Besonderen Missbrauchsopfern. Er meinte, Kinder seien für ihn heilig und unantastbar. Ich bin mir sicher, ihr ungeborenes Kind hat dieser jungen Frau das Leben gerettet.«

»Dann hat wohl *irgendjemand da oben* seine schützende Hand gleich zwei Mal über sie gehalten. Neben dem ungeborenen Kind hat auch Luca Giovanni einen entscheidenden Beitrag zu der Befreiung in letzter Minute geleistet. Hätte er nicht den Mut gehabt, sein Schweigen zu brechen, wäre die Sache nicht so glimpflich ausgegangen. Der arme Kerl hat trotz seiner Scheißangst, wieder in den Knast zu gehen, letztendlich der jungen Frau und ihrem ungeborenen Kind das Leben gerettet. Und dafür ziehe ich meinen Hut vor ihm«, schloss Moser.

Während unbändige Wiedersehensfreude und Erleichterung sich unten im Kellergewölbe breitmachten, trafen die Sanitäter und der Notarzt ein. Langsam löste sich der Tumult um Rolf Arnstett auf. Er wirkte gefasst und befreit durch das Geständnis, doch in seinem Gesicht lag eine seltsame Leere. Er schien erfasst von einer lethargischen Apathie. Widerstandslos und ohne jegliche Regung ließ er alles Weitere über sich ergehen. Bewaffnete Männer schoben den Priester in Handschellen in ein Fahrzeug und fuhren mit stillem Blaulicht ab.

EPILOG

Knaben spielen im Hof des katholischen Internats. Einige albern und lachen, andere sitzen ruhig und lesen oder arbeiten an ihren Hausaufgaben. Es ist ein ganz normaler Tag! Ein Tag wie viele andere zuvor!

Ein Junge steht etwas abseits, still und in sich gekehrt. In seiner Hand hält er den Blütenkopf einer Pfingstrose. Er zerpflückt ihn in seine Bestandteile und lässt die zerstörten Blätter achtlos zu Boden fallen. Mechanisch greift er nach der nächsten Blüte.

Auf seinem Gesicht spiegeln sich Traurigkeit und Leere. Ausdruckslos beobachtet er das neckische Treiben des in die Jahre gekommenen Paters. Auf dem Schoß des untersetzten Kirchenmanns mit brauner Kutte, kahlem Schädel und fehlerhaftem Gebiss sitzt ein kleiner verstörter Knabe. Er wiegt, drückt und tätschelt ihn. Ein Lehrer geht über den Hof und grüßt freundlich lächelnd den Erzieher. Geachtet und wohlgenährt genießt der Geistliche das Ansehen und den Respekt der Erwachsenen.

»Bruder Bernhard!«, ruft einer der Zöglinge. »Dort drüben beim Eingang wartet ein Herr auf Sie!«

Ein Mann undefinierbaren Alters tritt mit leicht gebückter Haltung durch das schwere Eisentor und bleibt ein wenig abseits des stark frequentierten Schulhofes in der Nähe eines breit gewachsenen Eibenbaums stehen. Der Wind fährt ihm durch das schüttere Haar. Er richtet sich die Nickelbrille auf der Nase zurecht und schüttelt den Staub aus seinem abgetragenen schwarzen Mantel. Sein Gesicht ist ausgezehrt, seine Wangen eingefallen. Unter seinen ermatteten glanzlosen Augen liegen dunkle Schatten.

Der Kuttenträger setzt den Jungen unwirsch ab, erhebt sich schwerfällig und geht widerwillig auf den Störenfried zu.

»Was kann ich für Sie tun?«, fragt der Klosterbruder kurzatmig. Er schnaubt. Sein Gesicht ist hochrot.

Der Fremde antwortet nicht! Er schreitet auf den Kirchenmann zu und umarmt ihn. Mit der linken Hand zieht er ihn an sich, während die rechte einen länglichen glänzenden Gegenstand aus der Manteltasche zieht. Der Fremde umarmt den verdutzten Geistlichen abermals und drückt ihn fest an sich, bis ein schweres Röcheln hörbar wird und der Körper des Bruders in sich zusammensackt. Ohne dem leblosen blutbesudelten Klosterbruder auf dem Boden weitere Beachtung zu schenken, wendet der Fremde sich teilnahmslos ab. Unbemerkt schreitet er auf das schwere Eisentor zu und verschwindet vom Ort seines Martyriums.

*

Sie hatten ihn angeklagt der Verbrechen, die, wie die Gutachter meinten, in seinem kranken Gehirn ihren Ausgang fanden.

Man hatte ihn entwertet, verhöhnt und verachtet, abgestempelt zum Abschaum der Gesellschaft und verurteilt zu ewiger Verdammnis.

Sie hatten ihm alles genommen, ihn an Leib und Seele gebrochen, während die, die schwere Schuld auf sich geladen hatten und ihr Dasein unbeschwert und ohne Reue genossen, niemals verurteilt wurden, für das, was sie an unschuldigen Kreaturen verbrochen hatten.